光文社古典新訳文庫

クレーヴの奥方

ラファイエット夫人

永田千奈訳

光文社

Title : LA PRINCESSE DE CLÈVES
1678
Author : Madame de Lafayette

目次

クレーヴの奥方

版元より読者の皆様へ[1]

本書に寄せられた賛辞を耳にしても、著者は名乗り出るつもりはないとのことです。名を明かすことで、かえってこの本の評判を落とすのではないかと心配しているのでしょう。著者のよろしからぬ評判が作品の評価に影響したり、高名な人が書いたというだけで、もてはやされる作品があったりするのを何度も目にするうちに、そう考えるようになったのかもしれません。いずれにしても、著者自らは影の存在にとどまることで、作品を自由に、公平な目で評価してほしいとお考えのようです。もっとも、出版人の願いどおり、読者の皆様がこの本を喜んでくださるようでしたらば、いつか著者の方もお心を変え、名乗り出ようと思う日が来るかもしれません。

1　一六七八年、クロード・バルバン書店より刊行された初版は、著者名を記さないまま刊行され、「著者」が名乗りを上げることはなかった。著者名が「ラファイエット夫人」と明記されたのは、著者の没後八十年余りがたった、一七八〇年版が最初である。詳しくは巻末の解説参照。

『クレーヴの奥方』主要人物相関図

血縁—— 婚姻—— 愛人……

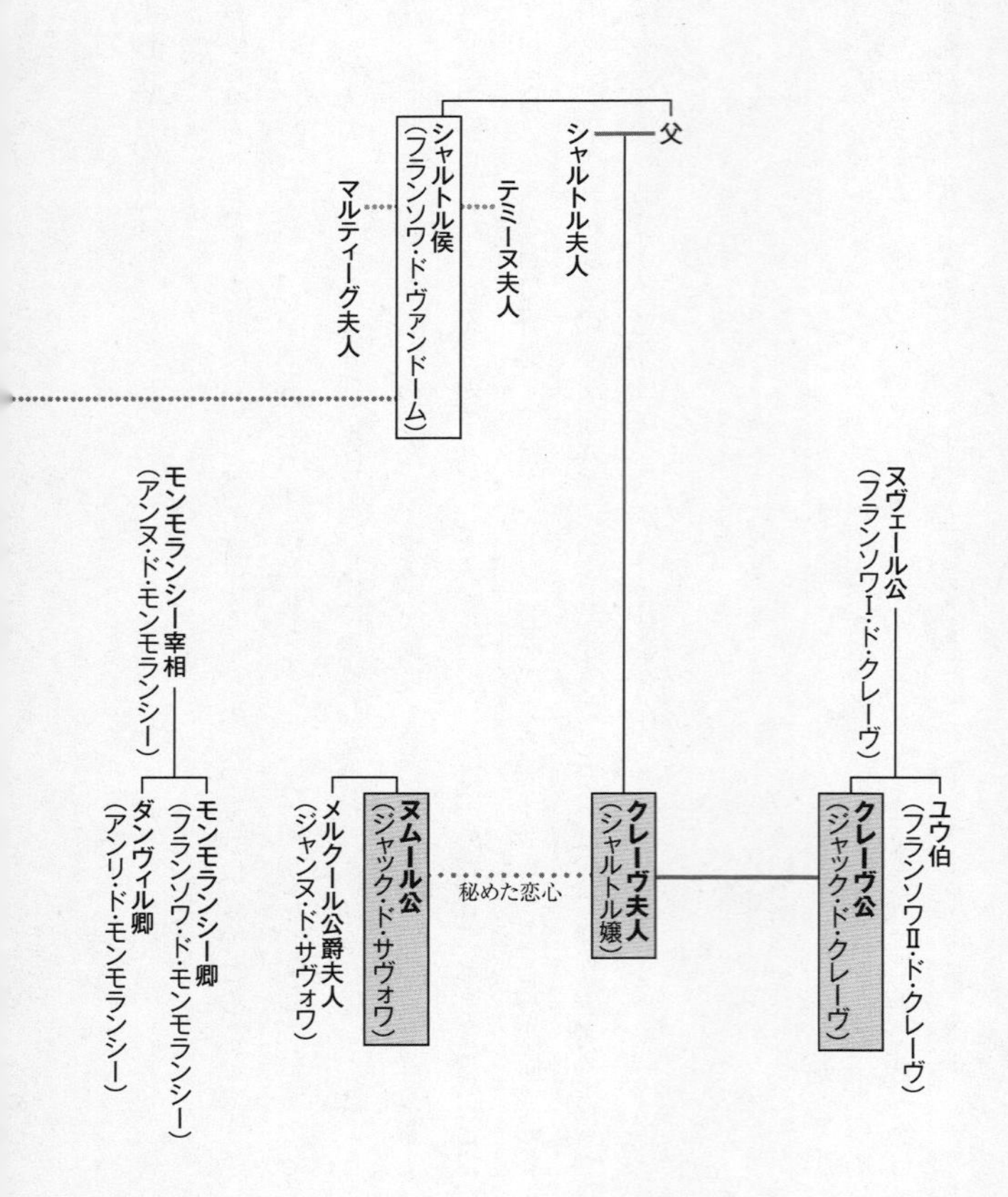

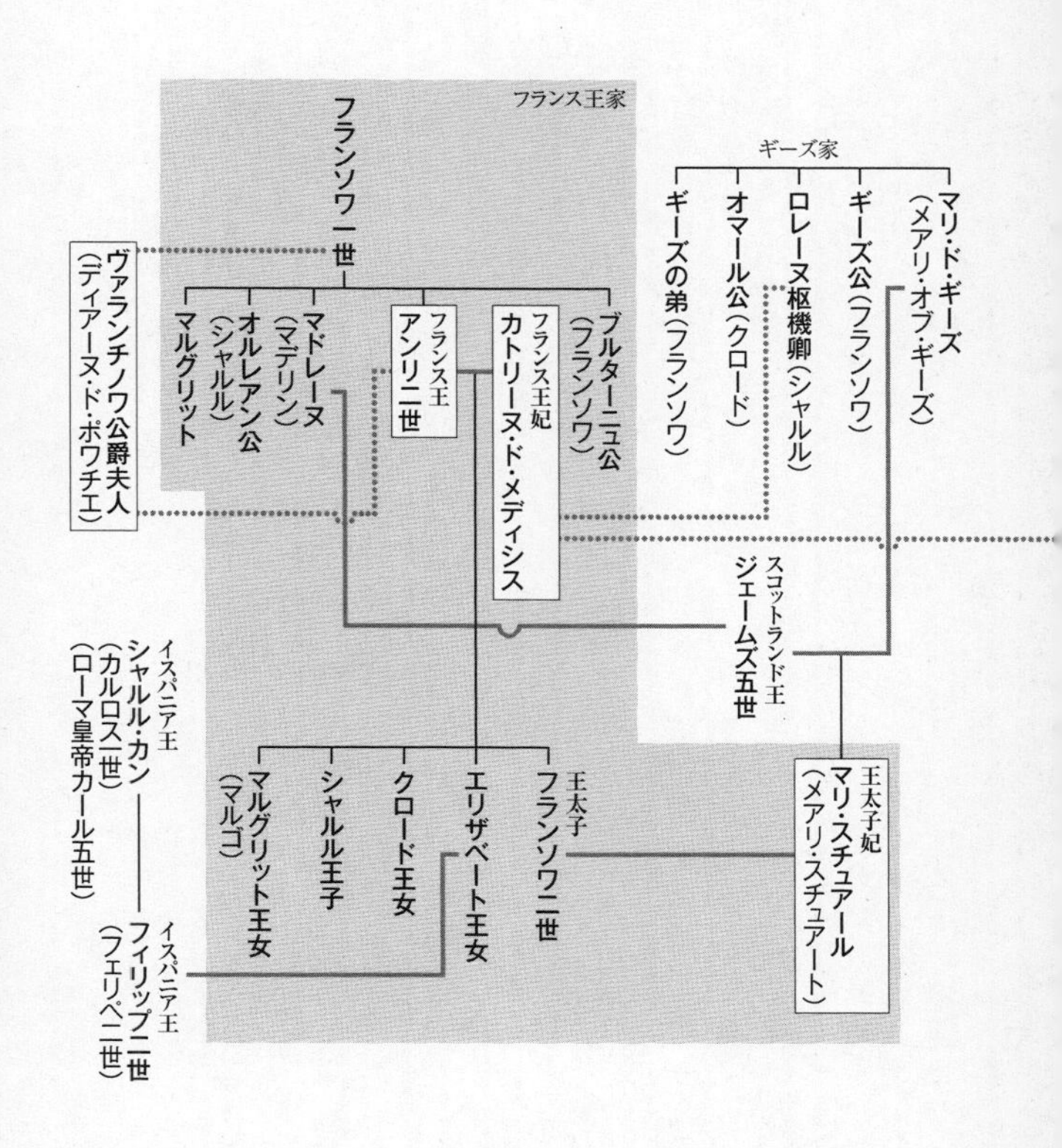
フランス王家
フランソワ一世
ヴァランチノワ公爵夫人（ディアーヌ・ド・ポワチエ）
マルグリット
オルレアン公（シャルル）
マドレーヌ（マデリン）
フランス王 アンリ二世
フランス王妃 カトリーヌ・ド・メディシス
ブルターニュ公（フランソワ）
ギーズ家
ギーズの弟（フランソワ）
オマール公（クロード）
ロレーヌ枢機卿（シャルル）
ギーズ公（フランソワ）
マリ・ド・ギーズ（メアリ・オブ・ギーズ）
スコットランド王 ジェームズ五世
イスパニア王 シャルル・カン（カルロス一世）（ローマ皇帝カール五世）
マルグリット王女（マルゴ）
シャルル王子
クロード王女
エリザベート王女
王太子 フランソワ二世
王太子妃 マリ・スチュアール（メアリ・スチュアート）
イスパニア王 フィリップ二世（フェリペ二世）

第一部

アンリ二世[2]のご在位の時代、特にその最後の時期ほど、フランスに豪奢(ごうしゃ)で艶やかな気風が極まった時代はないだろう。アンリ二世ご自身も風雅を愛し、ご容姿にも恵まれ、愛情深きお方であった。ディアーヌ・ド・ポワチエ[3]こと、ヴァランチノワ公爵夫人へのご寵愛(ちょうあい)はすでに二十年がたつにもかかわらず、その情熱を失うことなく、以前とまったく変わらない恋慕の情が見られるのだ。

アンリ二世は、あらゆる競技に優れ、そうした競技が陛下の生活の大きな部分を占めていた。狩猟、ジュ・ド・ポーム[4]、舞踊、馬上競技などが毎日のように行われていたのだ。ヴァランチノワ公爵夫人のシンボルカラーやイニシャルの御紋が競技場を飾ることもあれば、夫人自らが姿を現すこともあった。そんなときの彼女は、結婚適齢期を迎えた孫娘のラマルク嬢[5]に引けをとらない衣装と宝飾品をまとっているのであった。

ヴァランチノワ公爵夫人の存在は、正妻である王妃[6]あってのものだった。王妃は瑞々しい若さこそ失っていたものの美しい方だった。雄壮なもの、華麗なもの、心喜ばせるものがお好きであった。陛下が現王妃とご成婚あそばしたのは、王太子であった兄君[7]がまだ存命であり、ご自身はオルレアン公を名乗っていた頃である。だが、その後、兄君はトゥルノンで亡くなられた。兄君はそのお生まれ、そしてその資質により、父フランソワ一世の跡継ぎにふさわしい、立派な王になられたはずだったのに残念なことである。

王妃は野心家でいらしたので、王の妻として采配(さいはい)を振るうことに喜びを感じており、王がヴァランチノワ夫人に愛情を注いでも、まったくと言っていいほど思い悩むそぶりを見せず、嫉妬(しっと)する様子もない。もっとも、彼女は実に見事なまでに感情を押し隠していらしたので、本当のところどう思っていらしたのかは誰にもわからない。王妃は王の心をつなぎとめておくため、ある種の戦略上、その愛人にも寛大な態度を示していたのかもしれない。王は、恋のお相手ではなくても、女性たちとやりとりすることがお好きだった。毎日、王妃のもとに人々が集まる時間になると、王妃のもとに赴くのだ。実際、その時間になると男も女も宮中で最も美しく、容姿端麗な者たちがそこに集まるのだった。

この時代ほど、美しい女性と煌(きら)びやかな男性たちが宮中にあふれたことはない。まるで自然が意思をもって、生まれうる最も美しい貴公子、貴婦人たちを集めてきたかのようであった。のちにイスパニア〔現スペイン〕に嫁がれたエリザベート王女[8]は、こ

2　一五一九～五九年。在位は一五四七～五九年。父フランソワ一世の対外積極政策を継承し、領土拡大に努める一方、この頃より台頭し始めたプロテスタント勢力を制圧しようとした。

3　一四九九～一五六六年。ポワチエの領主の娘に生まれ、ブレゼ家に嫁ぐ。王家の女性の侍女を務めるうちに、フランソワ一世に見初められ、愛妾となる。その息子、アンリ二世からも寵愛を受け、ヴァランチノワ公爵の爵位は彼が授けたものである。

4　テニスの前身となった球技。

5　ヴァランチノワ公爵夫人の娘、フランソワーズ・ド・ブレゼとロベール・ド・ラマルクの間に生まれた孫娘、アントワネット・ド・ラマルクのこと。

6　カトリーヌ・ド・メディシス（一五一九～八九年）。イタリアの名家メディチ家より、フランス王アンリ二世のもとに嫁ぐ。夫の死後は、王となった息子の摂政として政権を動かす。イタリアより多くの文化をフランスにもたらしたことでも有名。

7　フランソワ・ド・フランス（一五一八～三六年）。フランソワ一世の長男で、ブルターニュ公を名乗る。王位継承者であったが、若くして急死。

の頃より驚くばかりの才気と比類なき美貌（びぼう）の片りんを煌めかせていた。もっとも彼女のその後の人生を思うと、その美貌こそが不運のもととなったのかもしれない。スコットランド女王であったメアリ・スチュアート[9]は、アンリ二世のご子息、フランソワ二世の妻となり、王太子妃となられたばかりであったが、知性も容姿も実に非の打ちどころのない方であった。王太子妃様は、長らくフランスの宮廷でお育ちになったため、いかにもフランス風の教養を広く身につけていらっしゃる。生まれながらに、雅（みやび）やかな素養に恵まれており、お若い年齢にもかかわらず、芸術や文学を愛し、またそうしたことに精通していらした。カトリーヌ王妃、そして王の妹にあたるマルグリット王女[10]も詩歌や芝居、音楽を愛好していらした。先王フランソワ一世が詩や文学を愛していらしたので、その影響はまだ色濃く残っていたのだ。一方、そのご子息であるアンリ二世は野外のスポーツがお好きであり、当時の宮廷には文武両方のお楽しみが揃っていたことになる。だが、宮廷を華々しく煌びやかにしていたのは、何といっても、類い稀（まれ）なる才覚にあふれた貴公子、諸侯の数の多さであったろう。これから名前を挙げるのは、分野こそ異なれ、それぞれが時代を彩り、称賛を浴びた人物たちばかりだ。

ナヴァル王[11]は、その地位とそれにふさわしい偉大なお人柄とで皆から尊敬されていた。彼は戦闘に優れていたが、どうもギーズ公[12]に対抗意識をもっていたようだ。ナヴァル王はギーズ公と武勇を競うあまり、自身の将軍としての持ち場を離れ、公のいる最も危険な前線で一兵卒のように闘うことも幾度となくあったという。確かに、

---

8 エリザベート・ド・ヴァロワ（一五四五〜六八年）。アンリ二世の娘。幼くしてエドワード六世と婚約するが、エドワードの死により婚約破棄。イスパニア王フェリペ二世に嫁ぐ。

9 一五四二〜八七年。フランス名はマリ・スチュアール。ジェームズ五世の娘としてスコットランドの王位を継承し、女王となったが、十六歳でフランス王家に嫁ぐ。

10 一五二三〜七四年。アンリ二世の妹。ハプスブルク家のマクシミリアン大公など諸大公と縁談があったが、いずれも婚姻まで至らず、当時としては珍しく未婚のままで年を重ね、三十六歳でサヴォワ公と結婚。

11 当時、フランスにはいくつもの王国が存在しており、なかでもイスパニア国境に位置するナヴァル王国はフランス王室との絆も深い名家であった。アントワーヌ・ド・ブルボン（一五一八〜六二年）は、ナヴァルの女王との婚姻によってナヴァル王となったが、フランス王のために武勲を挙げた軍人でもある。

12 フランソワ・ド・ギーズ（一五一九〜六三年）。フランソワ一世、アンリ二世、フランソワ二世に仕えた名軍師。あだ名は「向こう傷」。敵対していたプロテスタント勢力に暗殺される。

ギーズ公は輝かしい武勲を誇り、見事な経歴の持ち主だったので、ナヴァル王だけではなく、皆から羨望の眼差しを向けられていた。しかも、ギーズ公の偉大さは、武勲のみにとどまらない。広く深い知性と高貴で上品なお心をもち、戦場のみならず政治的にも見事な手腕を見せていたのだ。ギーズ公の実弟、ロレーヌ枢機卿[13]は、生まれながらに情熱的な野心家であり、明晰な頭脳と皆を感嘆させる弁論の才能をもっていた。枢機卿は学術的な知識にも秀でており、その知識をもって宗教批判に反論することで人々の尊敬を集めていた。というのも、この頃より、カトリックに対する批判が出始めていたのである。[14]騎士(シュヴァリエ)であり、のちに騎士団総長となったギーズ家の末弟[15]も皆から愛されていた。見目も麗しく、頭脳明晰で機知に富み、欧州諸国に名が知れた勇敢な武人である。一方、コンデ公[16]は、体格にこそ恵まれなかったが、広く高潔な心の持ち主で、才気あふれるお言葉で美しい娘たちを惹きつけていた。戦果と偉業の輝かしい経歴をもつヌヴェール公[17]は、少々年をおとりになったとはいえ、当時、まだ宮廷の華やかさに一役買っていた。ヌヴェール公には三人のご子息がおり、いずれもなかなかの美男子であった。なかでも、次男のクレーヴ公[18]は、その名の誉れにふさわしい人物であった。勇敢で寛容、しかも年齢がお若い割には慎重さもおもちだった。シャルトル侯[19]はヴァンドーム家の末裔である。王子たちがヴァンドーム公を名乗ってきたことからもわかるように、ヴァンドーム家は実に古い名家なのだ。シャルトル侯も、また武勲と社交に優れた方だった。美男子で、精悍な風貌に加え、勇敢で物怖じせず、心が広い。こうした長所が実に魅力的に輝いて見えるお人なのだ。ヌムール公に肩を並べる者がいるとすれば、このシャルトル侯ぐらいのものであろう。なにしろ、ヌ

13 シャルル・ド・ロレーヌ（一五二四〜七四年）。ランス大司教、ロレーヌ枢機卿。聖職者としてフランス国政に大きな力をもつ。
14 プロテスタントが勢力を拡大し、カトリックとの間に争いが生まれつつあった。
15 フランソワ・ド・ギーズ（一五三四〜一五六三年）。マルタ騎士団総長を務めた。
16 ルイ・ド・ブルボン（一五三〇〜六九年）。クレルモン伯。のちのブルボン王朝につながる血筋。フランス軍の名将であったが、プロテスタントに改宗した後は、政権から疎んじられる。カトリックとプロテスタントの融和に尽力した。
17 フランソワ・ド・クレーヴ（一五一六〜六二年）。実在の人物であるが、本書における没年は事実と異なり、作者の脚色が加えられている。
18 ジャック・ド・クレーヴ（一五四四〜六四年）がモデルと思われるが、史実と一致しない点も多く、著者の創作上の人物と考えられる。
19 シャルトル侯（一五二四〜六二年）は実在するが、その人物像については著者の創作とされる。

ムール公は、自然の美の最高傑作とも言うべき人だったのだ。欠点があるとしたら、あまりにも容姿が整い、美男子であるということぐらいだろうか。ほかの人々と格段の違いをなしていたのは、類い稀な勇気と、その心ばえや表情、しぐさに見える何とも言えぬ爽やかさであろう。それは、ほかの誰にもない彼だけの魅力だった。女性であれ、男性であれ、明るい気持ちにさせてしまうような快活さをもち、あらゆる競技を得意とするうえに、着こなしにも品がある。皆、真似をしようとするのだが、あの方のようにはいかないのである。何より、ヌムール公には、あの方が登場するや否や、それがどこであれ、誰もがあの方の姿しか見えなくなってしまうような独特の存在感があったのだ。そんなお方だけに、当時の宮廷では、ヌムール公から好意を示されたことを自慢に思わぬ女性はいなかったし、公に言い寄られて誘惑に負けなかった女性もいなかった。公が何の関心も示さないのに、一方的に想いを寄せる女性も多かった。公は女性に対しては常にやさしく、思いやりにあふれていたので、気を惹こうと近寄ってくる女性たちにも気遣いを欠かさなかった。複数の愛人がいることは確かだったが、本当に愛しているのが誰なのか推量するのは難しかった。ヌムール公は、王太子妃のもとを足しげく訪れていた。王太子妃は美しく、おやさしく、どなたにも心配りを見せる方であり、当然、ヌムール公にも敬意を表していた。そんなご様子から、ヌムール公が王太子妃に特別な好意をおもちなのではないかと考える者もいた。ギーズ公とロレーヌ枢機卿は、姪にあたるメアリ・スチュアートがフランス王太子妃となったことで、名家としての評判を上げ、信用を高めていた。野心的なギーズ家は、やがては王族たちと肩を並べ、モンモランシー宰相[20]のように政治を左右する力をもちたいとさえ考えていたのだ。確かに王は執政に関わるほとんどのことを宰相に預け、ギーズ公とサン＝タンドレ大将[21]を寵臣（ちょうしん）としていた。だが、大事にされ、政治を任され、王のすぐそばに侍っている者たちも、ヴァランチノワ夫人への配慮なしに、その地位を維持することは難しかった。すでに若さも美貌も失いつつあるとはいえ、ヴァランチノワ夫人は王の心を思うがままにしていたのだから、彼女こそが王の支配者であり、この国の実権を握っていたといえるだろう。

20　アンヌ・ド・モンモランシー（一四九三〜一五六七年）。軍師としてフランソワ一世を支えるが、王の愛妾と対立して更迭。その後、アンリ二世に呼び戻され、政権に深く関与する。

21　ジャック・ダルボン・サン＝タンドレ（一五〇五〜六二年）。アンリ二世を幼少から支え、アンリの即位直後から異例の昇進を遂げる。

王は兼ねてよりモンモランシーを重用しており、即位するとすぐに、先王フランソワ一世によって追放されていたモンモランシーを呼び戻した。宮廷は、王太子妃につながるギーズ派と、王族たちにつながるモンモランシー派に二分されていた。どちらも、ずいぶん前からヴァランチノワ夫人を自派の味方につけようと画策していた。ギーズ公の弟、オマール公[22]は、ヴァランチノワ夫人の娘[23]を妻としており、モンモランシー派のほうでも同じように婚姻で縁を深めようと企んでいたのだ。モンモランシーは自身の長男[24]をディアーヌ王女[25]と縁組させただけでは満足していなかった。ちなみに、ディアーヌ王女は、アンリ二世王とピエモンテ〔現イタリア、ピエモンテ州〕の貴族の女性との間に生まれた娘であり、この女性は出産後直ちに修道女になったという。さらに言えば、モンモランシー家とディアーヌ王女の縁組もすんなり話が決まったわけではなかった。なんでも、モンモランシー家のご長男が、王妃の侍女の一人、ピエンヌ嬢に将来を約束するような文言を囁いていたとのことである。このときは、王が辛抱強く、親身になって取りなしてくれたのだが、モンモランシー宰相はまだ心穏やかではなかった。そこで、ヴァランチノワ夫人を味方につけ、夫人とギーズ一族を敵対させようとしていたのである。ヴァランチノワ夫人のほうでも、勢力を増すギーズ家に不安を感じ始めていたようで、王太子とスコットランド女王メアリ・スチュアートとの婚礼を、できる限り先延ばしさせようとしていた。メアリ・スチュアートの美貌、先進的な才気、さらにはこの婚礼によりギーズ家の力が強まることが、ヴァランチノワ夫人にとっては耐えがたいことだったのだ。夫人は特に、ロレーヌ枢機卿を嫌っておいでだった。枢機卿のほうでも夫人に対してはとげとげしく、ときには侮蔑的とさえ思える口調で応じるのだ。枢機卿が王妃とやけに親しい関係にあることにも夫人は気がついていた。だからこそ、モンモランシー宰相のほうでは、夫人が自分たちの側についてくれるのではないかと期待していたのである。モンモランシーは、夫人の孫娘ラマルク嬢を次男ダンヴィル卿[26]の妻に迎えることで、夫人とのつながりを強めよう

22 クロード・ド・ロレーヌ（一五二六～七三年）。ギーズ公、ロレーヌ枢機卿を兄にもつ。
23 ルイーズ・ド・ブレゼ（一五二一～七七年）。ヴァランチノワ夫人と最初の夫ブレゼ公との間に生まれた娘。
24 フランソワ・ド・モンモランシー（一五三〇～七九年）。父の後を継ぎ、軍人となる。
25 一五三八～一六一九年。アンリ二世とフィリッパ・ドゥーチの間に生まれた非嫡子だが、アンリ二世の認知を受け王女となる。

としていた。ちなみに、だいぶ先のことであるが、シャルル王[27]の時代に、父より宰相の職を引き継いだのは、この次男ダンヴィル卿である。今度こそは、ご長男のときのような問題も起こらず、順調に事が進むかに見えたが、宰相である父には事情が知らされていなかっただけで、やはり障壁はあったのである。ダンヴィル卿は、王太子妃を深く愛していた。その恋が成就する可能性がいかに少なくとも、ほかの女性と結婚するなどということは考えられなかったのだ。宮廷中が二派に割れるなか、サン＝タンドレ大将だけは、どちらの派閥にも属さずにいた。彼もまた王の側近であることは確かだったが、王の好意は、彼の派閥ではなく彼その人だけに注がれているのだ。王は王太子だった頃から、サン＝タンドレを慕っており、こうした栄誉にはまだ若すぎる年齢のうちに大将の職位を与えた。王の後ろ盾を頼るばかりではなく、大将自身がそれにふさわしい実力とお人柄、さらには贅を尽くした饗宴や立派な調度、個人宅とは思えないほど豪奢な屋敷などによって、その輝きを自分のものとしていた。こうした贅沢三昧（ぜいたくざんまい）を許すのもまた王の寛容さであった。王は、自分が好意を抱いた相手には、放埒（ほうらつ）と言ってもいいほどの自由をお許しになるのであった。王は、必ずしも、すべての分野に秀でていたわけではなかったが、それでも多くの長所をおもちだった。戦を好み、戦術にも長け、実際、戦果を挙げていた。サン・カンタン[28]の戦闘を例外とすれば、この時期のフランスは連戦連勝を重ねていた。王は自らの手でランティ[29]の戦闘で勝利を収めた。ピエモンテを占領し、イングランド軍をフランスから追い払ったのだ。シャルル・カン皇帝[30]は神聖ローマ帝国とイスパニアの兵力を引き連れ、メス[31]を包囲したものの、アンリ二世の軍隊を前についに野望をかなえることができなかった。とは

26 アンリ・ド・モンモランシー（一五三四～一六一四年）。
27 一五五〇～七四年。アンリ二世の次男。在位は一五六〇～七四年。兄フランソワ二世の死により わずか十歳で即位。実質は、母カトリーヌ・ド・メディシスの摂政政権であった。
28 イスパニア軍のイタリア侵攻を発端とし、フランスとハプスブルク家が領土を争ったイタリア戦争の戦場。現フランス北部のエーヌ県。
29 現パ・ド・カレ県。当時はシャルル・カン皇帝こと、カルロス一世の領地であったが、アンリ二世が勝利し、これをフランス領地とした。
30 神聖ローマ皇帝カール五世、イスパニア国王カルロス一世。
31 現モゼール県（フランス）。フランスと神聖ローマ帝国がイタリアをめぐって戦ったイタリア戦争の戦場のひとつ。かつて神聖ローマ帝国の領土であったメスは、経済の中心でもあった。アンリ二世は、激しい戦闘の末、一五五二年にメスを占拠した。

いえ、サン・カンタンでの敗北を境に、フランス軍の勢いにも陰りが見え、その後はフランス軍とイスパニア軍、どちらが勝ってもおかしくない拮抗した状態が続き、ついには両国王も不本意ながら和平交渉を考えざるをえない状況となった。

亡き先代ロレーヌ大公の奥方が[32]、まずは王太子のご成婚の機会に、両陣営の間を取りなした。以降、水面下で交渉が進んだらしい。ついに、アルトワ地方セルカン［現パ・ド・カレ県］で講和会議が開かれることになった。ロレーヌ枢機卿、モンモランシー宰相、サン＝タンドレ大将が、フランス側の代表として出席。対するイスパニア側は、フェリペ二世[33]の命を受け、アルバ公[34]とオレンジ公[35]が出席することになった。仲介役は、ロレーヌ公と大公夫人である。主に話し合われたのは両国王家の縁組でフランス王女エリザベートをイスパニア王の息子ドン・カルロスのもとに嫁がせ[36]、王の妹[37]をサヴォワ公[38]の妻にということだ。

王はその間も、国境の前線にとどまっていた。イングランド女王、メアリ一世[39]の訃報を受け取ったときも、まだ戦場におられた。王は早速、ランダン伯をエリザベス女王[40]のもとに遣わし、即位したばかりの新女王に祝辞を届けさせた。エリザベス新女王は王の厚意に感激したという。即位にあたっては数々の障害があったので、フランス国王からその地位を認められることは彼女にとって非常に重要な意味をもっていたのである。エリザベス女王に会ったランダン伯は、彼女がフランスの宮廷をよく知っており、事情通であることに驚いた。彼女はなかでもヌムール公の噂に詳しく、ヌムール公のことばかり何度も、実に熱心にお話しなさったのだ。あまりにもご熱心なので、

---

32 クリスティーヌ・ド・ダヌマルク（一五二一～九〇年）。夫であるロレーヌ公は一五四五年没。
33 一五二七～九八年。イスパニア王、シャルル・カン皇帝の息子。
34 フェルナンド・アルバレス・デ・トレド（一五〇八～八二年）。イスパニアの軍人。一五六七年にネーデルランド総督となる。
35 オラニエ公ウィレム（一五三三～八四年）。オランダ独立戦争の指導者で、ネーデルランド連邦共和国諸州の初代の総督。皇帝カール五世の寵臣。
36 フランス、イスパニア間で締結されたカトー・カンブレジ条約に従って、エリザベートは結局、ドン・カルロス王子ではなく、彼の父フェリペ二世と結婚。
37 アンリ二世の妹マルグリット。注10参照。
38 エマヌエーレ・フィリベルト・ディ・サヴォワ（一五二八～八〇年）。サヴォワ公国の領主。
39 一五一六～五八年。在位は一五五三～五八年。ヘンリー八世の娘。イングランドをカトリックに回帰させ、プロテスタントへの弾圧を強める。
40 エリザベス一世（一五三三～一六〇三年）。在位は一五五八～一六〇三年。

王のもとに戻り報告にあがったランダン伯は、ヌムール公ならばエリザベス女王のお眼鏡にかない、結婚の相手としても可能性があるのではないかと申し上げたほどだ。その晩、さっそく王はヌムール公にそのことを話し、ランダン伯にもエリザベス女王との会話をそっくり再現させ、この幸運をものにする気はないかともちかけた。初めのうち、ヌムール公はまさか陛下が本気だとは思わなかった。だが、陛下が真剣であることを知ると、こう答えた。

「陛下、もし私が陛下のお言葉に従い、陛下のお役に立つことだけを願い、この夢物語も同然の計画に乗り出すならば、せめて事が成就して世間に顔向けができるようになるまで、この計画は内密に願います。さもないと私は、一度もお目にかかったことのない女王陛下が自分に恋をし、結婚を望んでいるなどと大それた妄想を抱いていることになり、相当なうぬぼれ屋だと世間から嗤(わら)われてしまうでしょう。それではあまりです」

陛下はこの計画を宰相以外には決して話さないと約束し、この縁談が成立するために必要とあらば絶対に秘密にしようと誓ってみせた。ランダン伯は単なる旅行を装ってヌムール公をイングランドに行かせてはどうかと提案したが、ヌムール公は即座に決断できなかった。そこで、公は腹心の部下、リニュロルという若く機転の利く侍従をイングランドに遣わした。イングランド女王のお気持ちを確かめ、縁談のとっかかりをつくってくるよう命じたのだ。リニュロルの報告を待つ間、ヌムール公はサヴォワ公に会うため、パリを離れることにした。サヴォワ公は、イスパニア国王とともに、まだブリュッセルにとどまっていたのだ。イングランド女王メアリの死によって、イスパニアとフランスの和平交渉はさらに難しくなった。十一月末[41]には、講和会議も決裂し、アンリ二世王もパリに戻ることとなった。

ちょうどその頃、宮廷に、皆の視線を惹きつける美しい女性が現れた。完璧な美というのはこういうことを言うのだろう。なにしろ、美しいものなど見慣れているはずの宮廷の人々でさえ、うっとりしてしまうような美しさなのである。その女性は、シャルトル侯の親戚筋にあたり、フランス名家の出であった。父は早くに亡くなり、母であるシャルトル夫人のもとで育った。このシャルトル夫人という方は、財産、人

41 メアリ女王の死去は一五五八年十一月十七日とされているので、一五五八年の十一月末を指す。

徳、功徳どれをとっても素晴らしい人だった。しかし、夫を亡くして以来、もう何年も、夫人は宮廷に顔を見せていなかった。社交とは距離をおき、その間ずっと一人娘の教育に心を砕いてきたのだ。ここで言う教育とは、知性や美貌を磨くことがすべてではない。徳を授け、徳を愛することを教えてきたのだ。母親というのは、大方の場合、色恋沙汰から娘を遠ざけておくには、そうした浮いた話を娘に聞かせないようにしておいたほうがいいと考える。だが、シャルトル夫人は違った。夫人は娘に恋愛のあれこれを話して聞かせた。それがどんなに危険なことなのかを教えるためには、恋の楽しい面も話しておかなくてはと思ったのだ。男性の誠意がいかに信用できないものなのか。嘘つきで浮気者の男がどれほど多いことか。よその男と愛の誓いを交わすことで家庭を壊し、不幸になる女性もいるということ。その一方で、貞淑な女性は落ち着いた人生を送れること、美しく家柄も良い女性は徳があってこそ輝き、気品を得ることができるということを説いて聞かせた。そして、また貞操を守り続けるのは非常に難しく、常に自分を疑い、女の幸せを手離さないよう心がけることでしか徳を守ることはできないのだと教えた。夫だけを愛し、夫から愛されることこそ、女性が幸せになる唯一の方法だというのだ。

シャルトル家はフランス屈指の名門の家ゆえ、娘がまだ幼い頃からすでに何件かの縁談がもちかけられた。だが、誇り高きシャルトル夫人のお眼鏡にかなう婿殿は見つからなかった。そこで娘が十六歳になると、夫人は娘を連れて宮廷に出向くことにした。シャルトル嬢が宮廷に着くと、迎えに出たシャルトル侯は、その美しさに驚いた。彼が驚いたのも無理はない。透き通るような白い肌とブロンドの髪は、彼女にこれまで誰も見たことがないような輝きを与えていた。どこまでも端正な顔立ちに加え、顔にも容姿にも優美さと魅力があふれている。

パリにやってきた翌日、彼女は、世界中の宝石を扱うイタリア人の宝石商人のもとを訪ねた。この宝石商人はフィレンツェの出身であり、カトリーヌ・ド・メディシス王妃の御輿入れとともにイタリアからフランスにやってきたのだ。商売に成功した大富豪で、とても商人の家には見えない、貴族のような屋敷に住んでいた。この日、クレーヴ公は、たまたまこの宝石商を訪ね、シャルトル嬢に出会った。クレーヴ公は彼女の美しさに驚き、その驚きがそのまま顔に出てしまった。シャルトル嬢も、クレーヴ公の表情に気づき、つい顔をあからめてしまった。だが、すぐに冷静さを取り戻すと、その後は礼儀上必要とされる節度を保ちつつ、彼のほうを気にかけないよう心がけた。クレーヴ公はシャルトル嬢に見とれていた。会ったことのない女性だ。いったい、どこのどなたであろう。その雰囲気、従者たちの様子からするに、相当身分の高い貴人であることは確かだ。若いので未婚女性かと思ったが、付き添いの母親はいない。宝石商人も彼女のことはよく知らないらしく「マダム」と呼んでいる。クレーヴ公は我知らずあれこれと考えをめぐらしていた。その間も視線はうっとりと彼女に向けられている。クレーヴ公は自分の視線が彼女を当惑させていることにも気づいていた。若い人はたいてい、自分の美しさが他人を惑わすことに喜びを覚えるものである。ところが、その女性は、自分のせいで一刻も早くその場を立ち去ろうとしているかのようにクレーヴ公には見えた。実際、彼女は早々に宝石商の屋敷をあとにしたのである。クレーヴ公は彼女の姿が見えなくなってしまったのを残念に思いつつ、さて、これで彼女が誰なのか宝石商に聞き出せると思った。だが、驚いたことに、誰も彼女のことを知らないのだ。クレーヴ公は彼女の美しさとその慎み深い振る舞いに心動かされた。このときより彼は、この女性に対し並々ならぬ恋慕と敬愛の情を抱いたのである。その夜、公はマルグリット王女のもとを訪れた。

マルグリット王女は、人々から敬愛されていた。兄にあたるアンリ二世に少なからず影響力をもっていたので、なおさらである。陛下はこの王女を深く信頼しており、サヴォワ公に嫁がせるにあたっては、ピエモンテを返還することでイスパニアとの和平を確実なものにし、王女を少しでも安心させようとしたほどである。王女は長らく結婚を望んでいらしたが、そのお相手は一国の主たる人物しか考えられなかった。ナヴァル王からご縁談があったときも、当時はまだヴァンドーム公を名乗り、正式な王ではなかったのでお断りし、ただひたすらサヴォワ公国の君主、サヴォワ公に想いを寄せていた。父であるフランソワ一世がニースでローマ教皇パウロ三世に謁見なさった折に、サヴォワ公をお見かけして以来、ずっとお慕いし続けてきたというのだ。王女は、機知にあふれ、芸術についての教養もあるお方だったので、多くの人たちが彼女のもとに集まるのであった。いっときなどは、宮廷中の人々が彼女のもとに詰めかけていることもあった。

クレーヴ公はいつものように王女のもとに参じた。先ほど目にしたシャルトル嬢の美しさと人柄で頭がいっぱいなので、ほかの話題など思いつかない。クレーヴ公は、熱心に美女との邂逅(かいごう)を語り、ほんの少し会っただけの見ず知らずの女性を言葉の限り称賛した。王女は、思い当たる人物はいないし、もし、そんな方がいたらとっくに皆の話題になっていることでしょう、と答えた。すると、話を聞いていた侍女の一人、ダンピエール夫人が王女に歩み寄り、クレーヴ公の言う女性はきっとシャルトル夫人のお嬢様ですよと耳打ちなさった。ダンピエール夫人はシャルトル夫人と付き合いがあったのだ。そこで王女はクレーヴ公に向き直り、明日ここへおいでになることができるのなら、あなたがお会いになったその方をご紹介いたしましょう、と告げた。言葉どおり、翌日になると、シャルトル嬢が宮廷に姿を現した。シャルトル嬢は王妃や王太子妃からあらん限りの歓迎を受け、まわりの人々は彼女の姿に見とれ、聞こえるのは称賛の声ばかりであった。それでも、シャルトル嬢は上品で控えめな態度を崩さなかった。まるで、そんな声など聞こえていないか、一切気にしていないかのようである。その後、シャルトル嬢はマルグリット王女のもとを訪れた。王女は、彼女の美しさに称賛の言葉を贈り、クレーヴ公がその美しさに感動なさっていましたよ、と話した。ちょうどそのとき、当のクレーヴ公がやってきた。

「こちらへどうぞ。ほら、私は約束を守りましたよ。あなたが探していらした方が、このシャルトル嬢ではないというのなら、話は別ですがね。あなたがこの方の美しさにどれほど心動かされていたかはお話ししてありますので、少しは感謝してくださいね」

クレーヴ公は、心奪われたあの女性が見た目の上品さだけではなく、実際に名家の出であることを知り、嬉(うれ)しくなった。クレーヴ公はシャルトル嬢に歩み寄り、自分こそは彼女の美に感銘した最初の男性であること、正式に紹介される以前から彼女に最大限の敬意と憧憬(しょうけい)を抱いていたことを覚えておいてください、と嘆願した。

クレーヴ公は友人であるギーズの弟君とともに王女のもとをあとにした。最初のうち、二人は何の抵抗もなくシャルトル嬢のことを褒めそやしていた。だが、しばらくすると、二人とも、賛辞が過ぎるような気がしてきて、心の内(うち)を口に出すのをやめてしまった。それでも、それから数日間、彼らはどこで顔を合わせようと、気がつけばシャルトル嬢の話をしているのだった。実際のところ、宮廷は、美しいシャルトル嬢の話題で持ちきりだったのだ。王妃はシャルトル嬢に最大限の賛辞を贈り、特別な好意をお示しになった。王太子妃も、彼女をご贔屓(ひいき)になさり、シャルトル夫人にもお嬢さんをぜひ頻繁にお連れくださいと伝えたという。[42] 若い王女たちもお遊びの席を設けるたびに、彼女を招待するのであった。シャルトル嬢は宮廷中の人々から愛され、称賛を受けていた。唯一の例外は、ヴァランチノワ夫人である。シャルトル嬢の美しさが彼女を不安にしていたわけではない。長年の経験を重ね、陛下の自分への愛情が揺らがないことを彼女は知っていた。ただ彼女はシャルトル侯を憎悪していたのである。実を言うと、ヴァランチノワ夫人は、娘の一人をシャルトル侯に嫁がせ、味方につけようと画策していたのだが、侯は王妃の側についてしまった。そんな事情もあり、夫人はシャルトル侯と血縁があり、彼が可愛がっているシャルトル嬢に好意的な目を向けることはできなかったのである。

クレーヴ公はシャルトル嬢に激しい恋心を抱き、結婚を熱望していた。だが、彼のように名家の長男ではない男に娘を嫁がせるなど、自尊心の強いシャルトル夫人にとっては許しがたいことではないだろうか、と彼は案じていた。とはいっても、彼の家は充分名家であり、長兄ユウ伯は、王家ゆかりの女性を妻としたばかりだったので、彼の不安は、現実的な心配というより、恋につきものの臆病さからきたものであった。恋敵はかなりの数にのぼる。ギーズの弟君は、その家柄、武勲、陛下の寵愛が与える名誉から言って、いちばん手強い相手と思われた。弟君も初めて彼女を見た日から、恋に落ちたのだが、クレーヴ公の想いには気づいていた。もちろん、クレーヴ公もまたギーズの弟君の恋心に気づいていた。友人とはいえ、同じ女性を好きになった以上、どことなく距離ができてしまい、言葉を交わすことも減っていった。互いに腹を割って話すことができないまま、友情は冷めてしまったのである。皆より一足早くシャルトル嬢の姿を見ることができた幸運に、クレーヴ公は何やら幸先の良いものを感じ、自分がほかの者よりも少しだけ有利なのではないかと思っていた。しかし、父であるヌヴェール公に反対されることが心配だった。ヌヴェール公はヴァランチノワ夫人と親しく、ヴァランチノワ夫人がシャルトル家を疎んじている以上、息子がシャルトル侯の姪を妻に迎えたいと言えば、断固反対するに違いない。

娘に対し徳の大切さを熱心に説いてきたシャルトル夫人は、その後も注意を怠らなかった。危険な誘惑にあふれる宮廷では、用心が必要とされるのだ。野心と恋愛こそ、宮廷の真髄であり、男性にとっても女性にとっても最大の関心事であった。利害関係やさまざまな派閥争いが交錯し、そこではしばしば女性が大きな影響力をもつ。色恋に政治はつきものであり、政治に色恋はつきものなのだ。こうしたことにまったく関

42　アンリ二世の娘たち。エリザベート王女、クロード王女、マルグリット王女（のちの王妃マルゴ）のこと。

心をもたず、穏やかにいられる人など、誰ひとりとしていない。誰もが、少しでも高い地位に就くことを望み、有力者に気に入られようとし、誰かを助け、または誰かを蹴落とそうと企んでいる。倦怠感や退屈とは無縁の場所だ。皆、常に娯楽と陰謀で頭がいっぱいなのだ。女性たちも、いくつかの派閥に分かれていた。王妃の味方につく者、王太子妃の肩をもつ者、さらにナヴァル女王派、マルグリット王女派、ヴァランチノワ夫人派がいた。それぞれ、好みや育ち方、気質が似通った者同士が集まり、こうした派閥ができあがっていた。保守的な教育を受け、中年に差しかかった女たちは王妃派であった。まだ若く、娯楽や恋愛沙汰に興味津々のご令嬢たちは王太子妃のおそばに集まる。ナヴァル女王もご贔屓の女性を抱えていた。まだ若いながらも、ナヴァル女王は、夫であるナヴァル王への影響力ももっていた。ナヴァル王は、モンモランシー宰相と親しく、ナヴァル王家は宮廷でも信望があったのだ。マルグリット王女もまだまだお美しく、お取りまきには事欠かなかった。ヴァランチノワ夫人も、自分が目をかけてやった女性たちに囲まれていたが、その数は少なかった。ごく内輪の親しく信頼に足る女性たち、自分と気が合う女性だけは例外であるが、王妃のもとで行われるような大きな宴会でもない限りは自邸に人を呼ぶことも少ない。

宮廷の女性たちは、それぞれの派閥ごとに利害を争い、嫉妬し合っていた。同じ派閥のなかにも嫉妬の感情はあり、王家の人間の寵愛や、有力者を夫や愛人にもつことを競い合っていたのである。こうした感情のあれこれは、一見、些細なことに見えても、地位や名誉の問題と絡み合い、思わぬ影響を与えることもあった。つまり、宮廷には一定の節度を保ちつつも、独特の高揚感が満ちており、だからこそ、魅力的な場所であるともいえる。その一方、若い女性には危険な場所でもあるのだ。シャルトル夫人はその危険に気づいており、なんとしてでも娘を守ろうとしていた。夫人は娘に、どんな甘い言葉を囁かれても逐一報告するよう頼んだ。母が娘に言い聞かせるというより、女友達に懇願するかのようだった。さらに、その若さゆえにどう振る舞ったらいいのかわからないこともあるだろうが、必ず母に相談すれば助けてあげるから、と娘に約束するのだった。

ギーズの弟君は、シャルトル嬢に対する想いや結婚願望をこれ見よがしに示していたので、彼の恋はもはや皆の知るところとなっていた。だが、彼は、この恋が成就する可能性は低いことも知っていた。自分には身分を支えるだけの資産もなく、シャルトル嬢とは不釣り合いなことがわかっていたのだ。末弟の結婚は名家を傾かせると言われており、きっと兄弟にも反対されるだろう。やがて、ギーズの弟君の心配が杞憂ではないことがはっきりした。ロレーヌ枢機卿が激怒し、弟君にそんな想いは捨てるよう命じたのだ。だが、枢機卿が反対する真の理由は別のところにあった。枢機卿はシャルトル侯を憎んでいたのだ。枢機卿はそういった感情をこれまで隠していたのだが、この一件で、ついにそれが表に出てしまった。枢機卿は、末弟が誰と結婚しようと、シャルトル家の人間と結婚するよりはましだとさえ考えていたのだ。枢機卿が、あまりに堂々とこの縁談には反対だと公言してまわるので、今度はシャルトル夫人が気を悪くしてしまった。夫人は、枢機卿の心配には及ばない、自分もこの縁談はありえないと思っていると人づてに吹聴してまわった。シャルトル侯もまた同様の態度をとった。彼は、シャルトル夫人以上に、枢機卿の敵意を感じ取っていた。というのも、彼はその理由に心当たりがあったのだ。

クレーヴ公もギーズの弟君と同様、シャルトル嬢への想いを隠そうとはしていなかった。ヌヴェール公は、息子の恋に気づき苦々しく思っていた。態度を改めるよう説得しようと思っていた矢先、息子がシャルトル嬢と本気で結婚したがっていることを知り、啞然としてしまった。父は結婚の意思を真っ向から否定し、憤怒した。しかもその怒りを隠そうともしなかったので、その噂はやがて宮廷に広がり、シャルトル夫人の耳にも届いた。息子の地位を高めることになると踏み、ヌヴェール公はむしろこの縁談に意欲的なはずだと思っていただけに、シャルトル夫人にとってこの話は意外だった。ギーズ家もクレーヴ家もシャルトル家との縁組を望むどころか、避けようとしていると知り、彼女は驚いてしまったのだ。シャルトル夫人は、口惜しさのあまり、娘を軽んじた両家よりも、さらに上の地位にある名家に娘を嫁がせようと考えた。あれこれ調べさせたうえで、彼女が目をつけたのは、モンパンシエ公[43]の跡取り息子だった。ちょうど適齢期であったし、現在、宮廷に顔を出している独身男性のなかでは最上級の家柄だ。シャルトル夫人は理知的な女性であり、高い地位にあるシャルトル侯という後ろ盾もある。そもそも、シャルトル嬢は結婚相手として文句のつけようがない相手なのだ。夫人は巧妙に振る舞い、父であるモンパンシエ公も、いつしかこの縁談に乗り気になってきたので、そのまま話はまとまるかに見えた。

43　ラファイエット夫人は、本作の習作にあたる作品として、『モンパンシエ公爵夫人』という短編小説を書いている。

ダンヴィル卿の王太子妃への想いを知っていたシャルトル侯は、王太子妃のお力を借りてダンヴィル卿を動かし、陛下や、陛下と親しいモンパンシエ公の子息に取りなしてもらおうと考えた。この話を王太子妃にすると、王太子妃は大好きなシャルトル嬢が少しでも良いお家に嫁ぐためならば喜んで協力するとおっしゃった。さらに妃は、シャルトル侯に対し、叔父である枢機卿を怒らせることになるのは百も承知だが、そんなことは構わないとまで言いきった。実を言えば、枢機卿がいつも王妃の肩をもち、彼女の意見を重んじないのを王太子妃は恨んでおいでだったのだ。

恋愛好きの人間というのは、常に、自分に好意をもっている相手と話をする機会を待っており、口実ができるとこれ幸いと飛びつくものだ。シャルトル侯が帰るや否や、王太子妃はシャトラールを呼ぶと、今夜、ここへ来るよう、ダンヴィル卿への伝言を届けさせた。このシャトラールという男は、ダンヴィル卿の右腕とも言うべき人物で、ダンヴィル卿の恋心にも気づいていた。そんなこともあり、彼は使者の役目を恭しくも喜んで引き受けた。シャトラールはドフィネ地方［フランス南部］の良家の出であったが、その能力と機知によって、家柄以上の格が授けられていた。宮廷の貴人からも歓迎され、大事にされており、モンモランシー家に可愛がられるうちに、一家のご子息であるダンヴィル卿とも親しくなった。見目もよく、あらゆる競技を器用にこなし、歌も歌えば詩も作る。その社交的で情熱的な性格がダンヴィル卿に気に入られ、王太子妃への恋を打ち明けられるに至った。ダンヴィル卿の恋心を知り、シャトラールは王太子妃との恋を取り持つようになった。こうして何度も王太子妃と会ううちに、彼のなかに悲劇の種となる感情が芽生えたのだ。そして、そのせいで彼は理性を失い、命さえも絶たれることになるのである。[44]

ダンヴィル卿が王太子妃の命を断るはずはなく、夜になるとさっそくやってきた。王太子妃が、ほかの誰でもない自分に頼み事をしてくれるというだけで、ダンヴィル卿は嬉しかったのだ。彼は何でも王太子妃の望みどおりにすると約束した。だが、ヴァランチノワ夫人が、この縁談を妨害してきた。早々にこの縁談を知ったヴァランチノワ夫人は、この縁談を許してはならないと、すでに陛下に忠言していたのである。王太子妃に頼まれ、ダンヴィル卿が陛下に話をしに行くと、陛下はすでに反対の意を

44　フランソワ二世の死後、メアリ・スチュアートがスコットランドに帰国すると、シャトラールも後を追ってスコットランドへ渡る。以後、彼はメアリ・スチュアートにつきまとい、二度にわたって寝室に闖入（ちんにゅう）。ついに捕えられ、断頭台に送られた。

決めておられ、あろうことか、ダンヴィル卿からモンパンシエ公に対し、その旨を伝えるよう命じたのだ。熱心に進めてきた話が頓挫したとき、シャルトル夫人はどんなにがっかりしたことだろう。しかも、そのせいで敵方はふんぞり返り、愛する娘はさらに不当な蔑みを受けたのだ。

　王太子妃は、自分が役に立てなかったことを心から残念に思い、シャルトル嬢に同情をお示しになった。

「私がいかに無力か、おわかりになったでしょう。私は王妃様からもヴァランチノワ様からも心底嫌われていて、何をしようとしても、いつもあの方々や、あの方々のお取りまきに邪魔されてしまいます。でもね、私は、あの方たちに気に入られようと努力しているのですよ。あの方々が私に好意的でないのは、私の母が原因なのです。私の母のせいで、不安になったり、嫉妬なさったりしたことを今でも恨んでおいでなのでしょう。陛下は昔、私の母に恋をしたことがおありでした。ヴァランチノワ様よりも前の話です。その後、陛下はヴァランチノワ様を愛しながらも王妃様と結婚なさいました。しかし、数年たっても子供が生まれず、お世継ぎを得るために王妃様と離縁して私の母を妃とすることも本気でお考えになったとか。ヴァランチノワ様は、陛下が昔、愛した女の存在が許せなかったのでしょう。その女の美しさや、知性が自分への寵愛を目減りさせるとでも思ったのでしょうか。ヴァランチノワ様はモンモランシー宰相と手を組みました。宰相もまた、陛下がギーズ公やロレーヌ枢機卿の姉を娶(めと)ることには反対なさっていましたから、お二人は、今は亡き先王を説得しようとなさいました。先王は、ヴァランチノワ様を本気で憎んでおいででしたが、息子の妻にあたる現王妃様を大事になさっておりましたから、なんとか離縁させまいとしたのです。[46]そして、あの方々は、陛下の私の母への想いを断ち切るため、母をスコットランド王[47]に嫁がせたのです。スコットランド王は、陛下の妹君マドレーヌ様[48]と死別なさったばかりでした。あの方々にしてみれば、それがいちばん早く事を解決させる方法だった

45 マリ・ド・ギーズ／メアリ・オブ・ギーズ（一五一五～六〇年）。
46 ヴァランチノワ夫人は、フランソワ一世の愛妾だったが、その後アンリ二世の愛人となったため、フランソワ一世はこれを恨んでいた。また、イタリアとの外交政策の上でも、カトリーヌ（王太子）妃との離婚は許しがたいものだった。
47 ジェームズ五世（一五一二～四二年）。在位は一五一三～四二年。
48 マドレーヌ・ド・ヴァロワ（一五二〇～三七年）。フランソワ一世の娘で、アンリ二世の妹。結婚後数か月で病死した。英語では、マデリン王妃と呼ばれる。

のでしょう。ただ、その結果、あの方々は、以前より母に熱心に求婚していたイングランド王を裏切ることになりました。陛下とイングランド王の間に亀裂が入ったのは、そのせいもあるのでしょう。イングランド王ヘンリー八世は、私の母を妻にできなかったことを長年恨んでいたようです。フランス王家の姫君との縁談もあったようですが、そのたびに、よその男に奪われてしまったあの人の代わりになれる者はいないと言ってお断りになったそうです。実際、私の母はとても美しい人でした。最初の夫、ロングヴィル公と死別した後、フランス、イングランド、スコットランドと三国の王に求婚されたのだから、どれだけ特別なことかおわかりになるでしょう。しかも、不幸なことに、母はそのなかでも最も慎ましい国へと嫁ぎました。そのあとは、ただひたすら苦しみばかりが続くことになったのです。私は母に似ていると言われます。その不運な人生までなぞることになるのではないかと思うのです。この先、どんな幸運が待っているとしても、私が本当に幸せになることはできないのではないかしら」[49]

　シャルトル嬢は、そんな不吉な予感はいわれのないものであり、すぐに消えてしまうはずだと慰め、王太子妃様は美しいお姿にふさわしく、輝くような幸福を得ることでしょう、と勇気づけた。

ある者は王に疎まれることを恐れ、またある者は、王家との結婚を望むシャルトル家に自分のような者が申し出ても勝ち目はないと諦め、もはや、宮廷にシャルトル嬢との結婚を考える者はいなくなった。だが、クレーヴ公は違った。折も折、父ヌヴェール公が世を去った。クレーヴ公が想いを貫くのに何の障害もなくなったのだ。しかるべき喪の期間が過ぎると、公は早々とシャルトル嬢との結婚ばかりを考えるようになった。かつてのライバルたちは去り、もはや断られる理由もない状況で彼女に求婚できるとは、なんと運のいいことだろう。そんな喜びに陰りがあるとすれば、それはシャルトル嬢が自分に好意を抱いてくれるのだろうかという不安だった。公は、結婚が確実になったことを喜ぶよりも、彼女に愛されたいとただそれだけを望んでいたのである。

ギーズの弟君に嫉妬したこともあった。だがそれは、あくまでもギーズの弟君が結婚に有利な条件を備えていることへの妬みであり、シャルトル嬢がギーズの弟君にな

49　その後、彼女はアンリ二世の死去に伴い、フランス王妃となるが、夫のフランソワ二世は即位後、間もなく病死する。著者は、そうした歴史の事実を踏まえたうえで、ここにその予兆を匂わせている。

んらかの好意を示したからではなかった。クレーヴ公は、彼女が自分の想いを受け入れてくれるのか、自分にはそれだけの幸運があるだろうかと、そればかり考えていた。彼女と会うのは、王家の女性の御前か、舞踏会のような公の場所に限られており、二人だけで話す機会はない。それでも、なんとか折を見て、クレーヴ公はできる限り失礼にならぬよう気遣いながら、求婚の意思と熱い想いを彼女に伝えた。クレーヴ公は、自分のことをどう思っているのか教えてほしいと迫り、もし彼女が母親に言われたからという理由だけで結婚を決めるのならば、それは本気でお慕いしている自分にとって永遠の不幸となるでしょう、と述べた。

シャルトル嬢は心清く、良識ある女性だったので、クレーヴ公の態度を嬉しく思い、心を動かされた。その感動がシャルトル嬢の答えや言葉の端々にやわらかな調子を与え、そのやわらかさは、恋するクレーヴ公に希望を抱かせるに充分なものであった。彼はすでに望んでいるものの一部を手に入れたような気になっていたのである。

シャルトル嬢はクレーヴ公と話した内容をそのまま母に報告した。シャルトル夫人はクレーヴ公なら威厳があり、気品もあるうえに、お若い割には思慮深いところも持ち合わせているので、当人が彼のもとに嫁ぐ気があるのならば、喜んで賛成しましょうと言った。シャルトル嬢は、自分もクレーヴ公については良い印象をもっている、結婚してもいいと思っていると答えた。ただそれは、ほかの人に嫁ぐよりも嫌ではないという程度の感情で、特にクレーヴ公に対して愛情を感じるわけではないというのだ。

さっそく翌日には、クレーヴ公からシャルトル夫人に求婚の意思が伝えられた。シャルトル夫人はこの申し入れを受けた。娘をクレーヴ公に嫁がせたとき、夫人はまさか娘がクレーヴ公を愛せないとは思ってもみなかったのだ。こうして結婚は決まり、陛下にも報告し、ついに皆が知るところとなった。

クレーヴ公は結婚の成立を嬉しく思ったが、心から喜べずにいた。自分に対するシャルトル嬢の感情は、敬愛や感謝といった範疇(はんちゅう)を超えるものではないことが寂しかったのである。礼節をわきまえた態度の陰に、熱い心を奥底に隠しているとも思えない。どんなに慎み深い性格とはいえ、結婚も決まったのだから、うわべだけではない愛情を見せてくれてもよさそうなものなのにと思い、クレーヴ公は毎日のように嘆いてみせた。

「あなたと結婚できるのに、幸せでないはずなどありません。それなのに、私は自分が幸福だと思えないのです。あなたは私にありきたりの好意しかもっていらっしゃらない。私はそれだけでは満足できないのです。あなたは気が急いたり、不安になったり、胸が苦しくなったりすることがないのでしょう。あなたは、私の想いに心を揺り動かされてはいない。まるで、私があなた自身の魅力ではなく、あなたの家の財産目当てで求婚しているかのように、無感動でいらっしゃる」

「そんなふうにお嘆きになるなんて、ひどいじゃありませんか。これ以上に何をお求めになるのです？　良家の子女としてこれ以上のことは許されておりませんもの」

「ええ、確かにあなたは、うわべでは私に応えてくださいました。もし、そのお言葉や態度の奥に、形にならないもっと大きな想いがあるのなら、私はそれだけで満足することができたでしょう。あなたは、礼節に縛られているのではない。いや、むしろ、礼節上、最低限のことをなさっているだけ。あなたのお気持ち、あなたのお心にふれることはかなわないのですか。私がそばにいても、あなたは嬉しくも苦しくもないのでしょうか」

「あなたにお会いするのが嬉しいのは、私の様子を見ていればおわかりになるでしょう。あなたのお姿を見ただけで心が乱れることも、顔が赤くなるので一目瞭然ではありませんか」

「ええ、確かにお顔が紅潮なさるのには気づいておりましたが、それはあなたの控えめな性格からくるもので、恋によるものではありませんね。私はうぬぼれるわけにはいきません」

シャルトル嬢は答える言葉が見つからなかった。恋と好意の違いなど、彼女の知るところではなかった。クレーヴ公のほうでも、自分が求めている想いが、彼女にとっていかに遠いものかに気づいたようである。彼女は恋という感情をわかっていないのだから。

ギーズの弟君は結婚式の数日前に旅から戻ってきた。自分がシャルトル嬢を妻にするには、どう考えても乗り越えられそうもない障壁があるため、もはや諦めてはいたのだが、それでも、彼女が別の男の妻になるとなれば、心が激しく痛んだ。その痛みが情熱を掻き立て、彼の恋心は消えることはなかった。シャルトル嬢も、ギーズの弟君の想いを知らないわけではなかった。旅から帰った弟君は、自分の顔を曇らせている悲嘆はあなたのせいですよ、とシャルトル嬢に打ち明けたのだ。ギーズの弟君は誉れ高く、感じの良い貴公子であったから、彼の沈んだ姿を見れば、同情せずにはいられない。シャルトル嬢も思わず弟君が可哀想になってしまった。だが、その同情が別の感情に移ろうことはなかった。ただ、ギーズの弟君の苦しみを見ていると自分もつらい、と母に打ち明けただけだ。

シャルトル夫人は娘の正直さに感じ入った。身びいきではない。確かに、これほどまでに寛容で飾らない心の持ち主はそういるものではないだろう。だが夫人も、残念ながら娘が何事にも心動かされないこと、クレーヴ公にさえ、特別な感情をもっていないことは認めざるをえない。だからこそ、彼女は娘が夫に愛情をもつよう熱心に説き、まだ知り合う前から情愛を感じ、さらに誰も彼女に目を向けなくなったときでさえ、誰よりも彼女を愛し続けてくださったクレーヴ公の存在がどんなにありがたいものであるか、理解させようとした。

ついに婚礼の日が来た。結婚式はルーヴル宮で執り行われた。夕方、陛下と王家の女性たちが宮廷中の人々を従えて、シャルトル夫人の屋敷を訪れ、晩餐会が開かれた。実に豪華な祝宴となった。ギーズの弟君は欠席するとかえって目立つと思い、式に参列したが、その顔には、一目見てわかるほど隠しきれない苦しみが浮かんでいた。

シャルトル嬢が、クレーヴ夫人と名を変えたところで、その感情に変わりはないことにクレーヴ公は気づいていた。夫という地位に就くことで、他人にはない栄誉を得ることができたのだが、妻の心の中での位置づけが変わったわけではない。つまり、夫になっても、彼は片思いの恋人のままだったのだ。クレーヴ公は彼女を自分のものにしても、まだそれ以上のものを求めていた。結婚し、共に暮らし始めても、彼は本当の意味で幸せではなかった。妻に対する狂おしいまでの愛情を抱え、彼はなぜ自分は幸せを感じられないのかと自問した。嫉妬が問題ではない。クレーヴ公は嫉妬という感情から最も遠い夫であったし、妻もまた浮気する可能性から最も遠い妻であった。そうはいっても、クレーヴ夫人となった今も彼女は宮廷で人目にさらされていた。連日のように王妃や王太子妃、王の妹君のもとを訪れていたのだ。自邸でも、クレーヴ公の兄、今はヌヴェール公の名を引き継いだユウ伯の家でも、若く色事に積極的な青年たちがクレーヴ夫人に見入っている。特に、ヌヴェール公の家は多くの人に門戸が開かれていた。だが、クレーヴ夫人は、深い敬愛の念を抱かせる雰囲気こそあれ、どう見ても冗談半分で口説ける様子ではなかった。陛下の寵愛を後ろ盾に、大胆な行動で知られるサン＝タンドレ大将でさえ、その美しさに心を奪われつつも、他の者たちと同じようにちょっとした気遣いを示したり、礼儀正しく振る舞うなかで、そっと好意をお示しになる程度であった。クレーヴ夫人はもともと控えめな性格であったが、母シャルトル夫人の教育を受けて、どんなときでも礼節にかなった振る舞いができるようになっていたため、ますますもって近寄りがたい女性となっていたのである。

ロレーヌ大公夫人は和平のために尽力する一方、息子のロレーヌ公の縁談にも熱心だった。ロレーヌ公は、陛下の次女クロード王女を妻に迎えることになり、婚儀は二月に予定されていた。

その頃、ヌムール公は、イングランド女王との縁談のことだけを考え、まだブリュッセルにとどまっていた。宮廷とは頻繁に書状をやりとりしていた。ヌムール公の期待は日々ふくらんでいった。ようやくリニュロルから使いが来て、幸先よく事が運び、準備が整ったので、あとは公がおいでになるばかりであると告げた。若く野心的なヌムール公にとって、これほど嬉しい知らせはなかった。実際に会う前から耳に入った評判だけで、王座が用意されているようなものである。最初はとんでもない幸運に思えたこの計画も、いつしか心が慣れてしまい、当初は不可能と思い、諦めていたことなど忘れ、もはや何の障害もなく、すんなり事が進むような気がしていたのだ。

ヌムール公は、その壮大な計画に見合う華々しい姿でイングランドに向かうべく、衣装や道具の類を急いでパリに発注した。そして自身も、ロレーヌ公の婚礼の儀に参列するため、宮廷に戻ってきたのだ。

ヌムール公は婚約披露宴の前日にパリにやってきた。公は、到着したその日の夜には、早速、王のもとに赴き、計画の進捗を報告し、今後について指示と助言を受けた。その後、公は王妃や王太子妃たちに挨拶してまわった。そこにクレーヴ夫人の姿はなかった。要するに、彼女は、まだヌムール公に会ったこともなかったし、彼が宮廷に戻ったことも知らなかったのだ。そんな彼女の耳にもヌムール公の噂は届いていた。皆から、ヌムール公こそ、宮廷中で最も見目麗しく、誰もが好きにならずにいられない人物だと聞かされていたのだ。特に王太子妃は、ヌムール公のご様子を熱心に語り、しかも実に頻繁にその名を口になさるので、クレーヴ夫人も彼に興味をもち、一度会ってみたいと思っていた。

婚約披露宴の当日、クレーヴ夫人は、ルーヴル宮で開かれる荘厳な舞踏会と晩餐会に出席するため、自宅にこもり、一日がかりで衣装や化粧を整えた。彼女が宮廷に到着すると、誰もがその美しさと装いに目を奪われた。舞踏会が始まる。クレーヴ夫人がギーズの弟君と踊っていると、広間の入り口が何やら騒がしくなった。誰かが到着し、その人のために席を空けているようだった。曲が終わり、クレーヴ夫人が次のダンスの相手を探してあたりを見まわしたところ、王が彼女に声をかけ、いましがた到着した人物を彼女のパートナーに指名した。振り返ったクレーヴ夫人は一目見るなり、ああ、この人がヌムール公に違いない、と思った。椅子を乗り越えるようにして一直線に、皆が踊っている場所に向かってくる。ただでさえ、初めて会った人は誰もが我を忘れてしまうほどの美男子だ。それが今夜は、いつにもまして入念に美しく装っていたので、その容姿はまさに輝きを放っていた。一方、クレーヴ夫人もまた、初めて会う者を驚かさずにいられない美しさであった。

　ヌムール公も夫人の美しさに陶然としていた。そばに歩み寄ったものの、深々とお辞儀する夫人を前に、思わず感嘆の声をもらしたほどだった。二人が踊り始めると、広間には賛美の囁きが湧き上がった。陛下と王室の女性たちは、ふと二人が初対面であることに気づき、相手の素性を知らぬまま二人が踊っているとは妙なことだと思い至った。そこで、一曲終わると、互いに言葉を交わす暇も与えず、二人を呼び寄せたのであった。陛下は二人に、相手のことを知りたくないか、相手が誰なのか疑問には思わなかったのかと尋ねた。

「私のほうでは確信がありました。でも、クレーヴの奥方様は、私がこの方のお名前を推測したような根拠をおもちではないかもしれませんね。どうぞ、陛下のお口から私をこの方にご紹介くださいませ」

「あら、クレーヴ夫人のほうでも、あなたの名をご存じのはずよ。あなたがこの方の名を知っていたのと同じようにね」

王太子妃が口を挟み、クレーヴ夫人は少々当惑したようだった。

「さあ、私にはよくわかりませんが」

「まあ、おわかりのくせに。出会う前から知っていたことを隠そうとするなんて、何か特別な好意をおもちなのかと疑われてしまいますよ」

ここで王妃が会話を打ち切り、舞踏会を続けるよう促した。ヌムール公は王太子妃の手をとる。王太子妃はこの上なく美しい方であり、ヌムール公もフランドル[50]に行くまでは、そう思っていた。だが、その晩、ヌムール公はクレーヴ夫人だけを美しいと

50 現ベルギーを中心にフランス北部、オランダ南部を含む地方。ヌムール公は、ブリュッセルに滞在していた。

思い、見惚れていたのだ。

今もなおクレーヴ夫人に想いを寄せていたギーズの弟君はその日も彼女のそばにおり、ヌムール公とのやりとりを見て、胸を痛めていた。自分同様、ヌムール公もまた彼女に恋してしまうのではないかと危惧していたのだ。クレーヴ夫人が実際にちょっとした心の揺れを表情に表したのか、それとも嫉妬の心がギーズの弟君に現実以上の妄想を抱かせただけなのかはわからないが、とにかく、ギーズの弟君は、夫人がヌムール公の姿に心動かされたと思い、彼女に耳打ちせずにはいられなかった。

「こんなに素敵で印象的なかたちであなたと出会い、お知り合いになれるなんて、ヌムール公は幸運な方ですね」

クレーヴ夫人は自宅に帰ってきたものの、舞踏会での出来事で頭がいっぱいだったので、夜遅い時間ではあったが、その日あったことを話そうと母の部屋に行った。何とも言えない表情を浮かべ、ヌムール公がいかに美しいかを語る娘を見て、母はギーズの弟君と同様の不安を抱いたのである。

翌日は、ロレーヌ公の結婚式だった。クレーヴ夫人はそこで再びヌムール公と見えたが、この日もヌムール公の美しい容姿と優雅な態度に心奪われてしまうのであった。

それから数日の間に、クレーヴ夫人は王太子妃のところでヌムール公に再会し、公が王とジュ・ド・ポームに興じる姿や、馬上競技に参加する姿を目にし、話し声を耳にした。どんなに遠くからでも、ヌムール公の姿は他の者たちから浮かび上がって見え、どこにいようともその人柄、そして機知に富んで感じのいい様子から、常に会話の中心となっていた。そんな姿を見るにつけ、クレーヴ夫人の心にはかなり早い時期からヌムール公の姿が強く深く刻まれてしまったのである。

そして、ヌムール公のほうでも、クレーヴ夫人に激しい恋心を抱いていた。恋心は、彼にやさしさと陽気さを与えていた。恋をしている者なら誰でも、相手に気に入られたいと思い、そうなるものである。要するに、彼はいつも以上に、好青年として振舞っていたのだ。頻繁に顔を合わせ、宮廷で最も完璧な美しさを互いの姿に見出した二人が恋に落ちるのも当然といえば当然だろう。

ヴァランチノワ夫人はあらゆる娯楽の席に顔を出しており、王は、そのような席でも、お二人の関係が始まった頃と同じように情熱的でやさしい愛情を示しておいでだった。クレーヴ夫人はまだ若く、若い女性にとっては、女が二十五歳を過ぎても愛されるなど信じられないことであった。[51] だからこそ、すでに孫までおり、その孫娘もつい最近結婚したばかりだというヴァランチノワ夫人に対し、王が変わらぬ愛情を示していることは、彼女にとって大きな驚きだったのだ。彼女はしばしば母に尋ねた。

「ねえ、お母様、陛下がそんなに長い年月、ずっと恋をしていらっしゃるなんて、ありうることかしら。しかもご自身よりもずっと年上で、お父上である先王の愛人でもあったし、噂に聞くところでは、ほかにもたくさん恋人がいらしたとか」

「ええ、そうですね。陛下のお心を勝ち取り、その愛を守り続けているのは、ヴァランチノワ夫人の美徳や、貞淑さが理由ではないのでしょう。確かにその点では、陛下も弁明の余地がないでしょうからね。もしも、ヴァランチノワ様がその血筋に加えて、若く美しく、これまでどなたとも色恋沙汰がなく、陛下だけを貞淑に愛し、しかも財産や名誉に関係なく陛下の人柄だけを理由に愛し続け、ご寵愛によって得た影響力を陛下ご自身のご事情やご意向に沿うかたちでのみ行使なさる方でしたら、私たちも陛下のあの方に対する愛情を称賛せずにはいられなかったことでしょう。世間は私たち年配の女性が昔の話ばかりしたがると言うけれど、もし、あなたがそんなふうに思わずにいてくれるのならば、陛下がどうしてヴァランチノワ様をご寵愛なさるようになったのか、先王の時代にどんなことがあったのか、お話ししましょうか。当時のあれこれは今につながっている話も多いですからね」

「昔話に文句を言うつもりなんて、まったくありません。むしろ、お母様が、今の宮廷のこと、そして宮廷のなかでの派閥や人間関係について何も教えてくださらないのを残念に思っていたぐらいです。私は本当に何も知らなくて、ついこのあいだまで、宰相は王妃様の味方かと思っておりました」

「事実はまったく逆ですよ。王妃様は宰相をたいそう嫌っていらっしゃるし、この先、王妃様の力が強くなれば、宰相にはそれなりの報復があるでしょうね。嫡子よりも、愛人に産ませたお子のほうが陛下によく似ていらっしゃる、と宰相が陛下に耳打ちなさったことを王妃様はよくご存じのはずですから」

「王妃様が宰相を憎んでいらっしゃるなんて、とてもそうは見えませんでした。宰相が獄中にあるときもお手紙を出していらしたし、獄から出られたときのあの喜びよう。それに、王妃様も陛下同様、宰相と親しげな様子でお話しなさっているではありませ

51 このとき、クレーヴ夫人はまだ十六歳か十七歳。当時の貴族は十代で結婚することが普通であり、幼少時に婚約することも多かった。

んか」

「宮廷では表面だけを見て判断すると、間違うことが多いですよ。見た目は、ほとんどの場合、真実とは程遠いものです」

「さて、ヴァランチノワ夫人に話を戻しましょう。あの方が別名、ディアーヌ・ド・ポワチエと呼ばれていることは知っているわね。名門のお家なのです。アキテーヌ公の縁続きで、あの方の祖母はルイ十一世の娘でした。といっても正室の娘ではなく、側室の娘でしたけど。まあ、とにかく、本当に高貴なお生まれなのです。ところが、父のサン＝ヴァリエが、あなたも聞いたことがあるでしょう、あのブルボン大将の事件[52]に巻き込まれてしまったのです。サン＝ヴァリエは、死刑を言い渡され、断頭台に連れて行かれそうになりました。でも、娘であるヴァランチノワ夫人は当時から美しく、先王「フランソワ一世」に気に入られていたので、どういう方法を使ったのかは知りませんが、先王の力を借りて父の命を救ったのです。あとは死を待つばかりというところで、恩赦が下ったのですが、父君は死の恐怖にすっかりやられてしまったのでしょうね。その場で意識を失い、数日後には亡くなってしまわれました。やがて、彼女は先王の愛人として宮廷にやってきました。先王がイタリアにいらしたり、投獄されたりで[53]、ご寵愛が途絶えた時期もありました。先王がイスパニアから戻った折、先王の母君[54]は侍女たちを全員引き連れ、バイヨンヌまでお迎えにあがりました。そのなかに、のちのエタンプ公爵夫人、アンヌ・ド・ピスルー・デイリー[55]もいらしたのです。先王は、ピスルー嬢に恋をしました。家柄、知性、美貌、どれをとってもヴァランチノワ様のほうが上でしたが、ピスルー嬢には若さがあったのです。ピスルー嬢は、ヴァランチノワ様が結婚なさったまさにその日にお生まれになったと、当時、さんざ

52　フランソワ一世の腹心の部下であったブルボン大将が、領地の権限をめぐってフランソワ一世と対立し、敵国であったイスパニアのシャルル・カン皇帝の側についた謀反事件。

53　一五二一～二六年にかけて、フランスはイスパニアとイタリアの覇権を争っていた。これがイタリア戦争である。王もイタリアの戦地に赴いていた。一五二五年、パヴィアの戦で敗れたフランソワ一世は捕虜となり、マドリードで一年ほど幽閉された。

54　ルイーズ・ド・サヴォワ（一四七六～一五三一年）。

55　一五〇八～八〇年。フランソワ一世の愛妾として影響力をもつとともに、アンリ二世、モンモランシー宰相と対立する。

んご自身で吹聴なさっていましたからね。まあ、憎しみのあまり出た言葉だったのでしょう。事実ではありません。[56] 私の記憶に間違いがなければ、ヴァランチノワ様がノルマンディーの法官ルイ・ド・ブレゼ卿と結婚したのと、先王とピスルー嬢との関係が始まったのは、同じ時期でしたからね。とにかく、あの二人の女性ほど激しく憎み合った人たちはいないでしょう。エタンプ公爵夫人に王の愛妾の座を奪われたことをヴァランチノワ夫人は生涯、恨み続けました。一方、エタンプ公爵夫人の側でも、ヴァランチノワ様に激しく嫉妬し続けていました。王とヴァランチノワ様との関係は断たれていなかったからです。先王は誰か一人に尽くすお人ではありませんでした。常に誰かが、愛妾の座と権力を手にするわけですが、要はお取りまきとも言うべき愛人たちが複数存在し、そのなかの誰かが権力の座に就いては去っていくといったものでした。王位を継ぐはずだったご長男がトゥルノンで亡くなると王は深い悲しみに沈みました。毒殺されたという噂もあったのです。現王のアンリ様に対し、先王はご長男に示したような愛情も親密さも、おもちではありませんでした。勇敢さに欠け、軟弱なところがあると思われていたようです。ある日、先王がヴァランチノワ様に、アンリ様について愚痴を言ったところ、ヴァランチノワ様は、それなら私が王太子を誘惑してみましょうとおっしゃいました。恋をすればアンリ様も少しは前向きで愛想の良い性格になると思われたのでしょう。彼女の提案がうまくいったことは、あなたにも見ればわかるでしょう。時がたっても、幾多の障害があっても、二十年の長きにわたり、アンリ王の彼女に対する愛情は変わっていないのです。

先王も最初は反対なさいました。先王自身もまだヴァランチノワ夫人を愛しており、嫉妬なさったのかもしれませんし、王太子が自分の宿敵である女性と深い関係になることを恐れたエタンプ公爵夫人から反対するように仕向けられたのかもしれません。いずれにしても、先王は自分の元愛人と王太子が深い関係になったことを知ると、怒り、苦しみ、そのお気持ちは顔や態度にも表れていました。王太子様は、父の怒りも憎しみも気にしておらず、ヴァランチノワ様へのご寵愛の心はそれまでと変わらず、特に隠す様子もありませんでした。こうして、ついに先王もお二人の関係を黙認するようになったのです。ただ、アンリ様が父の意向に逆らったことで、父子の仲はますます悪くなり、先王は三男のオルレアン公シャルル様に心を寄せるようになりました。

56　ヴァランチノワ夫人が結婚したのは、一五一五年。ピスルーの生年は一五〇八年。

オルレアン公は、見目良く、美しく、活力と野心に満ち、漲る若さをもてあましているような方でしたが、年を重ね、精神的に成長なされば、さぞや立派な王様になられるだろうと思われました。

こうして、ご年齢が上の分、継承に有利なのは第二王子のアンリ様、王のご贔屓は第三王子のオルレアン公シャルル様というわけで、二つの派閥が対立し、憎み合うまでになったのです。そもそも、お二人の王子は子供のときから、ずっと憎み合い、競い合ってきたのです。シャルル・カン皇帝がフランスにいらしたとき、皇帝はオルレアン公に好意をお示しになりました。当時、王太子だったアンリ様はそれを恨みに思い、シャルル・カン皇帝がシャンティーにいたときに、王のお許しを待たず、自分の判断でモンモランシー宰相を呼び、皇帝を捕えさせようとしました。宰相はこの命に従わなかったのですが、のちに王から王太子の命令に従わなかったことを責められました。宰相が宮廷から姿を消したのは、このことが大きく影響していたようです。

対立する二人の王子を前に、エタンプ公爵夫人はオルレアン公の側につきました。ヴァランチノワ夫人に対抗するためです。事は思いどおりに運びました。恋愛感情こそありませんが、ヴァランチノワ夫人と王太子の関係のように、エタンプ夫人はオルレアン公の判断を左右するようになったのです。こうして宮廷内に二つの派閥ができました。想像がつきますでしょう。でも、こうした力関係の争いは、女性たちだけの話ではなかったのです。

オルレアン公と親しいシャルル・カン皇帝は、数回にわたって、ミラノの公領を譲ろうと提案なさいました。和平交渉においても、十七州[57]を譲り、娘を妃にとまで言ってきたのです。アンリ王太子は、講和もシャルル・カン一族との縁組も望んでいませんでした。王太子は、常に懇意にしてきたモンモランシー宰相を王のもとに遣わし、シャルル・カンと手を結び十七州を領地にしようとする野心家の弟をもつことは、王位継承者として実に苦々しいことだとお伝えあそばしました。宰相もまた、オルレアン公の勢力を強めようと企むエタンプ夫人側とは激しく対立する立場にあったので、王太子の意向に同調したのでしょう。

王太子はフランス軍をシャンパーニュに向かわせ、シャルル・カン皇帝の軍を極限まで追い詰めました。エタンプ公爵夫人の謀略がなければ、皇帝の軍を全滅させてい

57 ネーデルランド十七州。現オランダ、ベルギー、ルクセンブルク、フランスとドイツの一部。

たかもしれません。エタンプ夫人は、フランス軍が優勢になりすぎると和平交渉そのものが流れてしまい、オルレアン公とシャルル・カン皇帝との関係も壊れてしまうのではないかと不安になりました。そこで、軍の食糧庫があるエペルネー[58]やシャトー＝ティエリー[59]を奇襲するよう、秘かに敵方に情報を流したのです。敵軍は言われたとおりにし、そこを足がかりに逃げ延びました。

陰謀は成功したのですが、公爵夫人は早々に報いを受けることになりました。この直後に、オルレアン公がファルムーティエ［パリ近郊］でお亡くなりになりました。伝染病が原因と聞いています。オルレアン公は、宮廷で最も美しい女性を寵愛なさり、その方からも愛されました。名前は挙げずにおきましょう。その方は実に慎重に、注意深く、オルレアン公への愛情を隠し続け、世間の信用を失うこともありませんでした。偶然とは恐ろしいもので、彼女は自分の夫が亡くなったのを知ったその日、オルレアン公の訃報を耳にしました。オルレアン公を悼む沈痛な思いを心のうちに抱えつつも、夫の死を口実にすれば、無理に平然としている必要もなかったのです。

先王は、ご子息の死から立ち直れなかったのでしょう。二年後にお隠れになりました。先王は王太子にトゥルノン枢機卿とアンヌボー大将を登用するよう申し付けたようですが、モンモランシー宰相には言及しませんでした。宰相は、当時シャンティーに引きこもっていらしたのです。王太子殿下が王位に就いて真っ先にしたことは、この宰相を呼び戻し、政治の要とすることでした。

エタンプ公爵夫人は宮廷を追われ、あらゆる権力を手に入れた宿敵から思いつく限りの嫌がらせを受けました。ヴァランチノワ夫人は、このときとばかり、エタンプ夫人をはじめ自分と不仲の人たちを片端から追放しました。ヴァランチノワ夫人の王に対する影響力は、陛下が王太子だった頃よりもさらに強くなったようです。こうしてアンリ王の即位から十二年間、ヴァランチノワ夫人は政治や人事に絶大な力を示してきました。トゥルノン枢機卿、オリヴィエ大法官も、ヴィルロア卿も追放されました。ヴァランチノワ夫人の行動について王を諫めようとする者は、策略を練っているうちに身を滅ぼすのが常です。砲兵総司令官だったテー伯は、ヴァランチノワ夫人を快く思っておらず、あるとき、夫人の愛人たちのこと、特にブリサック伯との関係につい

58 フランス、シャンパーニュ地方マルヌ県の町。
59 ピカルディ地方エーヌ県の町。シャンパーニュにも近い。

て王に密告したのです。実際、陛下はかねてより二人の関係を疑い、嫉妬していたのですからね。夫人はテー伯の仕打ちに怒り、テー伯を失脚させました。そして、信じられないことには、テー伯がこれまで占めていた役職に、そのブリサック伯を迎えたのです。その後、ブリサック伯は大将にまでご出世なさったのですよ。その間にも陛下の嫉妬は増し、ついに、ブリサック伯が宮廷にいることさえ耐えがたくなったようです。普通、嫉妬という感情は激しく陰険なものですけれど、アンリ王の嫉妬は事を不用意に荒立てることもなく、抑制されたものでした。それだけ、ヴァランチノワ様を敬愛なさっていたということでしょう。そんなわけで、陛下は恋敵を追い払うときにも、ピエモンテの領地を治める役目を与え、それを口実になさいました。ブリサック伯は、ピエモンテで数年過ごし、昨冬、一時的にこちらに戻っていらっしゃいました。表向きは、軍に必要な人員と物資の調達が理由ですが、本当のところはヴァランチノワ夫人に忘れられてしまうのではないかと心配になり、とにかく一目会いたくて、お戻りになったのではないでしょうか。でも、舞い戻ったブリサック伯に対して、陛下は冷淡でした。ギーズ公とロレーヌ枢機卿も、ブリサック伯を嫌っておりましたが、ヴァランチノワ夫人の手前、敵意を露わにするわけにもいきません。そこで、ブリサック伯と敵対関係にあった宰相を動かしました。ブリサック伯は、軍への人員、物資の供給を断られてしまったのです。宰相としても、ブリサック伯の邪魔をすることに躊躇(ちゅうちょ)はありませんでした。なにしろ、陛下はこの男を嫌っておりましたし、そばにいるだけで心配になる相手でしたから。こうしてブリサック伯は手ぶらでピエモンテにお帰りになりました。唯一の収穫は、ヴァランチノワ様の胸のうちの消えかけていた恋慕の情に再び火を点けたことでしょうか。陛下が嫉妬してもおかしくないような相手は、ブリサック伯のほかにもいるのだけれど、陛下はその存在をご存じないのか。いえ、もしかすると、じっと我慢していらっしゃるのかもしれません。あらまあ、私ときたら、あなたが知りたくないことまで、教えてしまったかもしれないわね」

「そんなことありません、お母様。よろしければ、私の知らないことについて、もっと教えてください」

ヌムール公のクレーヴ夫人への想いは初めからあまりにも激しいものだったので、彼はこれまで愛してきた女性、宮廷を離れている間も交流を続けていた女性たちへの艶っぽい気持ちや、懐かしい思い出まですっかり忘れてしまっていた。もはや彼女たちと別れるための口実を考えるだけのゆとりもなく、女性たちの愚痴を聞き、責める言葉に返答する暇さえ惜しくなってしまったのだ。あれほど真剣に想いを寄せてきた王太子妃さえ、クレーヴ夫人の存在には勝てなかった。一刻も早くイングランドへ行こうと思っていた気持ちも萎え、出発に必要な準備についても、もはやどうでもよくなってしまった。ヌムール公は王太子妃のもとに足しげく通った。クレーヴ夫人は王太子妃の部屋を頻繁に訪れていたからだ。周囲には、これまでどおり王太子妃目当てに通い詰めていると思わせておけることも彼にとっては好都合だった。クレーヴ夫人は、彼にとって実に貴い存在であったので、世間に恋心を知らしめるよりも、本人にさえ気取られぬほど、じっと心に秘めていようと自分に誓っていたのだ。親友であり、これまで何でも打ち明けてきたシャルトル侯にさえ、何も話さずにいた。ヌムール公は慎重に振る舞い、注意深く自制していたので、ギーズの弟君を除き、彼がクレーヴ夫人に恋していることに気づく者はなかった。当のクレーヴ夫人も、ヌムール公の想いに気づかなくても不思議ではなかった。それでも、彼女がヌムール公の想いに気づいていたのは、彼女自身がヌムール公に特別な好意を抱いていたからである。相手のちょっとしたしぐさや顔つきにまで注意を払っていたからこそ、相手の気持ちを確信することができたのだ。

クレーヴ夫人はこれまで殿方に言い寄られるたびに母に相談してきたが、今回ばかりは、ヌムール公への想いを母に打ち明けることができなかった。特に隠すつもりはなかったけれど、何も語らずにいたのだ。だが、母であるシャルトル夫人の目には、娘のヌムール公への恋慕がありありと見てとれた。娘の恋を知り、母は絶望的な気持ちになった。まだ若い自分の娘が、ヌムール公のような男に愛され、自身もまた恋に落ちたとき、どんな危険が待っているか、母にはよくわかっていたのだ。その数日後、とある出来事によって、母の漠とした不安は、いよいよ確信に変わったのである。

サン=タンドレ大将は、何かにつけ豪奢なものを自慢するのがお好きだった。そこで、彼は出来上がったばかりの屋敷をお披露目するという口実で、陛下と王室の女性たちを招き、晩餐会を開くことにした。大将は、放埒(ほうらつ)と言ってもいいほど贅(ぜい)を尽くした様子をクレーヴ夫人にも見せたかったのである。

ところが晩餐会の数日前、以前より健康に陰りの見えた王太子が病気になり[60]、引きこもってしまわれた。王太子妃も終日、病床の夫に付き添うことになった。夕方になって、王太子は回復し、控えの間にいた貴族たちを寝室に招き入れた。王太子妃がようやく自分の部屋にお戻りになると、そこには、クレーヴ夫人をはじめ、王太子妃に親しい女性たちが待っていた。

すでに遅い時間であり、正装もしていなかったので、王太子妃は王妃のもとへは行かないことにし、侍女には来客があってもまだ帰っていないと言うよう申し付けた。それから宝石類を持ってこさせ、サン＝タンドレ大将主催の舞踏会のために宝飾品を選び始めた。そのなかのいくつかをクレーヴ夫人に贈呈すると約束していたのである。女性たちがあれこれ品定めしているところに、コンデ公が顔を出した。コンデ公ほどの者となると、どこでも出入り自由なのだ。王太子妃は、コンデ公が、王太子の見舞いから帰ったばかりであることを確かめ、夫の様子を尋ねた。コンデ公が答える。

「皆で、ヌムール公をやりこめていましたよ。彼は必死になって弁明していましたけれど、あれはきっと自分のことでしょうね。きっと、彼には恋人がいて、その人が舞踏会に行くのが心配なのだ。舞踏会で想いを寄せる人の姿を見るのは嫌なものだと力説していましたからね」

王太子妃はこれを聞くと、

「まあ、ヌムール公は恋人が舞踏会に行くのがお嫌なのですか。妻を舞踏会に行かせたがらない男性がいるのは知っておりましたが、結婚もしていないのに、そんなことを思う人がいるとは驚きです」

「ヌムール公に言わせると、相思相愛だろうと、片恋（かたこい）だろうと、恋する者にとって舞踏会ほど耐えがたいものはないらしい。彼曰く、愛し合っているならば、男は数日間、ほったらかしにされて寂しい思いをする。女性は、衣装だの化粧だの舞踏会の準備で忙しくなり、しばらくの間、男のことは二の次になるからね。しかも、それは愛する人のためだけに着飾るわけじゃない。皆に見せるためなのだ。ひとたび舞踏会が始まれば、彼女らは視線をよこした男性すべてに愛想よくする。自分の美しさに満足しているとき、女性はそれだけで幸せだから、男のことなんて、ほとんどどうでもよくなってしまう。ヌムール公はさらにこうも言っていた。片思いならば、愛する人が多くの人に囲まれているのを見て、さらにつらい思いをする。彼女が皆からちやほやされればされるほど、自分が愛されていないことが身に染みてつらい。さらには、その

60　フランソワ二世は、生まれながらに耳鼻咽喉系の病を抱えていたとされる。

美しさがまた別の男性を惹きつけ、ついに彼女が別の男のものになってしまうのではないかと不安になるのが常である。もうひとつ、彼が言うには、舞踏会で愛する人の姿を見るのもつらいが、かといって自分が行けない舞踏会に彼女が来ると知ったときも同じくらいつらいとさ」

クレーヴ夫人は、コンデ公と王太子妃の会話が耳に入っていないかのように振舞った。だが、実は真剣に聞き入っていたのである。そして、それが自分に関する話だと、すぐにわかった。特に、自分が行けない舞踏会に相手の女性が来るという一節は決定的だった。サン＝タンドレ大将の舞踏会の日、ヌムール公は王の命令でフェラール公のもとに向かうことになっており、舞踏会には出られないのだ。

王太子妃はコンデ公とともに笑い、ヌムール公の意見には同意しなかった。コンデ公は続ける。

「ひとつだけ、恋人が舞踏会に出ても許せる場合がある、とヌムール公は言っていた。自分が主催する舞踏会なら、いいだろうと。ヌムール公は去年、王太子妃様のために舞踏会を開いたそうですね。そのときに、彼の想い人が来てくれた。表面上は、あなたの侍女の一人というかたちでね。とにかく、人を楽しませようという自分の思いに応え、向こうからやってきてくれるのは嬉しく思うし、宮廷中の人々が集まった場所で、主（あるじ）として堂々と振る舞う、誇らしげな姿を恋人に見せたいと言うのですよ」
「ヌムール公が自分の主催する舞踏会ならば恋人に来てほしいと言うのには、理由があるのですよ」

王太子妃は微笑（ほほえ）みながら続けた。

「当時、あの方にはたくさんの恋人がいらしたのです。その方たちが誰も来ないとなれば、さぞや寂しい舞踏会になったでしょうからね」

コンデ公がヌムール公の舞踏会についての意見を話し始めたあたりから、クレーヴ夫人はサン＝タンドレ大将の舞踏会に出るのが嫌になってしまった。そもそも、自分に好意をもっている男性が主催する舞踏会など行ってはいけないのだ。ヌムール公のために舞踏会に行かずにおくことに、きちんとした理由ができてクレーヴ夫人は安堵した。それでも、王太子妃が舞踏会のためにと用意してくれた宝飾品は家に持ち帰ることにした。夜、それらの品を母に見せながら、でもこれをつけて舞踏会に行くつもりはないのだと夫人は告げた。サン＝タンドレ大将はこれまでも彼女にこれ見よがしに好意を示してきているし、陛下のためとは言いながら、今度の舞踏会も彼女のために開くような部分がなきにしもあらずであり、自身が主催の宴会となれば何かと気をまわしてくるだろうから、下手に出席しようものなら、面倒なことになりそうである、と夫人は母を前に語ったのだった。

シャルトル夫人は娘の言い分に何か不自然なものを感じ、反対しようとしたが、娘の意思が固いことを知ると説得を諦めた。それでも、そんな理由では世間が認めてくれないだろうし、そんなことを思っているのだと周囲に知られてもよくないので、どうしても舞踏会に行かないと言うなら、せめて表向きは病気ということにしておきなさいと娘に諭した。クレーヴ夫人は母の言葉に従い、しばらくは外出を控え、自邸にこもることにした。そうすれば、ヌムール公が不在の場所に行くこともない。クレーヴ夫人が舞踏会に欠席することを知ればさぞや喜んだはずのヌムール公だが、彼はすでに宮廷をあとにしていたのである。

ヌムール公は舞踏会の翌日に戻ってきた。クレーヴ夫人が舞踏会に出なかったことはすでに彼も聞いていた。だが、まさか王太子のもとでの会話がクレーヴ夫人の耳に入っていたとは想像もせず、自分が原因で彼女が舞踏会への出席を思いとどまったのを喜ぶこともなかった。

翌日、ヌムール公が王太子妃のもとを訪れ、お話をしていると、シャルトル夫人、クレーヴ夫人の母娘が顔を出し、王太子妃のそばにやってきた。クレーヴ夫人は病み上がりらしく略式の装束を身に着けていたが、その割に顔色は悪くないのだった。

王太子妃が声をかける。

「病み上がりとは思えないほど、おきれいですね。コンデ公がヌムール公の舞踏会についてのご意見を披露したものだから、舞踏会に出れば大将を喜ばせることになると思って、行くのをやめたのではないかと思っていましたよ」

クレーヴ夫人は顔を赤らめた。王太子妃の言ったとおりであり、しかもそれをヌムール公本人の前で言われてしまったのだ。

その瞬間、シャルトル夫人は、なぜ娘が舞踏会に行きたがらなかったかを悟った。そして、ヌムール公が自分と同じように、娘の本心に気づいてしまわないよう、娘に先んじて、いかにも本当のことらしく話しだした。

「王太子妃様はうちの娘を買い被りすぎですわ。娘は本当に体調を崩していただけなのです。私が無理に止めなければ、きっと病を押してでも、とっておきの装いで、王太子妃様にご同行しようとしたでしょう。昨夜の饗宴(きょうえん)は実にご盛況だったことでしょうからね」

王太子妃はシャルトル夫人の言葉を信じた。ヌムール公はもっともらしい説明を受けて落胆したが、クレーヴ夫人が顔を赤らめたところを見ると、王太子妃の推測もまんざら的外れではなかったのかもしれないとも思うのだった。クレーヴ夫人は最初、サン゠タンドレ大将の舞踏会に行かなかったのは、ヌムール公のせいだと本人に悟られそうになった自分の行動を恥じた。だが、母が完全に疑いを拭い去ってくれるとそれはそれで、なんだか寂しい気もするのであった。

セルカンの講和会議は決裂してしまったが、和平交渉は続いており、多少の進展の結果、二月末にはカトー・カンブレジで再度、講和会議が開かれることになった。[61] 集まる顔ぶれは前回と同じだ。サン゠タンドレ大将が講和会議に出るため宮中を留守にすると、恋敵がいなくなったことにヌムール公は安堵した。サン゠タンドレ大将は、夫人に積極的に近づこうとしているうえに、クレーヴ夫人のまわりに集まる人たちを注意深く観察していたので、ヌムール公は彼を強敵と見なしていたのだ。

シャルトル夫人は娘のヌムール公への恋に気づいていたが、それを当人には悟られないようにしていた。娘に言って聞かせねばならないと思いつつも、それによってはっきりと恋を自覚させるようなことは避けたかったのだ。ある日、母は娘の前でヌムール公について話し始めた。素晴らしい方だと称賛しながらも、ヌムール公は頭の良い方だから恋をすることなどないだろう、本気で女性とお付き合いすることもなく、単なる火遊びぐらいにしか思っていないだろうなどと、そこには皮肉な褒め言葉も散りばめられていた。さらにシャルトル夫人は続ける。

「あの方は王太子妃様に想いを寄せていると前々から言われていますね。実際、王太子妃様のもとにしょっちゅういらっしゃっている。あの方とお話しするのはできるだけ避けたほうがいいわ。特に、二人きりでお話しするのはだめよ。あなたは王太子妃様に可愛がっていただいているから、そのうち、世間はあなたが二人の恋をとりもっているのだと思うようになるかもしれません。そんなふうに思われたら嫌でしょう? もしそんな噂が長引くようなら、王太子妃様のところへ行くのを減らしたほうが賢明でしょうね。王太子妃様の火遊びに巻き込まれたら困りますから」

61　フランスは、当時、オーストリアとイスパニアを治めていたハプスブルク家と一五五九年にこの会議で講和条約を結んだ。カトー・カンブレジは、フランス北部ノール県の町。

王太子妃とヌムール公の仲を疑ったことがなかったクレーヴ夫人は、母の言葉に驚き、自分は今までヌムール公のお心を誤解してきたのだと思った。娘の顔色が変わったのを母は見逃さなかった。ちょうどそのとき、人がやってきたので、クレーヴ夫人は自宅に帰り、自分の部屋に閉じこもった。

クレーヴ夫人は、母の言葉で、自分がどれほど強くヌムール公に惹かれているのかを気づかされ、胸が苦しくなった。これまでは、自分でも自分の本心を知らずにいたのだ。自分が今、ヌムール公に対して抱いているこの感情こそ、クレーヴ公が求めていたものだと、彼女は初めて思い当たった。そして、本来、自分が愛すべき人ではなく、別の人にその感情を抱いたとは、なんと恥ずかしいことかと思い至った。さらに、ヌムール公は彼女を王太子妃様に近づく口実に使おうとしていたのではないかと不安になり、自尊心を傷つけられ、不愉快な気持ちになった。こうした感情に背中を押され、クレーヴ夫人は、まだ言えずにいたことを母に打ち明けようと心に決めた。

翌朝、クレーヴ夫人は心に決めたとおり、母の部屋に行った。だが、シャルトル夫人は少々熱があるとのことだったので、クレーヴ夫人は、この話はまた別の日にしようと諦めた。それでも、母がそれほど重病のようには見えなかったので、クレーヴ夫人は午後になると、王太子妃のもとに向かった。王太子妃は、ごく親しい二、三人の女性とともに自室におられた。クレーヴ夫人の姿を認めると王太子妃が声をかけてきた。

「ヌムール公の話をしていたのですよ。ブリュッセルからお戻りになって以来、ずいぶん変わられたわねって。あちらに行かれる前は、あちこちに恋人がいらして、それがあの人の欠点だったのです。なにしろ、良家の子女から、つまらない女まで、ずいぶんいろいろな方を口説いていましたからね。ところが、かの地より戻られてからというもの、どの女性にも会おうとしない。あんなに変わってしまう人なんて、初めて見たわ。ご気性も変わりましたね。以前ほど陽気そうには見えませんもの」

クレーヴ夫人は何も答えなかった。もし、母の言葉で目を覚ましていなかったら、今日もまたヌムール公が変わられたという話を、まるで自分への好意が彼を変えさせたかのように思っていただろうと考えると恥ずかしかったのだ。クレーヴ夫人は、王太子妃がヌムール公の変わった理由を詮索し、本当は自分がいちばん真実をご存じなのにとぼけてみせる様子に、なんだか苦々しいものを感じた。クレーヴ夫人は王太子妃に対する感情を抑えることができず、ほかの女性が席をはずすのを待って近寄り、声をひそめて申し上げた。

「私にぐらい、本当のことを打ち明けてくださってもいいではありませんか。ご自身こそが、ヌムール公の態度を変えさせた張本人であることを私にまでお隠しになるおつもりですか」

「そんなことはありませんよ。あなたに隠し事などいたしません。確かに、ブリュッセルに赴く以前、ヌムール公は、私を憎からず思っていることを匂わせていたように思います。でも、お戻りになってからは、そんな時期があったことさえ忘れたかのように振る舞っていらっしゃる。私はただ好奇心から、誰の存在が彼を変えさせたのか、知りたいだけです。突き止めるのは案外簡単かもしれませんよ。ヌムール公の大親友、シャルトル侯爵は、とある女性に好意を寄せていらっしゃるのですが、この女性は私の取りまきの一人ですから、このつてを使えば、ヌムール公のお相手がわかるかもしれませんね」

王太子妃の話しぶりには説得力が感じられ、クレーヴ夫人は、自分でも気づかぬうちに心が落ち着き、安心していた。

母のもとに戻ってみると、容態は先ほどよりもずいぶんと悪くなっていた。熱がさらに上がり、その後数日のうちには重篤な状態になってしまった。クレーヴ夫人は心を痛め、母の枕元に付ききりになっていた。クレーヴ公もほぼ毎日、外出を控えてシャルトル家に滞在した。義母に対する思いやりや、少しでも妻の悲しみを和らげようとする意図もあったが、彼の場合、ただ純粋に妻の顔を見たくてやってきていたのだ。クレーヴ公は妻に対し、今も熱情と言っていい愛情を抱いていたのである。

ヌムール公はクレーヴ公の友人でもあり、ブリュッセルから戻ったあとも、その友情に変わりはなかった。シャルトル夫人が床に臥していた間も、ヌムール公は、クレーヴ公に会いに来たり、散歩に誘ったりすることを口実にクレーヴ夫人の顔を見にやってきていた。しかも、クレーヴ公が不在の時間を狙って訪れ、では待たせてもらいましょう、とシャルトル夫人の寝室の隣にある控室に居座るのだ。そこには、いつも宮廷からの見舞い客が数人いて、クレーヴ夫人もかなりの頻度で挨拶に顔を見せていた。夫人がどんなに深刻な顔をしていても、ヌムール公は彼女をいつもと変わらず美しいと思った。ヌムール公は、夫人の悲しみに寄り添う心遣いを見せ、実にやさしく恭しい口調でお話しなさったので、クレーヴ夫人にも、彼の想い人は王太子妃ではないことがはっきりと伝わってきた。

ヌムール公の姿を目にするとクレーヴ夫人は、動揺を抑えきれなかった。それでいて、会えたことが嬉しくもあった。だが、その姿が見えなくなり、あのお姿を見て嬉しくなる気持ちこそが、恋の始まりだと思うと、胸が苦しくなり、こんな気持ちにさせるヌムール公を憎いとさえ思ってしまうのであった。

シャルトル夫人の病状は深刻なまでに悪化し、ついに死を覚悟するまでになった。シャルトル夫人は、医者から臨終が近いと告げられても、徳と慈悲の心をもって、取り乱すことなくそれを受け入れた。医者が帰ると、夫人は人払いをし、娘を呼んだ。

母は娘の手を握り、語りかけた。

「お別れのときが来たようです。あなたが危うい状況にあり、私を必要としていることを思うと、ますます別れがつらくなります。あなたはヌムール公が好きなのでしょう。いいえ、打ち明けるには及びません。あなたが真実を明かそうと、私にはもう導いてあげるだけの力がありませんから。ずいぶん前からあなたの気持ちには気づいていました。でも、それを口に出してしまえば、あなたが自分の恋に気づいてしまうと思って、しばらくは黙っていたのです。今はもうわかりすぎるほどわかっているようですね。あなたは今、崖の淵に立っているのですよ。死にものぐるいで努力しなければ、谷底へと落ちてしまうでしょう。伴侶に対して自分がなすべきことを考えてください。自分のために何をなすべきかも考えて。一歩間違えば、あなた自身がこれまで得てきた名声をすべて失うことになるのですよ。私はあなたが皆から評価される人間になってほしいと心から願ってきました。さあ、努力と精神力で頑張るのですよ。宮廷から身を引きなさい。クレーヴ公にお願いして下がらせてもらいなさい。多少乱暴に見えようと難しかろうと、そのほうが身のためです。最初はとんでもないことと思えても、色恋沙汰の不幸に比べれば、そのほうが穏やかにすむでしょう。私の願いを聞き届けるために、徳や義務以外にも何かあなたの助けになるものが必要になるかもしれないから、言っておきましょう。この世を去ってもなお、私に不幸があるとすれば、それはあなたがほかの女たちのように堕落する姿を見ることです。もし、そんな不幸がすでに運命として定められているのならば、私は喜んで死を受け入れましょう。あなたのそんな姿は見たくありませんからね」

クレーヴ夫人は母の手を両手で握り返し、涙した。シャルトル夫人自身も感極まったのだろう。

「さようなら。お話はこれくらいにしましょう。お互いつらくなるだけですもの。今、言ったこと、忘れないでちょうだいね」

言い終わると母は、もうこれ以上何も言うまい、聞きたくないとばかりに娘に背中を向け、侍女たちを呼ぶように言った。クレーヴ夫人がどんな状態で母の寝室から出てきたかは想像に難くない。あとは死を待つばかりとなった。シャルトル夫人はその二日後に亡くなったのだが、その日を最後に、唯一の気がかりであろう娘とはもう会おうとしなかった。

クレーヴ夫人はこれ以上はないほどの悲しみに沈み、クレーヴ公は彼女のそばを離れなかった。そして、シャルトル夫人が息絶えると、悲しみをつのらせるばかりの場所から少しでも妻を遠ざけようと田舎に連れて行った。夫人の悲しみは、これまで誰も見たことがないほどに激しいものであった。母への感謝と愛情がそうさせていたのは確かであるが、ヌムール公への想いに負けまいとするなか、母の支えを必要としていただけに、その不在がいっそうこたえるのであった。自分の感情が思いどおりにならず、叱咤激励(しったげきれい)してくれる人を必要とするときに一人残された自分が哀れであった。夫のクレーヴ公が彼女のために尽くしてくれるだけに、自分もまた妻として夫のためになすべきことをなさなくてはと、彼女はこれまで以上に強く思うようになる。そして、夫に対し、以前にも増して友愛と思いやりを示すのだった。片時も夫から離れまい。夫のそばにいさえすれば、ヌムール公につけいる隙を与えることにはなるまいと彼女は思った。

ヌムール公は、田舎までクレーヴ公に会いにやってきた。一目クレーヴ夫人に会いたいと思ってきたのだが、夫人は会おうとしなかった。その姿を見てしまえば、ときめいてしまう。だからこそ、もう絶対に会うまいと心に誓い、自分から断ることができるときは必ず断ろうとしていたのだ。

クレーヴ公は用事のため、パリに出かけた。翌日には戻るはずだったが、実際に帰ってきたのは二日後だった。

夫が帰ると、クレーヴ夫人は言った。

「昨日はずっと帰りをお待ちしていました。約束どおりに帰らなかったのですから、私があなたを少しくらい責めても理不尽ではありませんよね。ただでさえつらいのに、さらに悲しいことがありましたの。今朝ほど、トゥルノン夫人が亡くなられたと知らせがありました。たとえ一度も会ったことがない方でも、若くお美しい方がわずか二日の病でお亡くなりになったと聞けば、それだけで気持ちが沈みます。まして、あの方は、宮廷でお付き合いのある人たちのなかでも、私が特別親しみを感じていた方、慎み深く、立派な方でした」

「約束どおりに帰れず、つらかったのは私も同じです。でも、可哀想な人を一人にはできなくて、慰めてさしあげなくてはならなかったのですよ。トゥルノン夫人については、そんなに悲しむことはありませんよ。そもそもあなたの敬愛に値するような慎み深さや品格の持ち主ではありませんしね」

「なんですって。あなた自身、一度ならず、あの方こそ、宮廷で最も尊敬する女性だとおっしゃっていたではありませんか」

「ええ、確かに。でも、女性というのはわからないものですね。いろいろな女性を見ていると、あなたと結婚できたことは実に幸せなことで、どんなに喜んでも足りないくらいだと思うのですよ」

「それは買い被りすぎですわ」クレーヴ夫人はため息をつき、続けた。

「私はまだあなたにふさわしい妻ではありません。それにしても、トゥルノン夫人の何があなたをそんなにがっかりさせたのでしょう。聞かせてください」

「ずいぶん前から私は彼女への評価を変えました。彼女がサンセールを愛していたことも知っています。サンセールとの結婚も視野に入れ、気をもたせていたこともね」

「信じられません。寡婦になられて以来、あの方は結婚の可能性をあれほどはっきりと否定し、再婚する気はないと公言していらしたではないですか。それなのに、サンセール様に結婚を匂わせていたなんて」

「いやいや、相手がサンセールだけなら驚きません。彼女がエストゥートヴィルにも同じように再婚を匂わせていたというから驚きなのです。では、すべてをお話ししましょう」

第二部

「サンセールと私が友人なのは、あなたも知っていますね。サンセールは二年前からトゥルノン夫人に恋をしていたのだが、私を含め、誰にも気づかれぬよう特別に注意を払っていました。私もまったく気づいていませんでした。トゥルノン夫人は夫を亡くした悲しみからまだ立ち直っておらず、ほとんど人に会わずに蟄居（ちっきょ）していると思っていたからね。ところが、そんなトゥルノン夫人が唯一、交際を続けていた女性がサンセールの妹だったのです。サンセールは、妹の家でトゥルノン夫人に出会い、恋をしてしまったようです。

ある晩、ルーヴル宮でお芝居が催されることになり、あとは陛下とヴァランチノワ夫人が来るのを待つばかり、というときのことです。使いが来て、夫人が体調を崩し、陛下も観劇はお取りやめになると告げてきました。皆、きっと夫人と陛下の間に何か悶着があったのだろうと考えました。ブリサック伯がパリに戻ってきている間、陛下が嫉妬の炎を燃やしていたのは周知のことだったからね。でも、ブリサック伯は数日前にパリを発ち、ピエモンテに帰ったはずだし、いったい何が揉め事の原因になったのかは、想像がつかなかった。

私がサンセールとそんな話をしていたら、ダンヴィル卿がやってきて声をひそめ、陛下は見ている者がつらくなるほど怒り、悲しんでいると言う。ブリサック伯が原因で揉めていたヴァランチノワ夫人と陛下だが、数日前にようやく和解した。陛下は仲直りの証しにと指輪を贈り、夫人に身につけてくれるよう懇願したそうです。ところが、その日、いざ観劇に行こうと着替えてきた夫人の指には、指輪がなかった。陛下がなぜ指輪をしないのかと問いただしたところ、夫人はそのとき初めて指輪が見当らないことに気がついたかのように驚き、侍女に探してくるように言いつけた。ところが、この侍女というのが、運が悪かったというか、気が利かないというか、そんな指輪は、もう四、五日前から見た覚えがありませんと答えた。四、五日前といったら、ちょうどブリサック伯がパリを発った頃だ、とダンヴィル卿は話を続ける。そこで陛下は、夫人があの指輪を、宮廷を去るブリサック伯に渡したに違いないと考えた。そうお考えになった途端、まだ完全に消えていなかった嫉妬の炎が再び燃え上がり、陛下は平素のお姿とは打って変わって憤怒を露わにし、夫人を責め立てた。陛下は打ちひしがれた様子で自邸に戻られたそうだが、夫人が指輪を他人にあげてしまったことが悲しかったのか、怒りを露わにしたせいで夫人に嫌われてしまうことを恐れて落ち込んでいたのか、果たしてどちらだろうね、というのがダンヴィル卿の話でした。

　ダンヴィル卿が話し終えると、私はサンセールに身を寄せ、今、聞いたことを小声で繰り返しました。もちろん、これは秘密として聞き、秘密として話すのであって、彼にはちゃんと口止めしておきました。

　翌朝、かなり早い時刻に私は義姉のもとへ行きました。すると、義姉の寝台の脇にトゥルノン夫人が控えている[62]。トゥルノン夫人はヴァランチノワ夫人を嫌っていたが、私の義姉もまたヴァランチノワ夫人には好意をもっていない。実は、その前の晩、観劇の帰りにサンセールはトゥルノン夫人のもとに立ち寄っていたのです。サンセールは、陛下と愛妾の間のいざこざをトゥルノン夫人に話し、トゥルノン夫人は私の義姉にその話を伝えようと、そこにいたわけです。まさか、サンセールにその話をしたのがこの私だとは、彼女は知らなかったし、想像もしていなかったのでしょう。

私が歩み寄ると、義姉はトゥルノン夫人に、この人にならら今の話をしてもいいでしょうと声をかけ、返事を待たずに、一字一句違わず、その前の晩、私がサンセールに言ったことをその口から繰り返しました。私がどんなに驚いたか、わかるでしょう。思わずトゥルノン夫人のほうを見ると、彼女は困った顔をしていた。その当惑ぶりを見て、私はもしやと思った。私はあの話をサンセールにしかしていない。サンセールは芝居が終わると理由は言わぬまま、私と別れて帰った。そういえば、サンセールがトゥルノン夫人のことを褒めちぎっていた時期があった。そうしたことがつながり、私にも事情が見えてきた。サンセールは彼女と恋仲にあり、昨夜、私と別れたあと、彼女のもとを訪れていたのだということが容易に想像できました。

私はサンセールが彼女との仲を私に隠していたことに少なからず傷つき、トゥルノン夫人に自らの軽率な行動を気づかせてやろうと、二、三の嫌味めいたことを言って

62　当時、王族や貴族の女性の寝室は居間を兼ねており、寝台に横になったまま客に応対することも珍しくなかった。また、客人を自身の寝台に腰かけさせることもあった。

しまった。彼女を馬車まで送り届け、別れ際に、陛下とヴァランチノワ様のいきさつをあなたにお話しした男は幸せ者ですね、と言ってやったのです。

私はその足でサンセールのところへ行き、彼に怒りをぶつけました。どうしてそれがわかったかは告げぬまま、君がトゥルノン夫人と恋仲なのを知っているぞ、と言ってみたのです。こうして、彼はすべてを白状せざるをえなくなりました。私は二人の仲を知るきっかけになった出来事を語り、彼は彼で彼女とのやりとりを明かしてくれました。しかも、サンセールは次男であり、条件的に良い相手とは言えないはずなのに、結婚の約束を取り付けたというのです。これほどの驚きがあるでしょうか。私はサンセールに、それならば一刻も早く婚儀を挙げるように言いました。なにしろ、真実とはまったく異なる姿を見せ、世間体を保とうとする女性ほど、危険なものはありませんからね。だが、サンセールが語ったところによると、彼女は夫を亡くし長らく激しい悲しみに沈んでいた手前、サンセールの愛によって立ち直ったものの、夫のことをあっさり忘れてしまったように見えるのは体裁が悪いというのです。サンセールは、彼女をかばうように理由をいくつも挙げてみせ、私は、彼がどんなに彼女に夢中なのかを思い知らされました。さらに彼は、そもそも二人の仲を気づかれるきっかけをつくったのは彼女なのだから、私が二人の仲を知ることを彼女にも承諾させると言ってきました。実際、彼は散々苦労のすえに、トゥルノン夫人を説得したようで、その後、私は双方から事の進展を聞かされることになったのです。

確かに、想い人に対し、あれほど誠実かつ感じよく振る舞う女性は見たことがなかった。だが、その一方で、今でも夫の喪に服していると見せかけようとする彼女の欺瞞（ぎまん）には驚かされました。サンセールは彼女を溺愛していたし、彼女の見せる思いやりに満足していたから、無理に結婚を急がせようとはしなかった。愛情ではなく、役得目当てで結婚を迫っていると彼女に思われたくないという気持ちもあったのでしょう。それでも求婚の意思は伝えていたし、彼女も再婚を決意したように見えた。実際、彼女はこれまで隠遁生活を送っていた地を離れ、社交界に再び顔を出すようになっていたのです。宮廷の人たちが来ている時間帯であるのを承知で、トゥルノン夫人が義姉のもとを訪れることもありました。サンセール自身が立ち寄ることは稀でしたが、義姉の家を毎晩のように訪れる人たちは、何度もトゥルノン夫人と顔を合わせ、彼女のことをとても感じの良い人だと思っていたようです。

隠遁生活をやめ、社交的になりはじめた頃から、サンセールは彼女がどこか冷淡になっていくような印象をもちました。彼は私に何度かそんな話をしたが、私はただ気のせいだろうと思っていました。だが、ついに、サンセールが彼女は本気で結婚するどころか嫌がっているのではないかと言いだし、私も彼の心配が冗談ではすまないことに気づきました。そこでこう言ってやりました。『もう二年もたつのだから、彼女の愛が冷めても何の不思議もない。まあ、愛情が冷めるとは言わないまでも、本気で結婚を考えるほどの強い気持ちではないというのなら、それを嘆いてもしょうがない。そもそも、普通に考えれば、彼女には再婚しても何の得もないのだ。なにしろ、君は結婚相手として決して条件が良いとは言えないし、しかも再婚によって彼女は貞淑な未亡人という評判を失うことになる。だとすれば、君が望めるのはせいぜい、彼女が君を裏切らないことを願い、これ以上、無駄に希望をもたせないでくれと頼むことぐらいだろう。もし、彼女が結婚できないとか、別に好きな人ができたと言ってきたとしても、怒ったり嘆いたりせず、これまでどおり彼女に尊敬と感謝の念をもちつづけるべきだね』

私が彼に与えた助言は、自分でも常に心がけていることなのです。正直なのがいちばん大事だと思う。だから、たとえ自分の恋人が誰か別の人を好きになったと正直に告白してきても、それが妻からの告白であっても、私は悲しみこそすれ、怒るようなことはないでしょう。むしろ、恋人や夫という立場を忘れ、助言したり、同情したりしてあげたいのです」

夫の言葉を聞き、クレーヴ夫人は顔を赤らめた。まるで今の自分のことを言っているかのようではないか。彼女は驚き、動揺し、落ち着きを取り戻すまでに、しばらくかかった。

クレーヴ公は話を続けた。

「サンセールはトゥルノン夫人に、私から言われたことをすべて話したという。だが、彼女は必死になってサンセールを安心させようとし、浮気を疑われたことをひどく憤慨してみせた。こうして、サンセールは彼女を完全に信じてしまったのです。その一方、彼女は結婚をさらに先送りし、サンセールが旅から帰ってからにしましょうと言いだした。彼は所用でパリを長く留守にすることになっていたのです。それでも、サンセールの出立まで彼女は何の落ち度もなく振る舞い、しばらく会えなくなるのを悲しんでいる様子だったので、彼ばかりか私まで、彼女は本気で彼を愛しているのだろうと思ったのだ。サンセールは、三か月ほど前にパリをあとにした。サンセールがいない間、私がトゥルノン夫人に会う機会はほとんどなかった。あなたのことで精一杯でしたからね。ただ、そろそろサンセールが戻ってくる頃だとは思っていました。おととい、パリに到着したところ、トゥルノン夫人の死を知りました。そこで、サンセールの屋敷に使いを送った。彼の消息が知りたくてね。すると、前の晩、ちょうどトゥルノン夫人が亡くなった日に、彼もパリに戻ってきているというのだ。私はその足で彼のもとに向かいました。さぞや気落ちしているだろうと思っていたのだが、彼の悲しみようは想像以上のものだった。

私はあれほど深く、情愛に満ちた悲しみを見たことはない。私の姿を見るなり、彼は私にしがみつき涙にくれました。『もう会えない。もう会えないのだ。あの人が死んでしまった。私にはもったいない人だった。ああ、私も後を追いたい』

それだけ言うと彼は黙り込んだ。やがて、思い出したように繰り返す。『あの人が死んでしまった。もう会えない』あとはもう叫びと涙ばかり、本当に正気を失ってしまったかのようだった。パリを離れて以降、そう頻繁に手紙が来たわけではないという。だが、彼は別に怪しまなかった。夫人の性格はよくわかっていたし、言葉を文字にするときは慎重な人だということも知っていたからだ。サンセールは旅から戻ったら彼女と結婚できると信じて疑わなかった。彼にとってトゥルノン夫人は、この世の誰よりも愛すべき人物であり、貞淑な女性だったのです。彼は自分が夫人に愛されているとばかり思っていた。それなのに、永遠の愛を誓い、結婚する直前に彼女を失ってしまったのだ。そんな思いがあれこれと浮かんでは消え、彼を激しい悲しみへと引きずり込んでいく。彼はもはや悲しみでぼろぼろになっていた。ええ、そばにいる私までつらくなりましたよ。

それでも、陛下にお会いする用事があり、いつまでも彼に付き添っているわけにはいきませんでした。そこで私は、すぐ戻ると彼に約束し、陛下のもとに向かいました。実際、早々に戻ってきたのですが、驚いたことに、彼は、先ほど別れたときとはまったく異なる様子で私を待っていました。寝室で仁王立ちした彼の顔は怒りで真っ赤でした。かと思えば、正気を失ったかのように、右へ左へと歩きまわっては足を止める。そして私に声をかけてきました。『さあさあ、この世でいちばん絶望した男の顔をご覧になるがよい。私は、先ほどよりもさらに千倍も不幸せになってしまった。ついさっき、彼女について、死の知らせよりも酷な話を聞いたんでね』

私は、彼が悲しみのあまりどうにかなってしまったのかと思いました。愛し愛された女性の死以上に酷なことなど想像できなかったのです。そこで私は彼に、『君の悲嘆に節度がある限りは、私もそれを尊重するし、同情もする。でも、君が絶望に身を委ね、理性を投げ捨ててしまうなら、もう同情のしようがないではないか』と言ってやりました。

すると彼はこう答えました。

『理性を捨てられたらどんなにいいだろう。ああ、命も捨てたいところさ。あの人は私を騙していたのだ。死の知らせの翌日になって、彼女の浮気と裏切りを知った。これまでにないほどの激しい苦しみと、深い愛情に魂が満たされ、貫かれたそのときに、こんなつらい現実を目のあたりにするとは。彼女の存在がこれまでにない完全なものとして、私にとって最も完璧なかたちで刻まれたそのときに、私は自分が騙されていたこと、彼女が私の愛しむような女ではなかったことを知ったのだ。それなのに、彼女が貞淑な女であったかのように、私はやはり彼女の死が悲しい。しかも、彼女の嘘を思えば、彼女が今も生きているかのようにつらい。もし、彼女が生きているうちに、彼女の心変わりを知っていたら、嫉妬や怒りや悔しさで心がいっぱいになり、彼女が死んでもこれほどまでに悲嘆にくれることはなかっただろう。だが、もはや私はすべてを諦めることも、彼女を恨むこともかなわないのだ』

　サンセールの言葉を聞いたとき、私がどんなに驚いたか、あなたにも想像がつくでしょう。私は彼に、彼女の不貞をどうやって知ったのかを尋ねました。彼によると、私が去って間もなくエストゥートヴィルが来たのだとか。エストゥートヴィルは、彼の親しい友人だが、トゥルノン夫人との仲については知らなかった。その彼がサンセールに会いに来た。そして、腰を下ろすや否や、泣き始めたというのです。エストゥートヴィルはこれまで隠していて申し訳ないと謝り、打ち明け話を始めた。彼は、サンセールに、どうか可哀想に思ってくれ、思い切って打ち明けるが、トゥルノン夫人の死をいちばん悲しんでいるのは自分だと告白した。

『エストゥートヴィルの口からトゥルノン夫人の名が出たことに心底驚き、いや、自分のほうがさらに深い悲しみに沈んでいるのだと言うはずが、何も言えなくなってしまった』とサンセールは振り返る。『すると、エストゥートヴィルはさらに話を続け、半年ほど前からトゥルノン夫人と恋仲になったというのだ。エストゥートヴィルは何度も私に二人のことを打ち明けようとしたが、彼女がそのたびにむきになり断固として止めようとするので、ついに言いだせなかったそうだ。彼が恋に落ちるのと、彼女が彼を気に入ったのはほぼ同時らしい。二人は、その関係をひた隠しにしてきた。エストゥートヴィルは、彼女の家を表立って訪れたことは一度もないと言っていた。彼は、夫の死に沈む彼女を励ますことに喜びを覚え、ようやく結婚をというときに彼女が死んでしまった。しかも、エストゥートヴィルと彼女の結婚は、相思相愛の恋愛結婚であるのに、義務と服従の結婚に見せかける算段までしてあったらしい。これまで再婚はありえないという態度を通してきた手前、彼女は体面を取り繕うため、父に命じられて仕方なく再婚するという体裁をとるつもりだったのだ』

サンセールの話はまだ続く。

『私は、エストゥートヴィルの話を信じた。彼の話には真実味があったし、エストゥートヴィルがトゥルノン夫人と恋に落ちた時期が、まさに私が彼女が冷たくなったと感じ始めた時期と一致していたからだ。しかし、次の瞬間、エストゥートヴィルは嘘をついているのかもしれない、いや、すべては彼の妄想かもしれないと思い始め、面と向かってそう言ってやろうかと思った。だが、もう少しはっきりさせたいと思い、あれこれ問いただしし、彼に疑念を抱かせるようなことを言ってみたりもした。しかし、それらの努力も結局、自分の不幸を裏付けることにしかならなかった。エストゥートヴィルは私に、彼女の筆跡を知っているかと尋ねた。そして、寝台の上に彼女の肖像画と一緒に手紙を四通並べて見せた。ちょうどそのとき、私の兄が部屋に入ってきた。エストゥートヴィルは涙に濡れた顔を見られまいと大慌てで部屋を出て行った。彼は去り際に、夕方、肖像画と手紙を取りに戻ると言い残していった。私は体の不調を口実に兄を追い払うと、逸る気持ちで彼の置いていった手紙を見た。なんとか、せめて一部分でもエストゥートヴィルの話を否定する手がかりがないかと、すがる思いだったのだ。しかし、私がそこに何を見つけたと思う？　やさしい言葉。約束の言葉。本気で結婚を考える言葉。四通とも！　私はこんな手紙をもらったことはない。ああ、しかも私は死の悲しみと裏切られた悲しみを同時に抱えているのだ。この二つを比べることはよくあるが、一人の人間が同時にこの二つを味わうなんて、私ぐらいのものだろう。恥ずかしながら、今もなお、私は彼女の心変わりよりも死のほうがつらい。不貞があったとはいえ、死に値する罪とは思えないのだ。彼女が生きていれば、心変わりを責めることも、それがどんなに非道な仕打ちか思い知らせてやることもできる。だが、もう会うこともできないのだ。もう二度と会えないのだ。この苦しみは、どんな苦しみにも勝る苦しみだ。私の命に代えてでも、彼女を生き返らせてやりたい。おや、私は何を願っているのだろう。生き返った彼女は、エストゥートヴィルのものになってしまうではないか。ああ、昨日の私はどんなに幸せだったことか。昨日の私は幸せだった。私は確かに世界でいちばん深い悲しみに沈む男であったが、その悲しみは理にかなったものであった。諦めきれないと思いつつ、そこにはどこか甘美な感傷があった。だが、それに比べて、今日の私の苦しみは理にかなわないものである。彼女の偽りの愛に対し、私は本来なら真の愛に捧げるにふさわしい痛みで応えているのだ。あの人の面影を憎むことも、愛することもできない。諦めることも、悲しむこともできない。それなら、せめて』と、彼は急に私のほうに向き直った。『せめて、二度とエストゥートヴィルと顔を合わせずにすむようにしてくれないか。奴の名前を聞くだけでぞっとする。いや、私が文句を言う筋合いでないことは百も承知だ。トゥルノン夫人への想いをエストゥートヴィルに打ち明けなかった私の自業自得だ。彼だって、あの人が私の恋人だと知っていれば、あのような仲にはならなかったかもしれない。彼女も私を裏切らなかったかもしれない。彼は自分がつらいからこそ、私を頼ってきたのだ。哀れな奴だ。だって、そうだろう。彼はトゥルノン夫人を愛し、愛された。でも、彼だって、もうあの人に会うことはできないのだ。だからといって、彼を憎まずにはいられそうもない。だから、君に頼むのだ。私がもう彼に会わずにすむようにしてくれ』

そう言うとサンセールは再び涙を流し、トゥルノン夫人を惜しみ、故人に語りかけ、この世の限りにやさしい言葉を口にしたのです。しばらくすると、今度は彼女を憎み、不満をぶつけ、なじり、呪詛（じゅそ）の言葉を投げつける。あまりに激しく感情を昂ぶらせているので、彼をなだめるには助けが必要だと感じ、私は彼の兄に使いを送りました。兄君とは、つい先ほど陛下のところで会い、別れたばかりだったのです。兄君が着くと、私はまず控えの間で声をかけ、サンセールがどんな状態にあるかを説明しました。私たちは、まず彼がエストゥートヴィルに会わずにすむように手配し、冷静になるようサンセールに言い聞かせるうちに夜半になってしまいました。今朝方、様子を見に行ったときもまだやつれた顔をしていましたよ。それでも、兄君が付いていてくれると言うので、私はようやくあなたのもとに帰ってこられたというわけです」

「本当に驚いてしまいました。トゥルノン夫人は、色恋沙汰や不貞とは無縁の方だと思っておりましたのに」

「まったく、器用というか、嘘がうまいというか、彼女ほど見事にやりとげた人はいないでしょうね。今思えば、彼女が冷たくなったとサンセールが思い始めたあのとき、彼女はエストゥートヴィルと恋仲になり、確かに態度に変化が出ていたのです。彼女はエストゥートヴィルに対し、彼のおかげで喪の悲しみが慰められ、隠遁生活に終止符を打つ決心がついたと話していた。一方、サンセールは、これ以上、暗く沈んだ気持ちで過ごすのはやめにしましょうと二人で話し合ったからこそ、彼女が社交的になったのだと思い込んでいた。さらに彼女はエストゥートヴィルに対し、結婚の計画は内緒にしておいてほしい、父に言われて仕方なく結婚したかのように見せ、体面を保ちたいと説明している。こうして、二人の結婚に異を唱えられない状況をつくったうえで、サンセールを切り捨てるつもりだったのでしょう。

　さて、私はもう一度、サンセールのところに行ってきます。あなたもパリに戻ってみてはどうでしょう。そろそろ世間に顔を出し、絶え間なく訪れる人々に扉を開いてもいい頃ではないですか。いつまでも、閉じこもってはいられないことだしね」

　クレーヴ夫人は夫の言葉に同意し、翌日、パリに戻った。もはや、ヌムール公についてもこれまでになく穏やかな気持ちしか湧いてこない。母が臨終前に言ったあの言葉、そして母を失った悲しみのせいで、これまでの感情がすべて棚上げになり、そのまま消えてしまったかのように自分でも思っていたのだ。

彼女がパリに戻ると、その晩さっそく王太子妃が訪ねてきた。妃はまず、お悔やみを述べたあと、沈みがちな気持ちをまぎらわせるためにと、彼女が不在の間に宮廷で起こったあれこれを語って聞かせた。その後さらに、内輪話が続いた。

「何よりもあなたにお話ししたかったのは、ヌムール公が本気で恋をしていらっしゃるのは確かだってことよ。それなのに、親しいご友人も皆、何も打ち明けられていないし、誰がお相手なのか見当もつかないとおっしゃるの。でもね、本気の恋なのは確かよ。だって、王座に就く可能性さえどうでもよくなり、やめてしまおうとしていらっしゃるほどなのですから」

そして王太子妃は、イングランド女王との縁組計画についてすべて話して聞かせた。

「今、話したことは、ダンヴィル卿から聞いたのです。今朝、ダンヴィル卿が私に話してくれたことによると、陛下は昨晩、リニュロルからの手紙について、ヌムール公に問いただしたとか。なんでも、リニュロルは手紙で、そろそろフランスに帰してください、ヌムール公がなかなかイングランドにいらっしゃらないので、女王陛下との間をとりもつのも、もはや限界です、と書いてきたのですって。しかも、女王陛下は気分を害し始めていらして、はっきりした言葉こそないものの、もう無理に来ていただかなくていいと言わんばかりだとか。陛下はこの手紙をヌムール公の前で読み上げたのですが、ヌムール公ときたら、最初のうちこそ真面目な顔で聞いていたものの、ついには笑いだし、冗談を言い、なおもわずかな可能性にすがろうとしているリニュロルのことまでも茶化し始めたのです。そして、こう言ったそうよ。私が何の勝算もないのに、女王陛下の夫気取りでイングランドに乗り込んだりしたら、欧州中から軽率だと非難されるのが落ちです。しかも、イスパニア王が、なんとかイングランド女王を妃に迎えようと画策している今、イングランドに行くのはタイミングが悪すぎます。ただの恋愛でしたら、強敵がいても構わないのですが、事が結婚となりますと、陛下、まさか私に、イスパニアを敵にまわせと言うのですか、とおっしゃったとか。陛下は『ああ、そのとおりだ。この際、やってみればよい』とまでおっしゃったらしいの。『いや、そもそも、イスパニア王と争うことにはならないだろう。イスパニア王にはもっと別の意図があることぐらい、私だってお見通しだ。たとえ、彼が本気で結婚を望んでいるとしても、メアリ女王がイスパニアとの関係であれだけ苦しんだ過去を思えば、妹のエリザベス女王［異母妹にあたる］がイスパニアに嫁ぎたがるとは思えないし、諸国の王座を兼任するイスパニア王の栄光に眩惑（げんわく）されるとも思えない』それでも、ヌムール公は引き下がらなかった。『眩惑されることはなくても、恋によって幸せになりたいとは思うかもしれませんよ。数年前には、クールトネ卿との恋も噂になったではありませんか。メアリ女王も、クールトネ卿に好意を寄せており、イングランド中の誰からも反対されることなく結婚する可能性だってあった。それなのに、クールトネ卿が王座よりも、エリザベス王女の若さと美しさに魅了されてしまい、それがメアリ女王の耳にも入った。陛下もご存じでしょう。メアリ女王は嫉妬のあまり、二人を別々に投獄し、その後、クールトネ卿を国外に追放しました。そして、メアリ女王自らはイスパニア王に嫁ぐことに決めたのです。現在、女王の座におられるエリザベス様は、そのうちクールトネ卿を呼び戻すことでしょう。そして、まだ会ったことのない私のような者より、自分の愛した人、自分のために辛酸をなめた愛しい人を選ぶことでしょう』

　でも、陛下はさらに言ったそうよ。

『クールトネが存命ならば、あなたの意見にも一理あるでしょう。だが、数日前に聞いたところによると、あの男は幽閉されていたパドア「イタリア」で死んだらしい』陛下は、ヌムール公を送り出しながら、イングランド女王との婚礼となれば、スコットランド女王を王太子妃に迎えたときのように、イングランドに大使を派遣しなくてはなるまいなどと、さらに話を続けたのだそうです。

　陛下との会見に同席していたダンヴィル卿とシャルトル侯は、ヌムール公は本気の恋をしていらっしゃるからこそ、こんな名誉ある結婚話をも蹴ろうとしているのだとますます確信を強めました。ヌムール公に誰よりも親しいシャルトル侯は、マルティーグ夫人にも、ヌムール公はすっかり変わってしまって別人のようだと言ったそうよ。しかも、驚いたことに、ヌムール公には誰ともお付き合いしている様子がないし、こっそり一人でどこかに行っている様子もない。ということは、ただ想いを寄せているだけで、何の交渉もないということ、何の反応も返さない女性を一方的に想い続けるなんて、これまでの彼を知る者には信じられないことだと言うの」

　王太子妃の言葉は、クレーヴ夫人にとってどんなに強い毒であったことか。名前もわからないというそのお相手が自分のことだと思わずにいられるだろうか。確実と思われる筋から、自分も心惹かれているその方が恋心を誰にも打ち明けず、自分への愛のために王座をも諦めようとしていると聞かされ、感謝や愛しさを感じずにいられるだろうか。そのとき彼女が感じたもの、そして、その心の奥深くに生じた動揺は、想像を超えるものであった。クレーヴ夫人が王太子妃の言葉に無関心でいられなかったことは、彼女の顔を注意深く見ていれば一目でわかったはずである。だが、王太子妃はまさかヌムール公の恋のお相手が目の前にいるとは思っていないので、何の考えもなしに話を続ける。

「先ほど申し上げたように、私はダンヴィル卿からすべてのいきさつを聞いたのですが、あの人は、私のほうが事情に通じているはずだとおっしゃるのです。あの方は私のことを買い被っていらっしゃるから、ヌムール公の態度を変えるだけの魅力があるのは、私ぐらいのものだと言うのですよ」

王太子妃のこの言葉を聞いて、クレーヴ夫人の心には、先ほどとはまた違う動揺が湧き起こった。

「王太子妃様、私もダンヴィル卿の言うとおりだと思います。イングランドの女王を袖にするほどとなると、お妃様ぐらいしかおられませんもの」

「もしそうなら、とっくにあなたに打ち明けていますよ。それが本当なら、自分でもわかるはずですもの。こういうことは、自分が当事者になると、すぐにわかるものです。当人ならばいちばんに気がつくはずですよ。ヌムール公は私にはお世辞めいた賛辞しかくださらなかった。あの方がかつて私に示していた愛情と、今、あの方がお慕いになっている方への愛情では、大きな違いがあるのです。あの方にイングランドの王座を捨てさせたのは、私ではないと断言できますよ。

あら、あなたといると時間を忘れてしまいますね。王女様［エリザベート・ド・ヴァロワ］のところに行かねばならないのに忘れておりました。もうすぐ和平条約が交わされることはもうご存じでしょう。でも、まだあなたが知らないことがあるのよ。イスパニア王が、ご子息のカルロス様ではなく、自分の妃にエリザベート様をと言いだし、それがかなわなければどんな条約も認めないと主張しているの。陛下は、決心がつかず、ずいぶんお悩みになっていた。でも、ついに同意なさったの。当の王女様にもすぐにお話しになったのですよ。王女様はおつらいでしょうね。イスパニア王のご年齢[63]や気性を考えると、結婚したいはずなどありませんもの。しかも、瑞々しい若さと美貌をもち、何もかも楽しくてしょうがない年齢。まだ会ったこともない王子に恋をして、いつか結婚をと夢見ていたというのに、こんなことになって。陛下の思いどおり、あっさりとお従いになるかどうか。だから、陛下は私を王女に会いに行かせようとするのです。陛下は王女が私に親しみを感じていることをご存じだから、私になんとか説得させようとしているのでしょう。そのあとは、もうひとつお訪ねするところがあるのですが、こちらはまったく違う話なの。陛下の妹君のところよ。サヴォワ公との結婚が本決まりになって、サヴォワ公ももうすぐこちらにいらっしゃるとか。あの年齢のご婦人が結婚なさるなんて、こんなに喜ばしいことはないでしょうね。宮廷はこれからさらに煌(きら)びやかで賑(にぎ)やかになることでしょう。あなたもまだ喪が明けないので大変かとは思うけれど、お力を貸してくださいな。異国の方々に、この国の美も捨てたものではないと思い知らせてさしあげなくてはね」

こうして王太子妃の話は終わった。翌日、王女とフェリペ二世の結婚が発表された。その後数日にわたり、陛下や王室の女性たちが次々にクレーヴ夫人を弔問した。彼女が宮廷に戻ることを待ち焦がれていたヌムール公は、なんとか二人きりで話したいと

63 フェリペ二世は三十二歳。エリザベートは十四歳だった。

思い、訪問客が皆帰り、もう誰も来ない時間まで待ってから彼女のもとを訪ねることにした。事は思惑どおりに運び、彼は最後の客が出てきた頃に、ちょうど屋敷に着いた。

暑い日だったこともあり、クレーヴ夫人は寝台で休んでいた。ヌムール公の姿を認めると、夫人は顔を赤らめた。それでもなお彼女は美しかった。ヌムール公は彼女と向き合うように腰を下ろした。そのおずおずと心細げな振る舞いは、本気で恋をしているからこそのものだった。すぐには言葉が出てこない。クレーヴ夫人もまた何も言えずにじっとしていた。二人はしばらく沈黙していた。ようやくヌムール公が口を開き、まずはクレーヴ夫人にお悔やみを述べた。クレーヴ夫人は、儀礼的な話題にほっとしたようで、母を亡くした悲しみをことのほか時間をかけて語ったのだった。そして、時がたてば悲痛が和らぐといいますが、いつになっても悲しみは深いままで、ついには性格まで変わってしまったようです、と述べた。

「大きな悲しみや激しい情熱は、人の心のもちようをすっかり変えてしまうものですね。私自身も、フランドルより戻ってからというもの、自分が別人になったような気がします。周囲の人間もそう感じているようです。昨日は王太子妃様からも言われました」

「ええ、王太子妃様もお気づきでしたよ。私もあの方からお話を聞いたぐらいですから」

「王太子妃様がお気づきになったなら、それはそれで構わないのですが、お気づきになったのが、あの方だけではないことを願っております。世の中には、一見その方に関係なさそうなことでしか、想いを伝えることができない相手というのがいるものです。自分の気持ちを伝えることができないので、せめて、自分がほかの女性に愛されることを望んでいない旨、そのお相手の女性のほうで察してくれないかと思ったりしてね。どんなに身分の高い美しい人だろうと、その方以外には心が動かないこと、その人に会えなくなるぐらいなら、どんな王冠も手に入れたいとは思わないことを知ってほしいと思う。女性はたいてい、相手の想いの強さを、その人に気に入られようとする努力や、その人を求める気持ちの強さで計ろうとします。でも、そんなのは、相手が魅力的な女性なら、誰にでもできることです。本当に難しいのは、愛した女性のあとをずっとついていきたい衝動を抑えることです。その方への想いが世間に、そして、そのお相手の女性にすら気づかれないよう、愛する人を避け続けることです。それが本気の恋であるいちばんの証しは、これまで人生のすべてであったはずの野望を捨て、快楽を諦め、まったく違う人間になることです」

その言葉が自分に何を訴えようとしているのか、クレーヴ夫人にはすぐにわかった。こんなことを言わせておいてはいけない、何か言わなければと思った。その一方で、こんな言葉を聞いてはならないのだ、知らぬふりを決め込むべきだとも思った。何か言わなくてはいけない。何も言ってはいけない。ヌムール公の言葉を嬉しいと思い、それと同じぐらい不快に思った。王太子妃の言葉からうすうす感じていたことが今の言葉で確実になった。ヌムール公の言葉には、恋のときめきと彼女を大事にする気持ちが感じられ、だが同時に、あまりにも大胆で、あからさますぎるような気もした。ヌムール公を憎からず思うからこそ、クレーヴ夫人は当惑し、感情を抑えることができなくなっていた。心寄せる男性から想いをほのめかされるほうが、どうでもいい相手から高らかに愛を宣言されるよりも、よほど心が揺り動かされるものだ。クレーヴ夫人は無言のままだった。ヌムール公も彼女が何も言わないことに気づいた。ちょうどクレーヴ公がやってきたので、二人の会話はそこで終わり、ヌムール公は早々に帰ることになったが、彼が夫人の沈黙を脈がある徴（しるし）と受け取ったとしても不思議はないだろう。

クレーヴ公は、サンセールの後日談を話しに来たのだが、クレーヴ夫人は、サンセールの恋愛話の続きにはあまり興味がなかった。しかも、直前までのやりとりが頭を離れず、乱れがちな心を隠すだけで精一杯だったのだ。ようやく一人で物思いにふけることができるようになると、自分でも自分の気持ちがよくわかっていなかったことに気づき、もうヌムール公のことなど忘れたつもりになっていたのに、と思うのだった。先ほどのヌムール公の言葉は、公が願っていたとおりの結果を生み、今や、クレーヴ夫人は彼に愛されていることを確信していた。公の行動は、その言葉とぴたりと一致しており、これ以上その真意を疑うことはできなくなった。もはや、ヌムール公に無関心でいられる自信はなくなってしまった。せめて、自分も彼に好意を寄せていることだけは隠し通そう。しかし、それは容易ではなかった。そのつらさはすでに経験している。残る唯一の方法は、とにかく、ヌムール公に会わずにいるしかない。喪中のため、いつもより外出を控えているところだったので、これを口実に、ヌムール公と会う可能性のある場所には行かないことにした。彼女は深い悲しみに沈んでいたが、世間はこれを母を亡くしたためだろうと思い、それ以上の詮索はしなかった。

夫人とほとんど会えなくなってしまって、ヌムール公は絶望した。宮廷中の人が出席するような集まりや遊戯会でさえ、彼女が姿を現すことはないと知り、ヌムール公は自分も出かけて行く気をなくしてしまった。そこで、狩猟に夢中であるかのように装い、王妃や王太子妃が開く宴会の日は猟に出ることにした。ちょうど体調を崩したこともあり、大した病ではなかったものの、しばらくはそれを口実に社交の場、クレーヴ夫人に会える可能性のない場所には行かないことにした。

それとほぼ同じ頃、クレーヴ公も病に倒れた。夫人は、夫が病に臥している間、寝台の傍らにずっと付いていた。だが、快方に向かい、見舞い客が訪れるようになると、皆に交じってヌムール公もやってくるようになった。そして、自身もまだ病み上がりであることを口実に、なかなか腰を上げようとせず、終日居座ることもあったのだ。クレーヴ夫人は、自分がこのまま在宅していてはいけないと思った。だが、最初のうちには、ヌムール公が来ても、入れ違いに外出するだけの勇気がなかった。あまりにも長い間会わずにいたので、顔を見てしまうとなかなかに立ち去りがたかったのだ。ヌムール公は、あたりさわりのない世間話を装っていたが、以前ここで話したことと照らし合わせれば、言いたいことは明確であった。最近、狩猟を口実に出かけるのは、ぼんやり考え事をしたいから、宮廷内の集まりにも出ていないのは、あなたがそこにいないからですよ、と言っているようなものだ。

クレーヴ夫人はヌムール公が来たときは、入れ違いに外出すると心に決め、実際にそうするようにした。だが、それは非常に努力を要することであった。ヌムール公は、彼女が自分を避けているのに気づき、心に深い痛手を負った。

最初のうち、クレーヴ公は妻の行動にそれほど注意していなかった。だが、やがて、寝室に誰か見舞い客がいると、妻が姿を消すことに気づいた。クレーヴ公がその話をすると、夫人は、宮中の年若い方々と毎晩のように同席しているのは世間体が悪いと思われましたので、と答えた。そして、なるべくならお付き合いを減らして引きこもって暮らしたい、と願い出た。亡き母の徳と影響力を思えば、私のような年齢の女性には耐えがたいだろう隠居生活も受け入れられるというのだ。

平素は妻にやさしく、理解あるクレーヴ公だが、このときばかりは反対した。これまでの生活を変えるべきではないと言ったのだ。クレーヴ夫人は咄嗟にありもしない噂を口実にしようかと考えた。ヌムール公が彼女に想いを寄せていると世間が噂していると言おうとしたのだ。だが、どうしてもその名を口にすることができなかった。

それと同時に、いつも真心を込め、誠実に接してくれる夫に対し、ありもしない理由をでっちあげ、嘘をつくようなことは、恥ずべき行為だとも思ったのだ。

数日後、陛下は皆が集まる時間に王妃のもとを訪れた。その日は占いと予言が話題になっていた。こうしたものを信じる者と信じない者で意見が分かれ、議論していたのだ。王妃は大いに信じる側だった。[64] これまで多くの予言が存在し、実際に言葉どおりのことが起こっている以上、信じるだけの価値があるというのだ。一方、否定派は、膨大な数の予言のうち、実際に当たった予言はごくわずかにすぎず、その稀有な例も偶然のなせる業にすぎないと主張する。

王も持論を述べた。

「私も昔は先のことが気になってしょうがなかった。だが、周囲があまりにも出まかせや、ありえないことばかり言うものだから、ついに真実を知ることはかなわないのだと確信するようになった。数年前、この宮廷に高名な占星術師がやってきた。皆、彼に占ってもらいに行った。私も身分を隠して会いに行くことにした。ギーズ公とデスカール公を同行させ、彼らを先に歩かせたのだが、占星術師は私が主人だと見抜いたのか、まず私に声をかけてきた。彼は私の身分を知っているのかもしれないと思ったが、それにしては妙なことを言うのだ。彼は、私が決闘で命を落とすと予言した。次に、ギーズ公は背後から殺される、デスカール公は馬に頭部を蹴られて死ぬだろうと告げた。ギーズ公は、敵に背中を見せて逃げるとでも言いたいのか、と今にも怒りだしそうであったし、デスカール公は、そんな不運に見舞われて死ぬなんて、なんと不吉なことをと気分を害していた。要するに、三人とも、占い師の予言には不満を感じた。ギーズ公やデスカール公がどうなるかはわからないが、少なくとも私が決闘で命を落とす可能性は低いだろう。[65] イスパニア国王とは和平が結ばれたばかりだ。たとえ、和平が成立しなかったとしても、私が彼と一戦交えることになっていたとは考えにくい。父王［フランソワ一世］はシャルル・カン皇帝に決闘を申し込んだが、私が今のイスパニア王に決闘を申し込むというのもありえないことでしょう」

王が不吉な予言を受けたと聞いた途端、これまで占いを信じると言っていた人たちも意見を変え、そんなものはでたらめだということで全員一致した。

64 カトリーヌ・ド・メディシスは、予言者ノストラダムスを重用していたとされる。

65 フランソワ・ド・ギーズはプロテスタントの貴族に暗殺され、アンリ二世は馬上競技中の負傷がもとで死んでいる。

ヌムール公が口を開いた。

「私ほどそうした予言に不信感をもっている人間はいないでしょうね」そのあと、ヌムール公はすぐ横にいたクレーヴ夫人のほうを振り返り、彼女だけに聞こえるように囁いた。

「私は幸せになれると予言した人がいましてね。なんでも、私が激しくも慎ましやかな愛情を寄せている女性のおかげで幸せになるそうです。どうでしょう、この予言、信じてもいいのでしょうか」

王太子妃は、ヌムール公があえて皆に聞こえるように言った部分だけを聞き、何か当たらぬ予言があったのだろうと察したようで、クレーヴ夫人に何を耳打ちしたのですか、とお尋ねになった。機知に欠ける者なら、この問いに不意を突かれてまごつきそうなものだが、ヌムール公は何の躊躇もなくこう答えた。

「ああ、実は私は、ある占い師から、怖気づいて辞退したくなるほどの幸運に恵まれると言われたことがありましてね」

てっきりエリザベス女王との縁組のことだろうと思った王太子妃は、微笑みながらこう返した。

「その程度の予言なら、占い師を非難しなくてもよいではありませんか。あなただってその占いを信じたいと思うでしょう」

クレーヴ夫人は、王太子妃がイングランド女王のことをほのめかしているのだとわかった。そして、また、ヌムール公が望む幸運とは、イングランドの王座ではないことも容易に想像がつくのであった。

母の死からだいぶ時間がたったので、クレーヴ夫人もそろそろ社交界の付き合いを再開し、これまでのように宮廷に出なければならなくなってきた。クレーヴ夫人は王太子妃のもとでヌムール公と顔を合わせた。クレーヴ邸でもヌムール公に会った。ヌムール公は、目立たないように同世代の青年貴族たちと連れ立って、クレーヴ公を訪ねてくるのだった。だが、それでも、ヌムール公の顔を見るなりクレーヴ夫人は落ち着きを失い、ヌムール公もまた、すぐに彼女のそんな姿に気づくのであった。

クレーヴ夫人は、ヌムール公とは目を合わせないようにし、ほかの人とは話しても彼とはできるだけ言葉を交わさないようにしていたが、それでも無意識のうちに現れるちょっとした表情やしぐさによって、ヌムール公は彼女が決して自分に無関心なわけではないと感じていた。彼のように洞察力のある男性ではなかったら、気がつかなかったかもしれない。だが、これまで恋愛経験を積んできた彼には、自分が愛されていることがすぐにわかってしまうのだ。彼はギーズの弟君もまたクレーヴ夫人に好意をもっていることに気づいていたし、ギーズの弟君の側でも、ヌムール公が恋敵であることに気づいていた。宮廷の人間のなかで、真実を見抜いていたのは、ギーズの弟君だけだった。同じ人に恋をしているからこそ、ほかの人には見えないものが彼には見えたのだ。互いの気持ちに気づいて以来、ギーズの弟君とヌムール公の間には、顔を合わせるたびに険悪な空気が生まれていたが、どちらも感情を爆発させるようなことはなかった。それでも、二人は何かにつけて対立していた。陛下の趣味である馬上競技でも、そのほか屋外の試合や、ゲームのときでも、二人は必ず敵同士になった。二人の敵愾心（てきがいしん）は激しく、ついに周囲にも気づかれるまでになった。

クレーヴ夫人は、その後も何度かイングランド女王との縁組について思いをめぐらしていた。陛下に後押しされ、リニュロルに懇願されたら、ヌムール公も断り切れないのではないだろうか。クレーヴ夫人はリニュロルがいまだに帰国しないことに不安を覚え、早く戻ってくればいいのにと思っていた。もし思ったままに行動できるのだったら、この話が今どうなっているのか熱心に聞き出そうとするのだろうが、知りたくてたまらない気持ちがある一方、むやみに興味を示してはならないと自制する気持ちもあった。そこで彼女は、せめてエリザベス女王の美貌や、知性、気性について尋ねるにとどめた。すると、誰かが陛下に持ってきた肖像画があるという。女王の肖像画を見せてもらったところ、自分がそうあってほしいと思っていたよりも美しい人だった。クレーヴ夫人は思わず、「あら、きれいすぎるのではないかしら」と口にしてしまった。すると、そこに居合わせた王太子妃が口を挟んだ。

「私はそうは思いませんよ。あの方はとても美しく、人並み外れた知性の持ち主であると評判ですから。私は、いつもあの方のようになりなさいと言われてきました。母君のアン・ブーリン様[66]に似ているのなら、さぞかしおきれいなはず。お人柄といい、ご気性といい、ブーリン様ほど魅力にあふれ、感じの良い方はおりませんでした。お顔立ちもとても個性的で独特の魅力があり、イングランド風の美女とはまったく違う類いの美しさであったと聞いております」

「ブーリン様は、フランスのお生まれだと聞いたことがありますけど」

66　一五〇〇？～三六年。ヘンリー八世の二番目の妻。エリザベス女王の母。

「ああ、そう思い込んでいる方がいるようですけれど、違いますよ。ブーリン様の生涯を簡単にお話ししておきましょうか」

こうして王太子妃は語り始めた。

「彼女は、イングランドの名家に生まれました。ヘンリー八世が彼女の母や姉と懇意にしていらしたので、彼女自身もヘンリー八世のお子ではないかと噂されたこともあったほどでした。彼女は、ヘンリー七世の妹君[67]の侍女としてフランスにいらしたそうです。ヘンリー七世の妹君はその後、ルイ十二世の妃となった方ですよ。若く、魅力的なヘンリー七世の妹君は、ルイ十二世が身罷(みまか)られたのち、愛着のあるフランスを断腸の思いであとにし、イングランドにお帰りになりました。でも、同じようにフランスに愛着を感じていたブーリン様は、そのままフランスに残ることにしたのです。先王は彼女に目をかけており、彼女をクロード王妃[68]の侍女にしました。クロード王妃が亡くなると、先王の姉君のアランソン公妃ことマルグリット様[69]が彼女を引き取りました。ご存じでしょう、のちにナヴァル女王となられたあの方、ほら、あなたもあの方の書いたご本[70]を読んだことがあるのではないかしら。ブーリンは、マルグリット様のもとで新教についても学んだようです。[71]その後、イングランドにお戻りになると、皆がブーリン様に夢中になりました。彼女は何もかもフランス風になっておりましたし、当時、何かにつけフランス風のものが人気だったのです。歌もダンスもお上手だったそうです。イングランドでは、カテリーナ王妃[72]の侍女となったのですが、夫で

67　メアリ・テューダー（一四九六〜一五三三年）。フランスではマリ・ダングルテール。実際はヘンリー七世の娘。
68　一四九九〜一五二四年。フランソワ一世の妻で、ブルターニュ女公。
69　マルグリット・ド・ナヴァル（一四九二〜一五四九年）。フランソワ一世の姉。ナヴァル王エンリケ二世の妻。
70　ボッカチオの『十日物語（デカメロン）』に触発されて書いた『七日物語（エプタメロン）』のこと。
71　当時、欧州ではプロテスタントとカトリックの対立が深まっていた。これがのちに宗教戦争へとつながる。
72　一四八五〜一五三六年。ヘンリー八世の最初の妻で、イスパニア王家の出身。別名キャサリン・オブ・アラゴン。

あるヘンリー八世王のほうが彼女にすっかり心奪われてしまったのです。

　イングランド王のお気に入りであり、宰相を任されていたウルジー枢機卿[73]は教皇の座を狙っていたのですが、シャルル・カン皇帝が協力的でないことに腹を立てておいででした。そこで、自身の影響力をもってイングランド王をそそのかし、フランスと手を結ばせることで、皇帝に復讐しようとしたのです。枢機卿は、ヘンリー八世王に、シャルル・カン皇帝の叔母であるカテリーナ王妃との結婚は無効にできる、さっさと離婚して、寡婦になられたばかりのアランソン公妃と結婚しなさいと吹き込みました。野心家のアン・ブーリンは、王がカテリーナ王妃と離婚すれば、自分が王妃の座に就けるのではないかと期待しました。そこで彼女は、ヘンリー八世王をルターの教えに導こうとしました。さらに、先王〔フランソワ一世〕に働きかけ、ヘンリー八世が離婚するのは、アランソン公妃と再婚するためであるかのように思い込ませ、教皇にカテリーナ王妃との結婚を無効化させるための後ろ盾を頼んだのです。こうして、ついにウルジー枢機卿は、フランスに使節としてやってきました。表面上は別の名目で来たのですが、もちろん、主な目的は縁談をまとめることにありました。でも、ヘンリー八世は、ただ一方的に結婚の申し入れをするのは気が進まなかったと見え、ウルジー卿の滞在するカレ[74]まで特使を送り、結婚については言及しないよう釘を刺したのです。フランスから戻ったウルジー枢機卿は、まるで王が凱旋したかのような歓迎を受けました。王の寵臣として、このときほど誇らしく、虚栄心が満たされたことはないでしょう。彼は、ブーローニュ[75]で英仏の王が見える機会をつくりました。歓迎とは程遠く、憮然としていたヘンリー八世王に対し、フランソワ一世王は進んで手を差し伸べたそうです。こうして両国の王は、互いに豪勢な宴会を催し、自身のために作らせたのと同じ豪奢な衣装を交換し合いました。先王がイングランド王に贈られたのは、真珠やダイヤモンドで三角模様に飾られた深紅のサテン生地と、金の刺繍が入った白いビロードの上着だったと聞いています。ブーローニュで数日過ごした後、両陛下は再びカレに赴きました。アン・ブーリンは女王然としてヘンリー八世と同席していたそうです。フランソワ一世王は、彼女にも同じように贈り物をし、女王陛下と同等のお

73　トマス・ウルジー（一四七五～一五三〇年）。イングランドの聖職者、政治家。
74　英仏海峡に面したフランス北部の港町。現パ＝ド＝カレ県。
75　ブーローニュ＝シュル＝メール。英仏海峡に面したフランスの都市。カレにも近い。現パ＝ド＝カレ県。

もてなしをなさいました。ヘンリー八世は最初の結婚の無効化を教皇庁に申請しましたが、いつまでたっても実現しないので、九年の愛人関係ののち、ついに教皇庁のお許しがないままに、アン・ブーリンを妃に迎えました。これを知った教皇［クレメンス七世］は、即座に破門を言い渡しました。ヘンリー八世王もこの仕打ちに腹を立て、イングランド国教会の長を名乗るようになりました。[76] この改革がその後、イングランドにどのような不幸をもたらしたか、あなたもご存じでしょう。

アン・ブーリンが王座の威光に酔いしれたのは短い間にすぎませんでした、カテリーナ王妃が亡くなり、もう不安はなくなったと思われたある日、ブーリン様は宮廷の人々と馬上競技をご覧になりました。弟君のロッチフォード子爵[77]が参加していたのです。弟の晴れ姿を見つめる彼女の姿を目にしたヘンリー八世王は突然、嫉妬に駆られ、競技の途中で席を立つとロンドンに帰ってしまわれた。しかも、アン・ブーリンとロッチフォード子爵、さらにブーリン様のお取りまきや愛人と思われる人を次々と逮捕させたのです。嫉妬は突然降って湧いたかのようでしたが、実は、それより少し前に、王はロッチフォード子爵夫人から、夫とアン・ブーリンは仲が良すぎて怪しいのではないかという密告を受けていたのです。彼女の言葉で、王は二人が不倫関係にあると思い込みました。しかも、当時、王はすでにジェーン・シーモア[78]を寵愛しており、さっさとアン・ブーリンを消してしまいたかったのです。わずか三週間の裁判で、アン・ブーリンとロッチフォード子爵の死刑を決め、姉弟を絞首刑にしたのち、王はジェーン・シーモアと再婚しました。このほかにも、王は何人かの女性を愛しては、嫌いになり、殺してしまったようです。[79]ロッチフォード夫人が親しくなさっていたキャサリン・ハワード様[80]もその一人で、お二人は一緒に首をはねられてしまったとか。いつわりの密告でアン・ブーリンを死に追いやった彼女は、自らの死でその罪を贖(あがな)ったことになるのでしょうかね。ヘンリー八世はその後、妙にお肥(ふと)りになって、ついに

---

76 ローマ教皇を中心とするカトリックから離脱し、イングランド国教会を設立。自分がその長となることで、教皇の権力を否定。ただし、プロテスタントへの弾圧は変わることがなかった。

77 ジョージ・ブーリン（一五〇四？～三六年）。姉の後ろ盾により爵位を授与され、ロッチフォード子爵を名乗る。妻はジェーン・ブーリン。

78 一五〇九～三七年。イングランド王ヘンリー八世の三番目の妻。エドワード六世の生母。

79 ペローやグリムの小説に描かれた、次から次へと美女を娶り、殺してしまう「青髭」は、ヘンリー八世がモデルだという説がある。

80 一五二一？～四二年。ヘンリー八世の五番目の妻。

命を落とされました」

王太子妃のお話に聞き入っていた女性たちは、イングランド王家について詳しく教えてくださった妃にお礼を申し上げた。クレーヴ夫人もそのなかの一人であったが、エリザベス女王についてもっと知りたいという気持ちは収まらず、さらにいくつか質問を重ねたのであった。

当時、王太子妃は故国の母[81]に贈るため、宮廷に集う美しい人々の小さな肖像画を描かせていた。クレーヴ夫人の肖像画が仕上がる日の午後、王太子妃はクレーヴ夫人のもとを訪れた。ヌムール公もこのときとばかりに同席する。彼は周囲に怪しまれないよう気を使いながらも、どんな機会であれ、クレーヴ夫人に会える機会を逃すまいとしていたのだ。その日のクレーヴ夫人は格別に美しく、すでに恋に落ちていなければ、一目惚れしそうなほどであった。だが、その一方、画家が描いている間しか、クレーヴ夫人に目を向けることができない。見ているだけで嬉しくてならず、その嬉しさが端から見てもわかってしまうのではないかと心配になったのだ。

王太子妃は、クレーヴ公に彼の持っている夫人の肖像画を見せてほしいと頼んだ。今、描き上がったばかりのものと見比べてみたいというのだ。公が肖像画を出すと、皆は二つを見比べ、あれこれと感想を述べた。クレーヴ夫人は画家に頼み、以前の肖像画の髪の部分を少し直してもらうことにした。画家は、肖像画を箱から出し、修正を加えると、絵をテーブルの上に置いた。

ヌムール公はかねてより、クレーヴ夫人の肖像画が欲しいと思っていた。そして、この日、クレーヴ公所有の肖像画を一目見るなり、どうしてもそれを手にしたくなった。ヌムール公の目には、クレーヴ公こそ、妻に愛される幸せな夫に見えた。そんな夫から、肖像画を奪い取りたい衝動に駆られたのである。さらに、これだけ多くの人がいるのだから、この肖像画を盗んでも、自分が疑われることはないだろうとも考えた。

王太子妃は天蓋(てんがい)付きの寝台に腰かけ、その前に立ったクレーヴ夫人と小声で話していた。クレーヴ夫人がふと目をやると、半開きになっていた天蓋のカーテン越しに、

81 スコットランドにいるメアリ・オブ・ギーズのこと。

ヌムール公の姿が見えた。寝台の脇にあるテーブルに背を向けて立っている。次の瞬間、ヌムール公があらぬほうに顔を向けたまま、器用に手先を動かし、卓上の何かを奪い取ったのが見えた。それが彼女の肖像画だということはすぐにわかった。クレーヴ夫人は激しく動揺し、王太子妃の話が耳に入らなくなってしまった。王太子妃もクレーヴ夫人が話を聞いていないことに気づき、何を見ているのかと皆に聞こえるような声でお尋ねになった。王太子妃の声にヌムール公が振り向く。そして、ヌムール公は、自分をじっと見ているクレーヴ夫人と目が合ったのだった。もしかすると、たった今したことをクレーヴ夫人は見ていたのかもしれない、とヌムール公は思った。

クレーヴ夫人は困り果てた。理性で考えれば、あの肖像画を返してもらうべきだ。だが、皆の前でそれを言えば、ヌムール公の彼女に対する想いを皆に知られてしまう。かといって、こっそり二人きりで話せば、彼に想いを告げる機会を与えてしまう。結局、彼女はそのままにしておくことにした。それと悟られないかたちで、彼のために何かしてあげられることでほっとする気持ちもあったのだ。クレーヴ夫人の当惑に気づき、その理由もおおよそ見当がついたヌムール公は、そっと歩み寄り囁いた。

「もし、私が先ほどしでかしたことをご覧になったのなら、お願いですから知らぬふりで通してください。それだけで結構です」

そう言うと彼は返答も聞かずに立ち去った。

王太子妃は庭を散歩すると言って出て行き、女性客たちは皆、あとに従った。ヌムール公は、肖像画を手にした喜びを周囲に知られてはならないとばかりに、早々にクレーヴ邸をあとにして、自邸に閉じこもった。これこそ、恋心がもたらす甘美な喜びの最たるものだろう。わが想い人は、宮廷で最も美しい人なのだ。しかも、彼女は不本意ながら私に心を奪われている。あの慌てぶり、当惑した様子など、あらゆるしぐさに、若い無垢（むく）な心に恋が宿ったときの徴（しるし）が見えるのだ。

その晩、クレーヴ邸では皆が一生懸命、肖像画を探していた。外箱がそのままだったので、まさか盗まれたとは誰も思わず、どこかに落ちているだけだと思っていたのだ。クレーヴ公は、肖像画を紛失したことでひどく落胆していた。さんざん探しまわっても見つからないので、公は、いかにも冗談めかした調子で、もしやあなたに愛人がいて、そいつにくれてやったか、もしくはその愛人が盗んだのではないだろうね、と妻に尋ねた。外箱はそのままに、肖像画だけ持っていくなんて、愛人ぐらいしか考えられないというわけだ。

公は笑いながら言ったのだが、言われたクレーヴ夫人のほうでは、軽く受け流せるものではなかった。夫の言葉を聞いて、彼女は自分の行為を悔やんだ。ヌムール公に惹きつけられていく激しい恋の力について考えた。自分はもう言葉や表情を律するだけの力を失ってしまっている。彼女はさらに考えた。リニュロルはすでに帰国している。イングランド女王との縁組はもう心配することはない。ヌムール公と王太子妃の仲についても疑いは晴れた。これまで彼女が拠り所にしてきた障害はなくなってしまった。あとはもう、顔を合わせないようにするしか確実な方法はないのだ。だが、自分の判断だけで宮廷から遠ざかることもできず、崖っぷちに立っているような気がしてきた。ヌムール公に相思相愛であると気づかれてしまうことこそ、彼女にとって不幸の最たるものであり、一歩誤れば、今にもその不幸へと落ちていきそうな気がしてきたのである。クレーヴ夫人は、母が最期に言い残したこと、色恋の不幸に落ちるぐらいなら、どんな方法を使ってでも自分を制しなさいと助言されたことを思い出していた。そして、トゥルノン夫人の話をしたときに、クレーヴ公が正直さについて語った言葉が心によみがえった。ヌムール公に惹かれていることを夫に打ち明けるべきなのかもしれない。しばらく前からそう考えるようになっていた。だが、次の瞬間には、そんなことを考える自分に驚き、どう考えても尋常ではないとも思った。そして、結局、どうしたらいいのかわからなくなり、途方に暮れるのであった。

イスパニアとの和平が結ばれ[82]、エリザベート王女は、嫌々ながら父である王の決定に従うことになった。アルバ公が、イスパニア王の代理人に指名され、間もなくフランスに到着することになっていた。陛下の妹君と結婚するサヴォワ公もそろそろお見えになるはずだったので、二組の婚礼が一緒に行われることになっていた［史実とは異なる］。アンリ二世王は、この祝宴のためにさまざまな余興を用意し、フランス宮廷の細やかな文化と豪奢な雰囲気を知らしめる機会にしようと心を砕いていた。これまでになく大がかりな演劇や舞踊の出し物も検討されたが、王はそれでは一部の者しか楽しめないと思い、もっと人々を驚かすようなものを求めていた。そして、ついに、武術競技会を催すことを決めた。外国の使節も招待し、庶民にも観戦させようというわけだ。貴族の若者たちは王の発案に喜んで賛成した。特に、腕に覚えのあるフェラール公、ギーズ公、ヌムール公たちは積極的だった。王は、この三人に自分を加え

82　カトー・カンブレジ条約。注61参照。

た四人を競技の主戦者とした。

こうして、六月十五日にパリで競技会が開かれることは国中に知れ渡った。陛下並びに、フェラール公アルフォンス・デスト、ギーズ公フランソワ・ド・ロレーヌ、ヌムール公ジャック・ド・サヴォワが主戦者となり、あらゆる者の挑戦を受けて立つという趣向だ。第一試合は、ツーピースの甲冑着用で行う馬上長槍競技で、四槍撃で勝負ありとし、一槍撃をご婦人に捧げるものとする。第二試合は剣術戦とし、一対一か、二対二とするかは、幹事官の判断に任せる。第三試合は馬を使わず、短槍三撃、剣六撃で勝負ありと見なす。主戦者には、挑戦者の希望に従い、短槍、剣、長槍のいずれかを支給する。馬を剣で傷つけた場合は失格。幹事官は四名。参戦者のうち、最も勇敢に闘い、数多くの勝利を手にした者は、審判の判定に基づいて賞を授与される。すべての参戦者は国内の者も国外から来た者も、競技場の端の段のところに吊るした盾に触れることで参戦の意思表示をする。触れる盾は一つでも複数でもよい。この段のところにいる武具担当官が、その触れた盾とその者の身分とを考慮し、組分けをする。そのため、参戦者は、武具とともに盾を従者に持たせるなどして、馬上競技の三日前までに競技場の段のところに吊るしておくこと。この規定を守らぬ者は、主戦者の許しがない限り、失格と見なす。

バスティーユ[83]のそばに大きな馬場が造られた。トゥルネル宮[84]からサン＝タントワーヌ通り［現パリ十二区］を横切り、王家の厩舎に至る広大な馬場である。両側に観客席、さらに半円形の貴賓席、屋根付きのボックス席などが馬場を囲む回廊のように設けられ、見た目にも美しく、相当な数の観客が収容できるものであった。貴族の子弟たちは、その日のために必要なものを調達しようと従者に指示することに忙しかった。皆、煌びやかな姿を見せよう、そして自身の頭文字や紋章のなかに愛する人への秘めたるメッセージを織り込もうと心を砕いていたのだ。

アルバ公が到着するほんの数日前のことである。陛下は、ヌムール公やギーズの弟君、シャルトル侯とジュ・ド・ポームの試合を行った。王妃たちも、取りまきの女性たちを連れて見に来ていた。随行した女性たちのなかにはクレーヴ夫人もいた。試合が終わり、コートを出ると、シャトラールが王太子妃に歩み寄ってきた。なんでも、

83　当時、バスティーユには、サン＝タントワーヌ要塞と呼ばれる城と武器庫を兼ねた建造物があり、パリを囲む城壁の一部となっていた。

84　十四世紀に建てられた王宮だが、現存しない。跡地は現在、ヴォージュ広場の一部となっている。

ヌムール公のポケットから落ちた艶っぽい手紙が偶然、彼のもとにまわってきたというのだ。王太子妃は、常日頃からヌムール公に強い関心をもっていたので、その手紙をぜひ見たいと告げた。王太子妃は手紙を受け取ると、王妃のあとに続いた。王妃は王とともに馬場の造成を見に行くところだったのだ。馬場に着いてしばらくすると、王は最近取り寄せたばかりの馬を連れてこさせた。まだ調教されていないのだが、王はこれに乗ると言いだし、ほかの者にもそれぞれ馬を与えた。王とヌムール公の乗った馬は、なかでも特に気性が荒く、今にもぶつかりそうな勢いで突進し始めた。ヌムール公は、陛下に怪我があってはならないと思い、急いで自分の馬を下がらせようとしたが、馬が暴れた拍子に馬場の柱に激突し、馬から振り落とされてしまった。さぞかし重傷を負ったのではと、人々が公に駆け寄った。このとき、クレーヴ夫人は公が死んでしまうのではないかとまで思ってしまった。ヌムール公への強い想いが彼女を不安にさせ、取り乱した彼女は、その感情を押し隠すことすらできなくなっていたのだ。妃たちとともに公に駆け寄るクレーヴ夫人は実に深刻な顔をしており、その変貌ぶりは、誰の目にも明らかなほどであった。まして、ギーズの弟君のように彼女に想いを寄せる者にはなおさらである。弟君はすぐにクレーヴ夫人の様子に気づいた。

ヌムール公の状態よりもクレーヴ夫人のほうに目がいってしまったほどである。柱に激突した衝撃は大きく、ヌムール公はしばらく周囲の者に肩を借り、ぐったりと頭を垂れていた。ヌムール公が顔を上げると、真っ先にクレーヴ夫人の顔が見えた。クレーヴ夫人が心配そうな顔をしているのに気づき、公は自分の気持ちを伝えるべくじっと見つめ返した。それから、駆け寄ってきたご婦人方の気遣いに感謝し、見苦しいところを見せてしまったことを詫びた。王からは、戻って休むよう命が下った。

恐れおののく気持ちが収まり、我に返ると、クレーヴ夫人は自分の行動が周囲の目にどう映ったのかが気になりだした。誰も気がつかなければいいがと思ったものの、その願いはギーズの弟君によって打ち砕かれた。弟君はクレーヴ夫人の手をとり、馬場の外にエスコートしながら言った。

「ヌムール公より私のほうがみじめですよ。これまで深い敬愛のもと、ご遠慮してきましたが、今日ばかりはご無礼をお許しください。先ほど目にした光景で私がどれほど深く傷ついているか、表に出してしまいましたら、申し訳ありません。あなたにこんな大それたことを申し上げるのは、これが最初で最後でしょう。私はもうここでは生きていけないので、死を覚悟するか、永遠にここを去ろうと思います。あなたを見つめている男たちは、私だけではなく、皆、つらい思いをしているのだと思ってきましたが、そんな悲しい慰めも先ほど潰えてしまいました」

クレーヴ夫人は、ギーズの弟君の言葉が理解できなかったかのように、見当はずれの答えを返しただけだった。以前の彼女ならば、ギーズの弟君が想いを打ち明けてきたことを不快に思っていたことだろうが、このときは、ヌムール公への感情を弟君に気づかれてしまったという悔しさで胸がいっぱいだったのだ。ギーズの弟君の心痛はよほど深く、確かなものであったようで、彼はこの日から、クレーヴ夫人に愛されたいという願望をきっぱり捨てることにした。だが、困難であるだけに成功時の達成感が期待されていた大恋愛を諦めるとなると、何か別の夢中になれる壮大な計画が必要だった。すると、彼の心に以前から気にかけていたロードス島[85]のことが浮かんだ。今世紀で一、二を争う貴公子という名声を手にし、まだ若い盛りで命を絶たれたギーズの弟君であるが、唯一の心残りは、ロードス島奪回という勇壮な計画がかなわなかったことだろう。あれこれと手を尽くし、もはや成功を確信するに至った頃に死を迎えただけに実に残念なことである。

クレーヴ夫人は馬場から帰ると、たった今の出来事に気をとられつつも、王妃のもとを訪れた。すると、すぐにヌムール公がやってきた。その煌びやかないでたちは、先ほどの落馬事故など一切感じさせないものだった。いや、むしろ、ヌムール公はいつも以上に快活であった。というのも、先ほど自分が目にしたこと、目にしたと思っていることで、余計に上機嫌だったのだ。彼が入ってくると、皆一様に驚き、口々に体は大丈夫なのかと尋ねた。ただクレーヴ夫人だけは、暖炉の脇にとどまり、ヌムール公の存在に気づかぬふりをしていた。そこへ、王が執務室から出てきた。王は、多数の客人のなかにヌムール公の姿を認めると、すぐに呼び寄せ、事の顛末を聞き出そうとした。ヌムール公は、クレーヴ夫人の横をすり抜ける瞬間、声をひそめて話しかけた。

「先ほどは、同情心を見せてくださいましたね。でも、私が求めているのはもっと別のものですよ」

クレーヴ夫人は、馬場で駆け寄った際にヌムール公に自分の想いに気づかれてし

85 エーゲ海南部の島。聖ヨハネ騎士団はここを本拠地としていたが、一五二二年にオスマン帝国に敗れ、この島から撤退した。以来、マルタ島に本拠を移した騎士団はマルタ騎士団と呼ばれ、ロードス島奪回の機会を狙っていた。注15参照。

まったのではなかったかと懸念していたが、この言葉でやはりそうだったのかと確信した。感情を隠せなかった自分の弱さ、そして発露した感情をギーズの弟君に気取られてしまった悔しさに加え、ヌムール公にも知られてしまったのは、とてもつらいことだった。だが、そのくせ、ヌムール公に関してのみで言えば、そこには苦痛ばかりではなく、ちょっとした甘美な気持ちも混ざっていたのである。

王太子妃は、先ほどシャトラールから受け取った手紙の内容が気になってならず、クレーヴ夫人に身を寄せるとこう言った。

「ねえ、これを読んでみてちょうだい。ヌムール公宛てのお手紙よ。きっと、この方のためにヌムール公はほかの女性と縁を切ったのだわ。ここで読めないなら、お持ち帰りになって。今夜、寝る時刻にでも、お手紙を返しがてら、また来てくださいな。筆跡に見覚えがあったら、教えてね」

王太子妃は言うだけ言うと離れていった。残されたクレーヴ夫人は呆然とし、あまりのことにしばらくその場から動けなくなってしまった。だが、ひとたび我に返ると、今度は逸る気持ちと動揺が抑えきれず、いつもならまだ宮中に残っている時刻だというのに、家路を急いだ。震えるその手には手紙が握られていた。ただひたすら混乱のなかにあり、何が何だかわからない。今までにない、初めて感じる苦しさでどうにかなりそうなほどだ。自室にこもり、彼女は手紙を開封した。これがその内容である。

手紙

「私はあなたをあまりにも愛しているのでしょう。これ以上、私の態度が変わったのは移り気のせいだと、あなたに思わせておくことに耐えられなくなってしまいました。本当の理由を教えてあげましょう。それはあなた自身の心変わりにあるのです。驚かれたでしょう。あなたは本心を器用に隠してきましたし、私は私で、あなたの本心に気づいていることを悟られないようにしてきましたから、私に気づかれていたと知り、あなたが驚かれるのも無理はありません。私自身、ここまで隠し通せた自分に驚いているくらいです。こんなにつらいことはありませんでした。私はあなたが私に夢中だと思い込んでおりました。だから、私もあなたへの想いを隠そうとはしませんでした。そして、想いのすべてをお見せしたそのときになって、あなたが私を騙していること、本当の心は別のところにあることに気づいてしまいました。そして、さまざまな出来事から察するに、その新しい恋人のために私を捨てようとしていることにも。あの馬上競技の日に、私はそれを知りました。だから、競技場には行かなかったのです。動揺を隠すため、病気を口実にいたしました。いえ、でも、本当に病気になってしまいました。激しい苦しみに体がもたなかったのでしょう。体調が回復してからも、しばらくはまだ重病のふりをして、あなたに会うことも手紙を書くこともいたしませんでした。今後あなたに対しどのように振る舞えばいいのか、考えるための時間が必要だったのです。ひとつの決断を心に誓ったり、諦めたり、二十回は繰り返したものです。そして、苦しい心のうちをあなたにお見せするわけにはいかない、絶対に気づかれないようにしようと決めました。それよりも、私の心が冷めたと思わせ、あなたの自尊心を傷つけてやろうと思いました。そうすれば、私を捨てることであなたがお相手に見せつけようとする犠牲の価値も少なくなるでしょう。私があなたをどんなに愛しているかを新しいお相手にお見せになり、あなたがいい思いをするのだけは嫌だったのです。私はわざと気のない、つまらない手紙ばかりを書き送りました。あなたにその手紙を見せられたお相手は、あなたがもう愛されていないと思うように。とにかく、私が敗北感を抱いていることに、相手の女性が喜びを感じるのだけは許せませんでした。私が絶望したり、責めたりすることで、その女性がますます勝ち誇った気持ちになるのは堪らないと思いました。あなたと別れるだけでは、充分な罰になりません。あなたが私をもう愛していない以上、私があなたを愛さなくなっても、あなたは大してつらく思わないことでしょう。私が今、残酷なまでに味わっている愛されなくなった苦しみ、あなたにも同じ気持ちを味わっていただくには、あなたが私にそれ相応の愛情をもっていなくてはなりません。そこで、あなたの心に再び火を点けるには、誰かほかに好きな人ができたとあなたに思わせるしかないと考えました。ただし、あなたに隠しているように見せかけ、打ち明ける勇気がないかのように振る舞いながら、浮気していると思わせなければならないのです。それが私の決めた計画でした。でも、実行するのはなんと難しかったことか。あなたのお姿を見てしまうと、もう無理だと思いました。あなたをなじり、泣きだしてしまいたくなったことが何度もありました。体調のせいにして、あなたの前では心の乱れや苦しみをごまかしてきたのです。それでも、やがて、あなたを騙すことが面白くなってきました。あなたもきっと私を欺くことを楽しんでいらしたのでしょう。それでも、私が妙に熱をこめて、あなたへの愛を口にしたり、手紙に書いたりしたものだから、思っていたよりも早く、あなたは私の心変わりに気づいてしまわれました。あなたは傷つき、不満をもらしました。私はあなたをなだめました。でも、その様子がいかにもわざとらしかったので、あなたはますます私がもうあなたを愛していないのだと思い込んでしまいました。つまり、私の計画は思いどおりの結末を迎えたのです。私が遠ざかろうとすればするほど、あなたは嫉妬心から私のほうに戻ってきた。私は復讐の悦びに酔いしれました。あなたは今までになく私を愛してくださり、私はあなたを愛していないかのように振る舞いました。私を捨ててまで愛そうとしたあのお相手とはもう別れたのではないかとさえ思うようになりました。あなたがその女性に私のことをお話しになっていないことも確かなようです。でも、あなたが私のもとに戻り、私のことは口外していないとは言っても、あなたの浮気心を許すわけにはいきません。あなたは私とその女性を両天秤にかけていました。あなたが私を欺いていたということだけで、私はもはや、あなたに愛されても、それをあたりまえのように受け入れ、そこに喜びを見出すことができません。どんなにあなたが驚こうと、もう二度とお会いしないという決心も変わらないのです」

クレーヴ夫人は手紙を読み終えた。それが何を意味するものなのかわからないまま、何度も読み返してみた。わかったのは、ヌムール公の自分に対する想いは、自分が想像していたようなものではないらしいということ、彼にはもう一人別の女性がおり、彼も、その女性も相手を欺いているということだけだ。こんな状態のときに、なんということを考え、なんということを知ってしまったのだろうか。なにしろ彼女は激しい感情に揺さぶられ、それを二人の男性に悟られてしまったばかりなのだ。しかも、そのうちの一人は、この手紙からわかるように不実な男であり、もう一人は、その不実な男への思慕ゆえに彼女が傷つけてしまった男なのである。これほどまでにつらく激しい苦しみがあるだろうか。あんな出来事のあった今日、その日だからこそ、なおさらに苦しい。自分が想いを寄せていることをまだヌムール公が知らずにいるのなら、彼に別の女性がいようとも、これほどつらくはなかっただろう。いや、だが彼女は間違っていた。クレーヴ夫人を苦しめていたのは、嫉妬、そしてそれに伴うあらゆる暗い感情だったのだ。手紙によると、ヌムール公はこの女性とかなり長い付き合いのようだ。手紙の書き手には、知性と気品が感じられる。きっと魅力的な女性なのだろう。その女性は自分よりも勇気ある人物に思えた。クレーヴ夫人は、ヌムール公への想いを押し隠し続けたその女性の精神力を羨ましく思った。手紙の最後を読むと、この女性は今も自分が愛されていると思っている。ヌムール公の控えめな態度を好ましく感じていたが、あれは、この手紙の書き手である、もう一人の女性に対する愛情、彼女の気分を損ねないための気遣いだったのだとクレーヴ夫人は考えた。つまり、何もかもが、彼女の悲しみと絶望をさらに深める結果となったのである。彼女はどんなに悔いたことか。母の助言を何度思い返してみたことか。こんなことなら、夫の言葉に逆らってでも、社交の場から身を引いておけばよかった。いや、一時期考えたように、夫にヌムール公への思慕を告白しておけばよかったのかもしれない。彼女を欺き、もしかすると彼女を見捨てようとし、ただ虚栄心や自尊心のためだけに彼女から愛されようとした不実な男に、想いを感づかれるぐらいなら、夫にこの気持ちを明かすほうがましであった。夫なら、その誠実さを信頼できるし、彼女の秘密も守ってくれるだろう。どんな不幸が起こるにしても、どんな極端な結果になるとしても、ヌムール公に自分の恋心を悟られてしまい、彼が別の女性を愛していることを知ってしまった今の状況に比べれば、大したことではないとさえ思うようになった。せめてもの救いは、両天秤にかけられていることを知り、自分自身の気持ちを恐れる必要がなくなったこと、ヌムール公への想いをすっかり断ち切る決心がついたことであった。

クレーヴ夫人は、就寝前に訪ねてくるよう、王太子妃に言われたことをすっかり忘れてしまっていた。クレーヴ夫人は寝台に横たわり、気分が悪いふりをした。クレーヴ公は王のもとから帰ってくると、使用人から奥様はすでにお休みになっていらっしゃいますと告げられた。だが、本当のところ、彼女は眠りに向かうような穏やかな状態にはなかった。一晩中、手紙を読み返しては悩み苦しんでいたのだ。

この手紙のせいで気もそぞろになっていたのは、クレーヴ夫人だけではなかった。シャルトル侯も、ひどく狼狽していた。手紙の持ち主は、ヌムール公ではなく、シャルトル侯だったのである。シャルトル侯はその日、午後からずっとギーズ公の屋敷にいた。ギーズ公が義弟のフェラール公と宮廷に集う若い貴族たちを招き、晩餐会を開いていたのだ。食事の最中に、ふと恋文のことが話題に上った。シャルトル侯は、これまで誰も受け取ったことがないほど美しい恋文が今、手元にあると言いだした。そんな手紙ならぜひ見せてほしいと皆が言う。シャルトル侯は断った。するとヌムール公が、そんな手紙は持っておらず、虚栄心から作り話をしただけだろうと決めつけた。シャルトル侯は、見せたいのは山々であるが、さすがにそれはできないと返したが、それが稀有なる手紙であることがわかるよう、一部分だけでも読みあげましょうと言い、手紙を取り出そうとした。ところが、手紙が出てこない。あちらこちらを探ったが、見つからない。皆は、ここぞとばかり彼をからかったが、当人があまりに心配そうな顔をしているのを見て、話題を変えた。シャルトル侯は、皆より一足早く退席し、どこかに置き忘れていないか確かめようと自邸へ急いだ。彼が探し物を続けていると、王妃付きの使者がやってきて、ユゼス子爵夫人から急ぎの言伝があるという。夫人が王妃のもとで耳に挟んだ話によると、ジュ・ド・ポームの試合中に誰かが恋文を落とし、その大まかな内容が話題になるにつれ、王妃がその手紙に興味を示して、ぜひ読んでみたいとおっしゃった。王妃はその手紙を持ってくるよう侍従のもとに使者を送ったが、侍従はその手紙をシャトラールに渡したと答えたそうだ。

王妃付きの使者はほかにも長々と話したのだが、それを聞いたシャルトル侯は大いに困惑した。彼はすぐに家を出るとシャトラールと親しい侍従のもとに向かった。すでに夜遅かったにもかかわらず、侍従を起こし、誰の依頼なのか、誰が落としたものなのかは言わずに、シャトラールから手紙を取り返して来てくれと頼んだのだ。一方、シャトラールのほうでは、この手紙を落としたのはヌムール公であり、ヌムール公は王太子妃に恋をしていると思い込んでいたので、侍従に手紙を取りに来させたのもきっとヌムール公に違いないと思ってしまった。そこで、彼は悪戯半分に面白がりつつ、あの手紙なら王太子妃その人に渡しましたよ、と応じたのだ。シャルトル侯の元に戻り、侍従はシャトラールの返答をそのまま繰り返した。シャルトル侯はいっそう不安になった。もともとあった不安に、新たな心配が付け加わってしまったのである。どうしたものかとさんざん悩んだ末に、この困った状況から救い出してくれるのは、ヌムール公しかいないと考えた。

シャルトル侯はヌムール公を訪ねた。ヌムール公の寝室に通されたときには、もうすでに夜が明けかかっていた。ヌムール公はその晩、実に安らかに眠っていた。昨日の落馬事件で、クレーヴ夫人が自分をどう思っているのかを窺い知ることができ、良い気分のまま眠りについていたのだ。そんなわけで、シャルトル侯に起こされたときの驚きはさらに大きくなった。そこで彼は、シャルトル侯に、こんな朝早くに眠りを妨げに来るとは、晩餐会で手紙の件をからかった仕返しのつもりかと尋ねた。だが、その顔色を見ると、何か深刻な事情があって駆けつけたことは明らかであった。

「君に私の人生の一大事を打ち明けに来ました。助けてもらいたいときになって初めて打ち明けるなど身勝手に思われるかもしれません。だが、差し迫った事情があるからこそ、打ち明けられるのであって、そうでもないときに、こんなことを話したら、君は私を軽蔑したことでしょう。実は、昨日の夜に話したあの恋文を紛失してしまいました。あの手紙が私宛てだとわかると、とんでもないことになります。昨日、ジュ・ド・ポームの競技場で落としたので、すでに多くの人の目にふれてしまいました。君もあそこにいたでしょう。あれは君が落としたものだということにしてもらえないでしょうか」

「私には恋人がいないと決めつけていらっしゃるのですね」ヌムール公は微笑みながら続けた。

「そうでなくてはそんなこと頼めないでしょう。あの手紙が私宛てだと思わせることで、私が想い人とひと悶着あるとは想像さえしないのですね」

「お願いです。真面目に聞いてください。ええ、ええ、君にも恋人はいるでしょう。そのぐらい私にだってわかっていますよ。それが誰なのかは知りませんがね。でも、君の潔白を示す方法はいくらでもあるでしょう。確かな方法をお教えしますから。たとえ、その方法が功を奏さなくても、せいぜい、しばらく気まずくなるぐらいですむでしょう。でも、私の場合、もしこの恋が明るみに出れば、私を真心こめて愛してくださったあるご婦人、しかも、非常に高貴なご婦人の名誉を汚すことになってしまう。そして、私はとてつもない憎悪をこの身に引き受けねばならず、今後の出世も、いやそれ以上のものを諦めねばならなくなるのです」

「まだすべてがわかったとは言えませんが、お話から察するに、どうやら、あなたが非常に身分の高い女性と深い関係にあるという噂は、根も葉もない作り話ではなかったようですね」

「作り話ではありません。ああ、むしろ作り話だったら、今頃、こんな困ったことにならずにすんだのに。これまでの経緯をすべてお話しします。そうすれば、私が何を恐れているのかおわかりいただけるでしょう」

「私が宮中に上がるようになると、王妃はいつも私に目をかけてくださり、実に親切にしてくださいました。もしや王妃様は私に好意をもっていらっしゃるのではと思うほどだったのです。でも、特別なことはありませんでした。私自身も王妃様に、純然たる敬意以外の感情はありませんでした。それに、私はテミーヌ夫人に熱い思慕の情を抱いていたのです。だって、テミーヌ夫人のような方に愛されたら、ねえ、あの方をご覧になればわかることでしょう。自分も深く愛し返さずにはいられないはずです。ええ、私がそうでした。そう二年前ぐらいでしょうか、当時はフォンテーヌブローの離宮が社交の中心でした。私はそこで、人がそんなに多くない時間に王妃と言葉を交わしたことが二、三度ありました。私がちょっと気の利いたことを言ったのがお気に召したらしく、王妃は私が何を話しても真剣に聞いてくださいました。そんなある日、おしゃべりの流れから、信頼について話をしたことがありました。私が、全幅の信頼をおける人間など滅多にいない、信頼したつもりでも失望するのが常だと言いました。私自身はといえば、他人に話さずに諸々のことを胸にしまっているのですよ、と言ったのです。王妃は、その言葉でますますあなたに敬意を抱くようになりましたと言ってくれました。王妃は、このフランスには秘密を守れる人がいない。だから、彼女は誰にも打ち明け話ができず、それがつらいとおっしゃっていました。人には、ええ、特に彼女のような立場にある人には、何でも話せる相手が必要なのに、信頼して話せる相手がいないというわけです。それから数日間、王妃は会うたびに同じ話を繰り返しました。そして、ついに立ち入った話まで私に聞かせるようになったのです。どうも、彼女は自分の秘密を私に話したくてならず、私の秘密も知りたがっているようでした。こうして私はあの方と親しくなりました。王妃に贔屓されることが嬉しく、今まで以上に熱心に宮廷に侍るようになりました。ある晩、王はご婦人方を連れて馬で森を散策しようとお出かけになりましたが、王妃様は体調がすぐれないとかで、ご同行なさいませんでした。私も王妃様のおそばに残りました。その晩、あの方は池の淵まで下り、好きなように歩きまわりたいからと、そこで侍従たちを帰らせました。しばらく周囲を歩いたあと、あの方は私に身を寄せ、ついてくるように言ったのです。

『あなたに話したいことがあるのです。これから話すことを聞けば、私があなたの味方だとおわかりいただけるはず』

あの方はそこで言葉を切り、私をじっと見つめました。

『あなたは恋をしていらっしゃる。あなたは誰にも打ち明けていないから、誰にも知られていないと思っているのでしょう。でも、もう知られていますのよ。しかも、あなたと敵対関係にある人にもね。あなたを見張り、どこでその女性に会っているかも調べ上げ、不意打ちしてやろうと狙っている人たちがいるのです。相手の女性が誰かは存じません。尋ねもしません。ただ、待ち構えている危険から、あなたを守ってさしあげたいと思ったまでです』

それが、王妃の罠だったのです。それを避けるのが不可能に近かったことは、あなたにも、よくおわかりでしょう。あの方は、私にいい人がいるのか知りたかったのです。相手が誰なのかは聞こうともせず、善意にしか見えない様子だったので、まさかあの方が好奇心や何かの目的があってそんなことを話しているとは思いませんでした。

しかし、彼女がどんなに体裁を繕おうとも、私はやがて真実にたどりつきました。確かに、私はテミーヌ夫人を熱愛しておりました。でも、どんなに彼女が私を愛していても、なかなか会う機会すらなく、彼女と会うための特別な場所があるとか、誰かに見られることを恐れるとか、そんな可能性はなかったのです。だから、私は王妃様がほのめかしたのは、テミーヌ夫人のことではないと考えました。もちろん、テミーヌ夫人ほど美しいわけでもなく、彼女ほど本気ではないほかの女性とのお付き合いもありましたから、その女性の可能性も考えると、確かに、私が彼女と会っていた場所を突き止めることは不可能ではないように思われました。でも、その女に関して言うなら、もう会わないことにすればよいだけのことですから、心配はいりません。だから、王妃様には何も明かさないことにし、むしろ、もうずいぶん前から自分とつりあうような女性に愛されたいという願望はなくなりましたと告げ、あの方を安心させようと思ったのです。私のように正直者の男にふさわしい女性などいないし、もし私が恋をするなら、彼女たちとは格の違うお相手でなくてはね、とまで申し上げました。

すると王妃様が言うのです。

『真面目に答えてはくださらないのですね。真実とは正反対のことばかりおっしゃって。こうしてお尋ねしているのだから、包み隠さずに白状なさるのが筋ではありませんか。私はあなたを助けたいだけ。でも、助けるからには、あなたの本心が知りたいのです。本心を明かしてくださるなら、それと引き換えに私の信頼を得ることができるのですよ。考える時間を二日ほどあげましょう。そして、二日後、考えたうえでお話しください。もし私に嘘をついていることがわかったら、私は生涯、あなたを許しませんよ』

そして王妃様は、私の返事を待たずに立ち去りました。私はたった今、言われた言葉で頭がいっぱいになり呆然としてしまいました。与えられた二日間の猶予はあっという間に過ぎました。王妃様は私が恋をしているかどうか試そうとしたのです。そして、また、私に想う相手がいないことを望んでいるのも私にはわかっていました。私はどの道を選べば、どんな結果に行き着くか、思いをめぐらしました。王妃と特別な関係になることは虚栄心をくすぐりました。ええ、王妃様は格別に美しい方ですからね。でも、一方で、テミーヌ夫人を愛しておりました。先ほど話したとおり、別の女性と浮気したことはあっても、彼女と別れるなんて考えられなかった。だが、王妃様を欺いたりしたら、どんな危険が待っているのかはわかっておりました。そもそも、そう簡単に欺ける相手ではないことも。それでも、偶然手にしたチャンスを逃すのはもったいなくて、私は、一歩誤れば、どんな危険を招くか承知のうえで腹をくくりました。私は、どうやら逢引を見られていたらしいあの女性とは縁を切り、テミーヌ夫人との関係については隠し通すことにしたのです。

王妃様のくれた二日間が過ぎ、私が彼女のもとに行くと、ちょうどお取りまきの女性たちと一緒に部屋にいました。すると王妃様は、私が驚くほど真剣な口調で皆に聞こえるようにお尋ねになりました。

『あなたにお願いした件、お考えいただきましたかしら。本当のところはどうでしたの？』

『ええ、王妃様、先般申し上げたとおりでございました』

『では、書き物をする時間帯にもう一度いらしてください。そのときに最終的な指示を申し上げます』

私は何も言わず深くお辞儀をして去り、約束どおり、言われた時刻に参上しました。王妃様は、専属の書記官と侍女を一人だけ同席させ、回廊にいらっしゃいました。そして、私を見るなり、すっと歩み寄り、回廊の隅へと連れて行ったのです。

『さて、本当によく考えたうえで、私に言うべきことはないというのですね。私がこうまでしてお尋ねしているのに、本気で応えるには値しないとでも言うのですか』

『いえ、王妃様、誠実であろうとするからこそ、何も言うべきことはないのです。最上の敬意を表しましたうえで、私は宮中のどの女性とも恋愛関係にはないとお誓い申し上げます』

『ならば信じましょう。ええ、そうであってほしいと思っておりましたから。あなた様は私だけのものであってほしいと思っておりました。あなたに別の女性がいるとしたら、私はあなたの友情に満足できなくなるでしょう。恋をしている人は信用できません。秘密を打ち明けることもできません。恋をしている人の心は、散漫で、移ろいやすい。なにしろ恋人のことが一番の関心事ですから、私が望んでいるようなかたちで私のことに専念していただくことは不可能でしょう。いいですね。あなたが別の女性と関係をもたないと約束してくださったからこそ、私はあなたに全幅の信頼をおくことにしたのですよ。私はあなたのすべてを独り占めしたいのです。男性でも、女性でも、私が許した人以外、お友達にならないでほしいのです。私のことだけを考えていていただきたいのです。出世欲まで捨てよとは言いませんが、あなた自身よりも私のほうが出世をお手伝いできる術をいろいろともっております。あなたが私の望みどおりにしてくださるのであれば、私は何でもいたしますし、それ以上は望みません。私の心のうちのすべての苦しみを打ち明け、その苦しみを和らげてくださる相手として、私はあなたを選びました。ええ、私がどんなに深い苦しみを抱えているか、あなたにも想像がつきますでしょう。表向きは、陛下がヴァランチノワ夫人をどんなに寵愛なさっても、平然としております。でも、本当は我慢ならないのです。あの女は陛下を支配し、陛下を裏切り、私を軽蔑しています。周囲は皆、彼女の味方です。王太子妃は、その美貌とギーズ一門の威光を鼻にかけており、私に恩義など感じていないようです。モンモランシー宰相は陛下を動かし、この国を牛耳っておりますが、私を憎んでおり、しかも、その憎しみを隠そうとさえしないのです。ええ、忘れるものですか。サン゠タンドレ大将は、野心家の若者で陛下のお気に入りですが、私のことをほかの人間と同等にしか思っていません。私がどんなに不幸か細々とお話ししたら、あなたもきっと同情してくださることでしょう。私はこれまで誰にも本音をもらさずに生きてまいりました。その私があなたには本心を打ち明けるのです。私に後悔させないで。どうか私のただひとつの慰めになってください』

言い終わる頃には、王妃の目が朱に染まっておりました。私は足元に身を投げ出そうかと思いました。彼女の真剣さに心打たれたのです。それ以来、あの方は私に全幅の信頼をおいてくださっています。何をするにも、まず私にご相談くださるのです。こうして王妃様と私の関係は今に至るまで続いてまいりました」

「王妃様と新たにこういう関係になったことでいろいろと忙しく、心奪われる事態となっても、私はテミーヌ夫人との交際を続けておりました。彼女に惹かれるのは実に自然な気持ちであり、いかんともしがたいものだったのです。そのうち、テミーヌ夫人はもう私を愛していないようにも思われてきました。普通ならば、それを潮に彼女のことを諦めるところですが、彼女が冷淡になったことで私の愛はさらに激しさを増し、しかも私の不注意から、王妃様に私とテミーヌ夫人との関係を感づかれてしまったのです。あの国の方は嫉妬深いですからね、[86] もしかすると、ご自身も私への想いがそれほど激しいものだと気づいていらっしゃらないのかもしれません。私に恋人がいるという噂のせいで、王妃様は大いに心配し、苦しんでおられ、私は何度も何度も、もうこれまでかと覚悟を決めました。そしてそのたびに気遣いを示し、従順にやり過ごし、偽りの誓約を重ねて、王妃様をなだめてきました。これほどまでに長く王妃様を騙し続けることができたのは、テミーヌ夫人が冷たくなったことで、私のほうでも無意識のうちに彼女から遠ざかりつつあったからでしょう。彼女は私への愛が冷めたかのように振る舞っていました。私はすっかりそれを信じ、これ以上彼女を苦しめないよう、距離をおかざるをえなかったのです。ところがしばらくして、彼女から手紙が来ました。それが件（くだん）の手紙、私が紛失した手紙です。この手紙で、彼女がもう一人の女性、先ほど話した第三の女性の存在に気づいていたこと、彼女が私に冷淡になったのは、それが原因だったのだとわかりました。ほかの女性の存在がなくなり、王妃様は私の態度に大変満足していらっしゃいました。でも、私の王妃様への気持ちは、ほかの女性への思慕を妨げるような性格のものではなく、恋というのは自分の意思に関係なく、訪れるものなのです。こうして、私は、マルティーグ夫人と恋に落ちました。私は彼女が結婚前、まだ旧姓のヴィルモンテを名乗り、王太子妃の侍女をしていた頃から、彼女に惹かれていたのです。向こうもまんざらではないようでした。遠慮

86 カトリーヌ・ド・メディシスはイタリアからフランス王家に嫁いできた。

がちな私の態度が彼女に好感を抱かせたようでした。もちろん、私が積極的になれない理由など、彼女は知らなかったのですが。王妃様もこの人については何も疑っていませんでした。ただ、彼女は別の女性を疑っておりまして、これがまたとんでもない疑念だったのです。マルティーグ夫人は王太子妃と一緒にいることが多いので、私も自然と王太子妃のもとを訪れる機会が増えておりました。そこで、王妃様は私が王太子妃に恋をしているのではないかと誤解なさったのです。王太子妃様は王妃様と並ぶ地位にあり、しかも王妃様よりも若く美しい。王妃様は息子の妻である王太子妃に嫉妬しておりました。やがてそれが怒りや憎しみに変わり、ついに自分でもそれを隠しきれなくなっていたのです。これまで王妃に気に入られようとしてきたロレーヌ枢機卿は、私が王妃の相談役になっていることを羨み、王妃と王太子妃の仲立ちをするという口実で、反目する二人の関係に介入してきました。枢機卿のことですから、王妃が王太子妃を嫌う本当の理由も見抜いていたのでしょう。私を貶めようとしていることなどおくびにも出さず、私が不利になるようあれこれ画策しているようなのです。これで私のおかれた状況がおわかりいただけたと思います。実はあの手紙、テミーヌ夫人に返そうとポケットに入れておいたところ紛失してしまったのです。あの手紙が見つかれば、どんな恐ろしいことになるか。王妃様があの手紙を見たら、私が彼女に嘘をついていたのがばれてしまうばかりか、ほぼ同時期に私がテミーヌ夫人に隠れて、第三の女性と付き合っていたことまで知られてしまうかもしれません。王妃様は私をどう思われるでしょう。もう信用してくださらないでしょうね。たとえ、王妃様が手紙を直接目にすることがないとしても、私はあの方に何と言えばいいのか。王妃は、すでにあの手紙が王太子妃の手元にあることをご存じです。シャトラールが王太子妃の筆跡に気がつき、王太子妃にお返ししたと思っているのでしょう。つまり、王妃様は、手紙の書き手が嫉妬している相手は自分のことではないかと思っている可能性もあります。ああ、どんなふうにとられても不思議はありません。そして、どうなろうと、私にとっては恐ろしい限りです。ほかにも心配があります。私はマルティーグ夫人にすっかり夢中なのです。でも、もし、王太子妃の手から手紙がマルティーグ夫人の目にふれたりしたら、彼女はこれをつい最近書かれたものと思ってしまうかもしれません。そうなったら私は、この世で最も愛する女性と、この世で最も恐れている女性の双方から恨まれてしまいます。ねえ、だからあなたに頼んでいるのです。後生だから、あなた宛ての手紙だということにして、王太子妃の手からあの手紙を取り返してきてください」

　ヌムール公は答えた。

「確かに、今のあなたほど困り果てた状態はないでしょうね。でも、自分でまいた種でしょう。かくいう私も誠実な恋人にはなれず、複数の女性と同時にお付き合いし、それを非難されたこともありました。でも、あなたはそれどころの話じゃない。まったくどういうつもりだったのか想像もつきませんよ。王妃様とそういう関係になりながら、テミーヌ夫人と縁を切るつもりもなかったのでしょう。そもそも、王妃と深い関係になる以上、彼女を欺くことなどよく考えられましたね。彼女は王妃で、しかもイタリア人ですよ。猜疑心が強く、嫉妬深く、気位が高い。あなたが過去の関係に終止符を打つことができたのは、正しい行いをしたからではなく、単に運が良かっただけだ。しかも、そうして次々に新たな女性と付き合い始める。この宮中にあって、マルティーグ夫人との仲を、王妃様に気づかれずにすむはずがないでしょう。自分から一歩踏み出した王妃様の羞恥心をもっと気遣ってさしあげるべきだ。あの方はあなたに激しい思慕の情を抱いている。あなたは育ちの良さもあって、あえてそれを語ろうとはしないし、私もお尋ねするのは控えますよ。でも、あの方はあなたを愛していて、あなたに不信感を抱いている。状況はあなたに不利です」

「そういうあなたも、私にお説教できる立場でしょうか。ご自身の経験を思い返せば、もう少し私に同情してくださってもいいでしょう。ええ、確かに自分が悪いということはわかっています。でも、この窮地から私を救い出してください。お願いです。王太子妃様のお目覚めを待って、すぐにでもお会いし、あなたが落としたことにして手紙を取り返してきてください」

「先ほども申し上げましたが、あなたの頼みというのは尋常ならぬものですし、私の個人的な事情からも決して容易ではないのです。さらに申し上げれば、その手紙はあなたのポケットから落ちたものである以上、私が落としたという嘘は通らないのではないですか」

「ああ、ご存じないのですか。なんでも、誰かがあなたのポケットから落ちたと言って、王太子妃に渡したようなのです」

「なんですって」

ヌムール公は、その瞬間、クレーヴ夫人までがこの手紙をヌムール公宛てのものと誤解し、彼のことを不実な人間と思っているかもしれないと心配になった。

「では、手紙は私が落としたものとして、王太子妃様の手に託されたのですね」

「ええ、そうです。王太子妃様はそう告げられたようです。つまりですね、私もあなたもジュ・ド・ポームの競技を終えたあと、従者たちに服を取りに行かせたでしょう。ちょうどその部屋に、王妃様と王太子妃様の侍従が何人か居合わせたようです。手紙が落ちた瞬間に、侍従の一人が拾い上げ、声に出して読み上げたとか。そこで、私やあなたの名が挙がったらしいのです。結局、シャトラールが手紙を持ち去ったというので、私は先ほど彼のところにも使者を送り手紙を取り返そうとしたのです。ところが、シャトラールは、この手紙をあなたが落としたものとして王太子妃に渡してしまった。一方、王妃にこの話をした者たちは、なんとも都合の悪いことに、この手紙は私宛てのものだと言ったようです。ほら、こういう状況ですから、あなたならあっさりと手紙を返してもらえるし、私を窮地から救うことができるというわけです」

ヌムール公はかねてよりシャルトル侯に好意的だった。しかも、シャルトル侯がクレーヴ夫人の親戚であることで、さらに親愛の情を深めていたのだ。だが、クレーヴ夫人にこの手紙が彼宛てだと思われる可能性を考えると、おいそれとその頼みを聞き入れるわけにはいかなかった。ヌムール公はすっかり考え込んでしまい、シャルトル侯もその理由を察したようだった。

「ああ、あなたが今、お付き合いしている女性に誤解され、仲違いするのが心配なのですね。お相手は王太子妃様ではないかと推測いたしますが、どうでしょう。ダンヴィル卿に嫉妬するご様子があまり見られないところを見ると、違うのかなとも思いますしね。まあ、それはともかく、私を救うためにあなたが窮地に陥るのではあんまりだ。ですから、あなたがご自身の想い人にあの手紙はあなた宛てではなく、私宛てのものであるとお知らせする手段を講じましょう。ここにアンボワーズ夫人からの手紙があります。テミーヌ夫人は彼女と親しく、私への想いについてもすべて彼女に打ち明けていたそうです。この手紙で、アンボワーズ夫人は、テミーヌ夫人からの手紙、そう私が紛失したあの手紙を返すよう私に頼んできたのです。この手紙には宛名として私の名が書かれています。内容を読めば、ここで彼女が返せと言っている手紙が、拾われた手紙と同一のものだということがわかるはずです。この手紙をあなたにお渡しします。あなたはこの手紙を想い人に見せて身の潔白を証明してください。お願いです。時間を無駄にしないでください。朝のうちに王太子妃のもとに行ってきてください」

ヌムール公はシャルトル侯と約束を交わし、アンボワーズ夫人の手紙を携えて外出した。だが、王太子妃のもとに向かったのではない。彼にはそれよりも先に、急いでなすべきことがあったのだ。王太子妃はすでにクレーヴ夫人にこの手紙のことを話したに違いない。自分はこれほどまでに一途に愛しているというのに、誰かほかの女性と二股かけているなどと彼女に誤解されるのは耐えがたいことだった。

ヌムール公は夫人が起きる時刻を見計らってクレーヴ家を訪れ、本来ならこんな非常識な時間に訪ねてくるのは失礼なことだが、それだけの一大事なのだと使用人に伝えさせた。クレーヴ夫人は、一晩中あれこれ悩み続けたせいで気が昂ぶり、落ち着かないまま、まだ寝台にいた。ヌムール公の来訪を告げられ、夫人はひどく驚いた。とげとげしい気持ちでいただけに、彼女は何の躊躇もなく、今朝は気分が悪いのでお会いできませんと伝えさせた。

断られてもヌムール公は落胆しなかった。嫉妬のあまり冷淡な態度に出たのだとすれば、決して悪い兆候ではない。ヌムール公はその足でクレーヴ公の部屋に行った。そして、シャルトル侯に関する重大な用件で奥方様のもとに伺ったのだが、お会いできずに困っていると告げたのだ。ヌムール公が事の深刻さを短い言葉で説明すると、クレーヴ公はすぐにヌムール公を連れて妻の部屋に向かった。夫とともにヌムール公がやってくるのを見て、彼女は驚き動揺したが、部屋が薄暗かったことが幸いし、どうにかこうにか心のうちを表に出さないように取り繕った。クレーヴ公は妻に、とある手紙の件で、シャルトル侯のために手を貸してほしいとヌムール公が言っていると告げ、夫人に協力を求めた。一方、自分は、王から使者が来たため、すぐにも宮廷に参上しなくてはならないという。

ヌムール公は願っていたとおり、クレーヴ夫人と二人きりになった。

「お尋ねしたいことがあって来ました。王太子妃が、シャトラールから渡された手紙について聞いていませんか」

「はい、多少のことは聞いております。でも、その手紙がなぜ叔父上と関係あるのでしょう。手紙に叔父の名は書かれていなかったようですが」

「ええ。確かに宛名は書かれていませんでした。でも、あれはシャルトル侯宛てのものなので、あの手紙を王太子妃の手から取り返さないと、シャルトル侯には一大事なのです」

「よくわかりませんわ。なぜ、あの手紙を読まれると叔父が困るのでしょうか。だったら、叔父が自ら取り返しに行けばいいのではないですか」

「あなたがお聞きになりたいと言うのなら、本当のことをお話ししましょう。シャルトル侯にとっては本当に重要なことなので、あなたに取り次いでもらう必要がなかったら、クレーヴ公にさえお話ししないでおきたかったぐらいの話なのですよ」

だが、クレーヴ夫人は冷ややかだった。

「あなたが何をおっしゃっても無駄ですよ。王太子妃のところにいらっしゃって、単刀直入にその手紙が必要な理由をお話しになればいいではないですか。だって、あの手紙はあなたが落としたものなのでしょう」

クレーヴ夫人のとげとげしい態度を見て、ヌムール公はこれまでにない喜びが湧いてくるのを感じた。自身の潔白を明かす前に少しじらしたくなってきたほどだ。

「王太子妃がどんな話を耳にしたのかは知りませんが、私はこの手紙と無関係ですよ。これはシャルトル侯宛てのものです」

「あらそう。でも、王太子妃が聞いた話は違いました。叔父上宛ての手紙があなたの服のポケットから落ちるなんて、へんじゃありませんか。何か私の知らない事情があって、王太子妃様に本当のことが言えないのなら仕方がありませんが、そうでない限りは、あの方にすべて打ち明けるべきではないでしょうか」

「別に王太子妃に打ち明けるべき秘密なんてありませんよ。あの手紙は私宛てではないのですから。私が弁明しておきたい相手は王太子妃ではありません。でも、事がシャルトル侯の将来に関わることだけに、お話ししたいことがあるのです。あなたもきっと関心がおありだと思いますよ」

クレーヴ夫人は沈黙した。それは、話を聞く用意があることを示していた。ヌムール公はシャルトル侯から聞いたことをできるだけ簡潔に語った。驚くべき事実が語られ、クレーヴ夫人は注意深く聞き入っていたが、どうせ嘘だと思っているのか、関心がないのか、その表情は冷ややかなままだった。だが、アンボワーズ夫人がシャルトル侯宛てに書いた手紙があり、それこそが彼の話を裏付けるものだとヌムール公が語ると、彼女の表情に変化が訪れた。アンボワーズ夫人がテミーヌ夫人と親しいことはクレーヴ夫人も知っており、少なくともヌムール公の話の一部分は真実であり、あの手紙は彼宛てではないという言葉も嘘ではないのかもしれないと思い始めたのだ。そう思い始めた途端、自分でも気がつかないうちに、先ほどまでの冷淡な表情は消えていた。ヌムール公は証拠となるアンボワーズ夫人の手紙を読み上げたあと、筆跡に見覚えがあるでしょう、読んでご覧なさいと差し出した。クレーヴ夫人は気持ちを抑えられず、手紙を手に取るとシャルトル侯宛てであることを確かめ、全文に目を通し、ここに返してほしいと書かれている手紙と、今、自分の手元にある手紙が同じものかを判断しようとした。ヌムール公は言葉を尽くして彼女を納得させようとした。事実が自分に快いものであれば、説得は容易い。ついに、クレーヴ夫人も、この手紙はヌムール公に関係のないものだと信じるに至った。

それから彼女はヌムール公と二人で、シャルトル侯の抱える困り事と危険について話し合い、時に、シャルトル侯の不謹慎な行いを咎めつつも、なんとか救う方法を考えようとした。クレーヴ夫人は王妃の策略に驚き、その手紙なら実は自分の手元にあるとヌムール公に告白した。ヌムール公の潔白を知ったことで、クレーヴ夫人は寛大な心と落ち着きを取り戻し、先ほどまでは聞きたくないと思っていた話について、あらためて考えてみた。二人は王太子妃に手紙を返すべきではないという結論に達した。王太子妃に返せば、この手紙をマルティーグ夫人に見せてしまうかもしれない。そうなれば、マルティーグ夫人はテミーヌ夫人の筆跡を知っているから、彼女がシャルトル侯と深い仲にあること、この手紙は彼宛てであることに気づいてしまうだろう。それに、姑である王妃に関することは何ひとつ、王太子妃には知られてはならない。すべては叔父のためということにして、クレーヴ夫人はヌムール公に打ち明けられた秘密を守ることに喜びを感じていた。

ヌムール公はシャルトル侯のことばかり話していたわけではなかった。もし王太子妃の使いが来て、クレーヴ夫人に参上を求めなかったら、ヌムール公は、想い人と自由に話せることで大胆になり、これまで話す勇気がなかったことまで口に出していたかもしれない。だが、王太子妃の命となれば、ヌムール公も引き下がらざるをえない。そこで彼はシャルトル侯のもとを訪ねると、先ほどあなたと別れたあとに、王太子妃と直接お話しするよりも、あなたの姪であるクレーヴ夫人に話したほうがよいのではと考え、すぐに行ってきたのですよ、と報告した。こうして彼は、自分のしたことについてシャルトル侯の了承を得、もう大丈夫だと安心させたのであった。

その頃、クレーヴ夫人は大急ぎで支度を整え、王太子妃のもとに向かっていた。彼女が部屋に入るや否や、王太子妃は彼女を呼び寄せ、耳打ちした。

「もう二時間も前からお待ちしていたのよ。嘘をつかざるをえなくなって、今朝は本当に大変でした。昨日お話しした、あの手紙の件、王妃様はシャルトル侯の落とし物だと信じ込んでいるのです。王妃様があの方に関心があるのは、あなたもご存じでしょう。王妃様はあの手紙を探させていて、シャトラールのもとにも使者が来たそうよ。シャトラールは、手紙を私に渡したと言ったので、私のところにも使いが来て、とても美文と聞いて王妃様が興味をお示しになっていますと言うの。まさか、あなたに渡したなんて言えるはずがないでしょう。そんなことを言ったら、王妃様は、シャルトル侯の手紙だからこそ、姪であるあなたに渡したのだろうと勘繰るでしょうし、私とシャルトル侯の間に何かあったとお考えになるかもしれません。そうでなくても、シャルトル侯が頻繁に私のところに来るというだけで、王妃様は苦々しく思っているようなのです。だから、あの手紙は昨日、身に着けていた装束のポケットに入れっぱなしになっており、衣装棚の鍵を持っている者が席をはずしていて見つかりませんとお答えしておきました。さあ、早く、あの手紙を見せてちょうだい。王妃様にお見せしなくてはならないし、その前に私自身も目を通して、誰の筆跡か確かめたいのです」

クレーヴ夫人は予想外のことに困り果ててしまった。

「あら、どうしましょう。あの手紙を夫に見せましたところ、夫が直接ヌムール公にお返ししてしまいました。けさ早くにヌムール様が拙宅にいらして、王妃様からあの手紙を取り返してくださいと言ってきたのです。夫はつい、あの手紙が手元にあることをもらしてしまい、さらにヌムール公から返してほしいと泣きつかれて、断れなかったようなのです」

「あなたのせいで困ったことになりました。ヌムール公に返してはなりませんでしたのに。あの手紙は、この私があなたに渡したものなのですよ。それを私に何の断りもなく、ヌムール公に渡すなんて。王妃様に何て言ったらいいでしょう。ああ、どんなふうに思われるやら。きっと、あの手紙は私に関するものと思い、私とシャルトル侯の間に何かあると思われてしまうわ。ヌムール公宛ての手紙だと言っても信じてくれないでしょうね」

「ご迷惑かけて申し訳ありません。どんなに大変なことかは承知しております。でも、夫のクレーヴ公のしたことなのです。私のせいではありません」

「でも、クレーヴ公に手紙を渡したのはあなたでしょう。そんなに何もかも自分の知りえたことを夫に打ち明けてしまう妻なんて、あなたぐらいのものですよ」

「ええ、私が悪うございました。王太子妃様、私の失敗をお責めになるより、解決策をお考えください」

「手紙のおよその内容は覚えていらっしゃる?」

「ええ、覚えております。何度か読み返しましたので」

「では、すぐにでも、その内容を誰か筆跡の知られていない人に書いてもらいなさい。私はそれを王妃様に渡します。元の手紙を見たことのある人に見られることはまずないでしょう。たとえ、王妃様が誰かに手紙を見せるにしても、私はそれがシャトラールから受け取った手紙だとしらを切り通します。私がそう言えば、シャトラールだって、否定はしないでしょう」

クレーヴ夫人は、この提案に協力することにした。ヌムール公に使いを送り、あの手紙をもう一度見せてもらえば、一字一句そのままに手紙を書き写し、筆跡も似せることができる。そうすれば、王妃様もまさかそれが偽物とは疑わないだろうと思ったのだ。自邸に戻ると、クレーヴ夫人は夫に王太子妃がお困りであることを話し、ヌムール公のもとに使いを出してもらった。使いが出て行き、ヌムール公が大急ぎでやってきた。クレーヴ夫人は夫に話したことをヌムール公に繰り返した。そして、手紙をもう一度見せてもらおうとしたところ、ヌムール公は、すでにあの手紙をシャルトル侯に返してしまったという。シャルトル侯は手紙を取り戻し、危機を脱したことに歓喜し、さっさとそれをテミーヌ夫人の親友のもとへと送り返したところであった。クレーヴ夫人は再び困り果ててしまった。彼らは三人で相談し、結局、記憶を頼りに偽の手紙を書くことにした。部屋にこもって文面を練る。使用人には誰が来ても通さないように言いおき、ヌムール公の従者も皆、帰してしまった。秘密を共有し合い特別な時間を過ごすことをヌムール公は楽しんでいた。クレーヴ夫人のほうでも満更ではない。夫も同席しており、シャルトル侯のためという口実もあるので、後ろめたい気持ちも和らいでいた。このとき、彼女はヌムール公の姿を前に、ただ喜びだけを感じていた。これまでに感じたことのない、純粋で混じりけのない喜びであった。その喜びが彼女の緊張を解き、快活にさせていた。ヌムール公は彼女のそんな姿を初めて目にし、ますますその恋心を募らせるのであった。こんな幸せな瞬間は今まで存在しなかったからこそ、その歓喜はなおさら激しいものとなった。クレーヴ夫人がいざ手紙の内容を思い出し、筆を執ろうとすると、ヌムール公は真面目に協力するどころか、冗談を言っては邪魔をする。クレーヴ夫人もつられるようにはしゃいだ気分になる。こうして、部屋に閉じこもってからずいぶんたっても、手紙を書く作業はなかなか進まず、王太子妃からは二度にわたって催促の使いが来たが、それでもまだ半分も終わっていない始末であった。

ヌムール公は心地よいこの時間をできるだけ長引かせたいと思い、もはや友のためという口実を忘れそうなほどだった。クレーヴ夫人もまた退屈とは程遠い気分であり、叔父のことは忘れていた。その後、ようやく四時になって手紙が書き上がったものの、出来栄えは思わしくない。筆跡は元の手紙と似ても似つかず、王妃がまったく詮索するつもりがないのならともかく、しげしげと見られればとても通用するものではなかった。実際、王妃は、ヌムール公宛ての手紙だと言われても、嘘であることを見抜いた。王妃はこの手紙がシャルトル侯宛てのものであると信じて疑わず、さらに王太子妃が書いたものであると思い込み、二人が深い関係にあると考えた。こうして王妃の王太子妃への憎しみは深まり、決して許そうとしないばかりか、ついには王太子妃をフランスから追い出すに至ったのである。[87]

シャルトル侯は、王妃の信用を失った。ロレーヌ枢機卿が王妃と親密になりつつあったことや、この手紙によってシャルトル侯の二心が露見し、さらに過去の浮気まで気づかれてしまったことも影響したのだろうか、ついに王妃とシャルトル侯の復縁はならなかった。こうして彼らの関係は終わった。その後、シャルトル侯はアンボワーズの陰謀[88]に関わった咎により、名声を失うことになったのである。[89]

書き上がった手紙を王太子妃のもとに届けさせ、ヌムール公とクレーヴ公が部屋を出て行き、クレーヴ夫人は一人になった。愛する者が目の前にいる歓びはもはや消え去り、夢から覚めるように彼女は我に返った。そして、昨夜の自分と今の自分がまったく違っていることに気がつき、わがことながら驚いてしまった。テミーヌ夫人の手紙がヌムール公宛てのものだと信じていたときに自分が見せたあのとげとげしく冷淡な態度と、その後、ヌムール公はあの手紙とは無関係だと知るや否や、自分が見せたやさしく物静かな態度を比べてみる。昨日、落馬した公に同情し、つい気のあるそぶりを見せてしまったことを、まるで罪を犯したかのようにあれほど後悔したではない

87 メアリ・スチュアート妃は、一五六〇年に夫フランソワ二世が亡くなった後、フランスを去っている。

88 一五六〇年、プロテスタントたちがフランソワ二世を誘拐し、カトリック派のギーズ一門を排除しようとしたが、計画半ばにして発覚。これを処罰する口実で、ギーズ公はプロテスタントへの弾圧を強め、多くのプロテスタントを処刑、アンボワーズ城でさらし者にした。

89 シャルトル侯は、架空の人物として登場しているが、実在のシャルトル侯はフランソワ二世に収監され、一五六二年に死亡。

か。それなのに、今度は妙につっけんどんな態度をとることで、愛情の裏返しである嫉妬の感情を表に出してしまった。もう自分でも自分がわからなくなってきた。私があの方の気持ちに気づいていることに、あの方自身も気づいてしまっている。あの方の思慕に気づいていながら、私は夫の前だというのに、あの人に冷たくしなかった。それどころか、これまでになく好意的な態度を見せてしまった。なにしろ、夫に頼んでヌムール公を呼んでもらい、昼から夕方まで親密な時間を過ごしたのだ。私はヌムール公と想いを通じ合った。世界中でいちばん裏切ってはならぬ人、わが夫を裏切ってしまったのだ。それは、ヌムール公の目から見ても、恥じるべき、はしたない振る舞いだったのではないだろうか。いや、それより何より耐えがたいのは、昨夜、ヌムール公が誰か別の人を愛している、私は騙されたのだと思ったときの自分のあの取り乱した様、胸に感じた鋭い痛みを思い起こすことだった。

クレーヴ夫人は、これまで裏切りや嫉妬が引き起こす死ぬほどつらい気持ちを知らずに生きてきた。ヌムール公を好きになってはいけないと必死になって自制してきたものの、彼が別の女性を愛しているという可能性は考えてもみなかった。あの手紙が引き起こした疑念は消え去ったものの、彼女はすでに裏切られる可能性に気づいてしまった。これまでは想像さえしなかった猜疑心や嫉妬が頭を離れなくなってしまった。そもそも、ヌムール公のように浮名を流してきた人が、一人の女性を誠実に愛し抜くことができると信じていた自分のほうが驚きであった。ヌムール公がどんなに愛を告げてきても、彼女がその愛に満足できる可能性はないに等しいのだ。だけど、もし、あの方の愛し方に満足できるというのなら、私はそれでどうしようというのかしら。あの方の愛を受け入れるとでもいうのかしら。それに応えるということ？　色恋の世界に足を踏み入れるつもり？　夫を裏切るの？　自分自身を裏切るの？　色恋につきものの激しい後悔や死ぬほどつらい苦しみに身を任せようとしているの？　恋の衝動に負け、恋に支配され、自分ではどうしようもない恋の力に引きずられていく。どんなに考え、決心しても何にもならない。今日、考えていることは、どれも昨日も考えたことばかり。それなのに、今日の私は、昨日心に決めたのと正反対のことをしてしまった。ヌムール公の目にふれるところにいてはいけない。田舎に行かなくてはだめだ。世間に変に思われようとも、それしかない。もし夫が田舎に行こうとする彼女を引きとめ、理由を聞き出そうとするなら、彼を傷つけることになるかもしれないし、自分もつらくなるだろうが、きちんと理由を説明するしかない。彼女は決意した。そしてそのまま夜まで外出しなかった。あの偽の手紙がどうなったのか、王太子妃のもとに聞きに行くこともしなかったのだ。

クレーヴ公が戻ると、夫人は田舎に行きたいと切り出した。どうも体調がすぐれないので、空気の良いところで静養したいと言ってみた。だが、クレーヴ公から見る限り、夫人は今日も美しく、どう見ても重病のようには見えない。そのため、彼は最初のうち、妻の言うことを本気にしなかった。そして、もうすぐ王女の婚礼やお祝いの馬上競技もあるではないか、ほかのご婦人方同様、華やかな衣装や宝飾品を用意するのに忙しいはずではないかと言った。夫に説得されても、夫人の決意は変わらなかった。せめて、クレーヴ公が王に同行してコンピエーニュ〔現オワーズ県〕に行っている間だけでも、クロミエ〔現セーヌ・エ・マルヌ県〕に行かせてくれと懇願したのだ。クロミエには、二人が丹精こめて造らせた美しい屋敷があり、パリから一日で行くことができた。クレーヴ公もこれには同意してくれた。クレーヴ夫人は、しばらく帰らないつもりでクロミエに旅立った。王はコンピエーニュに向かったが、こちらはほんの数日で帰る予定であった。

ヌムール公は、二人で午後を過ごし幸せな気分になったあの日、もしやという思いに希望をふくらませたあの日以来、クレーヴ夫人に会うことができず苦しんでいた。一刻も早く再会したいと思ったヌムール公は、休む時間さえ惜しく、王とともにパリに戻ると、すぐに妹のメルクール侯爵夫人の屋敷に行くことにした。その屋敷は、クロミエからそう遠くない場所にあるのだ。ヌムール公は、シャルトル侯にも同行してもらおうと考えた。ヌムール公は、シャルトル侯が一緒なら、クレーヴ夫人のもとを訪れることができるのではと期待したのだ。幸い、シャルトル侯は二つ返事で同意してくれた。

メルクール夫人は二人を歓迎し、都会にはない楽しみを満喫してもらおうと手厚くもてなした。そこで二人は鹿狩りに出たのだが、ヌムール公は森で迷ってしまった。帰り道を求め、自分がどのあたりにいるのか確かめるべく通りがかりの者に尋ねると、クロミエの近くだという。クロミエと聞いた途端、ヌムール公は何も考えず、何の当てもないまま、言われたとおりの方角へ全速力で馬を走らせていた。森に入り、手入れの行き届いた道を見つけては、たどっていく。こうした道の先には城館があるはずだからだ。そうしていくつもの道をたどるうちに、城館の離れと思しき建物が見えてきた。一階には大きなサロンと小部屋が二つ。小部屋の一方は花の植えられた小庭に面しており、その小庭は簡単な柵で隔たれただけで森へとつながっている。もう片方の部屋は庭園につながる遊歩道に面しているようだ。何もなければ、この離れに足を踏み入れたところで立ち止まり、その美しさに見とれていたことだろう。だが、多くの使用人を従え、クレーヴ夫妻が庭園からこちらに歩いてくるのが目に入り、それどころではなくなってしまったのだ。クレーヴ公は王のもとにとどまっているとばかり思っていたヌムール公は、予想外のことに驚き、思わず身を隠した。花壇に面した小部屋に身をひそめ、森に続く扉から逃げ出すつもりだった。しかし、夫妻が離れに腰を落ち着けてしまった。従者たちは庭園にとどまっており、クレーヴ夫妻のいる部屋を横切らない限り、こちらの小部屋に来ることはできないので、見つかる心配はない。そうなると、ヌムール公は、このままクレーヴ夫人の姿を眺めていたいと思った。そして、どのライバルにも増して嫉妬の念を抱かざるをえないクレーヴ公が、彼女とどんな話をしているのかを聞いてみたくなってしまったのだ。

クレーヴ公が妻に尋ねる声が聞こえてきた。

「どうして、パリに戻ろうとしないのですか。ここにとどまる理由は何なのです？このところずっと人目を避けているではないですか。実際、私も驚いているし、残念に思っているのですよ。一緒にいられる時間が少なくなっているのですから。なにやら、いつもより浮かない顔をしていらっしゃるし、何か悩みでもあるのですか」

クレーヴ夫人は当惑した様子で答える。

「何も不満はありませんわ。ただ宮廷の騒々しさがこたえるのです。パリの屋敷には絶えず来客もあるものですから、身も心も疲れてしまいました。ちょっと休みたくなっただけです」

「まだ若いあなたが、そんなに休みたがるなんて普通じゃありませんよ。宮廷でも自邸でも、疲れないようにすることはできるでしょう。それとも、私のそばにはいたくないとでも？」

「そんなふうに考えるなんて、ひどいのはあなたのほうです」クレーヴ夫人は当惑していた。しかも、徐々に当惑は深まっていく。

「とにかく、ここにいさせてください。あなたも一緒にここにいられるのなら、私も嬉しいです。ただし、お一人でいてくださいね。次々とひっきりなしに訪れる客人はご遠慮していただきたいのです」

「あなたの態度といい、その言葉といい、一人でいたがるのには、何か私の知らない理由があるとしか思えませんね。どうしてなのですか、打ち明けてはいただけませんか」

クレーヴ公はなんとか理由を聞き出そうとしたが、どうしても答えを得ることはできなかった。クレーヴ夫人が必死に隠そうとする様子は、かえってクレーヴ公の好奇心を掻き立てた。そうしたやりとりが続いたのち、クレーヴ夫人はついにうつむき、押し黙ってしまった。そして突然、顔を上げクレーヴ公の目を見ながらこう告げた。

「何度も心に決めたものの、どうしても言えずにおりますことを、無理に聞き出そうとなさらないでください。ただ、私のような年齢の女性は自分の行動に責任もございますし、軽々しく宮廷で人目にさらされるようなことは控えるべきとだけお考えくださいませ」

「そんなことを言われたら、悪い想像をしてしまいますよ。あなたを怒らせまいと、それだけは言わずにいたのですけどね」

夫人は何も答えなかった。その沈黙は、クレーヴ公が思い描いていたことを裏付けるものだった。

「何も言わないということは、私の想像したとおりで間違いないのですね」

「ああ、あなた」夫人は夫の膝に身を預けるように座り込んだ。「では、申し上げます。こんなこと、夫に告白する妻は私が初めてでしょうね。でも、私の行動も、決意も何も疚しいことはないのだから、勇気を出して申し上げます。そうです。私が宮廷から遠ざかろうとしているのには、訳があります。私のような年齢の女性が陥りがちな危険を避けたいからです。私は一度も付け込まれるような隙を見せてはおりません。私の願いどおりに宮廷から身を引かせていただいていれば、ふとした拍子に弱みを見せてしまう心配もないでしょう。ええ、もはや無理とはいえ、母がまだ生きていて私を正してくれるのならば、そんな心配もせずにすみましたのに。私の選んだ方法がどんなに危険なものであるにしろ、私は喜んでその危険な道をまいりましょう。あなたにふさわしい人間でいたいからです。私の感情のせいであなたが不快な思いをなさるのなら、何度でもお詫び申し上げます。でも、私の行為のせいであなたを苦しめることだけはないはずです。私は、どんな妻よりも夫であるあなたに親愛と敬意を抱いているからこそ、そうしようと心に決めたのです。どうか私の手を引いてくださいませ。もし、私をお見捨てにならずにいてくださるなら、どうぞ私を憐れみ、私をこれからも愛し続けてくださいませ」

クレーヴ公は手のひらに顔を埋め、話を聞いていた。茫然とするあまり、妻を抱き起こすことすら忘れていた。クレーヴ夫人が話し終わり、クレーヴ公は妻の顔に目をやった。自分の膝の上に涙に濡れた妻の顔があり、ため息が出るほど美しい。クレーヴ公は、胸の痛みに耐えられなくなり、抱きかかえるように妻を助け起こした。

「あなたこそ、私のことを憐れんでください。私のほうが弱い存在なのです。あまりの衝撃に心乱れ、あなたの正直な告白に公正な態度で応じることができなくても、どうか許してほしい。あなたは、世界中のどの女性よりも尊敬と称賛に値する人です。だからこそ、私はこの世でいちばん不幸な男なのかもしれません。初めてあなたを目にしたときから、私はあなたに夢中なのです。あなたがどんなに貞淑であろうと、結婚というかたちであなたを自分のものにしようと、私の恋の苦しみはいっこうに消えないのです。それは今も変わりません。私はついにあなたに恋を教えることができなかった。そして、あなたは今、誰かに恋をして不安になっている。いったい誰なのですか。あなたを不安にさせている男、この世で最も幸せな男は。その恋はいつ始まったのですか。そいつはどうやってあなたの気を惹いたのでしょう。どうやってあなたの心に近づいたのでしょう。あなたの心は誰も得ることができないのだと思って、私は、あなたの心を得ることができない悲しみを慰めてきました。それなのに、私のできなかったことを誰かよその男が成し遂げたのですね。夫としての嫉妬、恋する者としての嫉妬、私はどちらの嫉妬心ももちあわせています。でも、先ほどのあなたの正直な告白を聞いた以上、夫として嫉妬することはできません。あなたの高潔な振る舞いを前にして、あなたを信用しないわけにはいかなくなりました。あなたに恋する者としても慰められます。あなたが私に示してくださった信頼と誠実には、計り知れない価値があります。あなたの告白を悪く取ることはないと私を信じてくださったのですから。ええ、そうですよ。あなたの告白を自分の都合のいいように利用しようなどとは思いません。あなたへの愛情も変わらないでしょう。あなたは妻が夫に示しうる最大の誠実さを見せてくださった。でも、だからこそ私は不幸なのです。さあ、最後まで話してください。いったい、誰を避けようとしているのか、名前を教えてください」

「それはお尋ねにならないで。名前は明かさないと心に決めたのです。名前を明かさずにおくことが礼儀というものでしょう」

「心配ないですよ。私だって、それほど世間知らずではありません。どんなに夫が立派な人間でも、人妻に恋をする輩が存在することぐらい私も知っています。そういった男は憎むべきですが、嘆いても仕方がない。さあ、もう一度聞きますよ。いったい誰なのですか」

「どんなに強く迫ろうと無駄です。言ってはならないと思うことを言わないぐらいの心の強さはもちあわせております。先ほど打ち明けましたのも、弱さからではありません。隠すよりも、告白することのほうが勇気がいるのです」

ヌムール公は、クレーヴ夫妻の会話を一言ももらさず聞いていた。クレーヴ夫人の言葉に、ヌムール公は、クレーヴ公と同様の嫉妬心を抱かずにいられなかった。恋のせいでまわりが見えなくなっていたヌムール公は、すべての男性がクレーヴ夫人に恋をしているような気がしていた。確かに、何人かの恋敵はいただろう。だが、ヌムール公は、あらゆる男性が恋敵であるかのように思い込んでおり、クレーヴ夫人がほのめかした男はいったい誰だろうと本気で知りたがっていた。これまでに何度か、夫人が自分を憎からず思っているように感じたことがあったが、それらはほんの一瞬、何気ない出来事のなかで感じただけのことだったので、こんなとんでもない手段を選ばせるほど激しい恋心を夫人が抱いているとなると、自分がその相手だとはとうてい思えなかったのだ。ヌムール公は動揺のあまり何が何だかわからなくなり、なかなか名前を聞き出せずにいるクレーヴ公の押しの弱さを歯がゆく思った。

クレーヴ公はあれこれ手を尽くしたものの、ついに名を聞き出すことができずにいた。しばらく押し問答があったすえに、クレーヴ夫人は言った。

「誠実さだけで満足していただけないのでしょうか。それ以上は求めないでください。告白したことを後悔させないでください。その方に私の感情を気取られるような振舞いはしていません。憤慨すべき言葉を言われたことはなかったと、それだけは重ねてお約束いたしますから、それで満足していただかないと」

だが、唐突とも思える勢いでクレーヴ公は反論した。

「そんな約束、信じられませんね。思い出しましたよ。肖像画がなくなったとき、あなたはひどく狼狽していたではないですか。あの肖像画を誰かにあげてしまったのでしょう。あの肖像画は、誰はばかることなく私のものです。私はあの絵を宝物のように大切にしておりました。あなたが自分の恋を完璧に隠し通していたとは思えません。あなたは恋をしている。見ればわかる。あなたは徳の高い人だから、これまでそれ以上のことが起こらずにすんだだけでしょう」

クレーヴ夫人のほうも声が大きくなる。

「私の告白に嘘があるとお考えになるなんて、あんまりです。そもそもこんな告白をしなければならない理由などないではないですか。私の言葉をどうぞ信じてください。あなたの信頼を得るためにこそ、私は大きな犠牲を払ってまで、真実をお話ししたのですから。信じてください。あの肖像画は、私が渡したわけではありません。確かに、その方があの肖像画をお持ちになるのを目にしました。でも、私に見られていたことをその人に知られたくなかったのです。だって、それを咎めれば、その方がある言葉を口にする機会を与えてしまいそうだったから。でも、そんな言葉は誰からも言われておりません。本当です」

「どうしてその輩（やから）があなたに好意をもっていると気づいたのですか。言葉にしていないなら、その男はどんなかたちで、あなたに思いを告げたのでしょう」

「細々としたことまで聞き出そうとはしないでください。私はその方のお気持ちに気づいてしまっただけで恥じ入っております。私に隙があったからではないかと思うからです」

「あなたの言うとおりですね。しつこく尋ねた私がいけませんでした。もし、私が同じようなことを頼んでも、その都度、拒絶なさってくださいね。でも、尋ねずにいられない私のことも嫌いにならないでください」

そのとき、庭園の遊歩道に控えていた従者たちが数人やってきて、クレーヴ公に、夜までにパリに戻るよう王から伝令が来ていることを告げた。クレーヴ公は早々に出発しなければならず、それ以上、話す時間はなかった。それでも、翌日にはパリに戻ってきてほしい、そして、悲しいのは事実であるが、あなたへの愛情と敬意は充分にもちつづけているので不満に思わないでほしい、とだけ言いおいて出かけたのだった。

夫が出発し、一人になると、夫人はたった今、自分がしたことを思い返してみたが、気持ちが昂ぶるばかりで、とても現実とは思えないのだった。ああ、私は自ら夫の愛情と敬意を失わせてしまったのだ。もう二度と這(は)い上がれないほど深い溝を刻んでしまったのだ。なぜ、あんな大胆なことをしてしまったのだろう。確固たる決意があったわけでもないのに、行きがかり上、ああなってしまったのだ。こんな告白を妻が夫にするなんて、前例のないことであり、とんでもないことだと思えば思うほど、悪い想像は尽きないのだった。

だが、多少乱暴なやり方になったとはいえ、ヌムール公からわが身を守るためには、ほかに方法はなかったと思うと、後悔すべきではないし、これでよかったのだという気がしてきた。迷い、落ち着かないまま、不安ばかりの一夜を過ごしたが、最後には心に平穏が戻ってきた。夫に貞淑の誓いを示すことができた安心感もあった。夫は貞節を捧げるにふさわしい人であるし、充分に敬意と愛情をもって接してくれている。あのような告白でさえ、敬意と愛情をもって真摯(しんし)に受け止めてくださった。

一方、ヌムール公は、隠れて話を聞いていた小部屋から出ると、森の奥へと進んだのだが、先ほど聞いたばかりの会話にひどく動揺していた。肖像画の件にクレーヴ夫人がふれたことで、自分こそが話題の人物だとわかり、ようやく生気を取り戻したのだ。まずは、ただひたすら喜びが彼を包んだ。しかし、それも長くは続かない。考えてみれば、クレーヴ夫人が自分に好意をもっていると確信させた告白は、同時にまた、クレーヴ夫人がその想いの片りんすら決して表に出そうとしないであろうこと、そして、あのように大胆な告白を夫にした以上、ヌムール公と関係をもつことはありえないことを示していた。だが、自分への想いが彼女をそこまで駆り立てるほど強いものであると考えれば嬉しかった。ほかのどの女性とも異なる特別な女性の気持ちを自分に向けさせることができて、誇らしかったのである。彼は同時にひどく幸せであり、不幸せでもあった。気がつくと森はすでに闇に沈んでおり、ヌムール公はどうにかこうにか、メルクール夫人宅に帰り着いた。着いたときはすでに夜明けになっていた。帰りが遅くなった理由を説明するのには難儀したが、それでも適当に言い繕い、ヌムール公はその日のうちにシャルトル侯とともにパリに戻ることにした。

ヌムール公は、先ほど聞いた話があまりにも意外だったうえに、あふれる思いをもてあましていたので、つい軽はずみな行動に出てしまった。よくあることである。自分の感情をさも一般論であるかのようにしゃべり、自分の恋愛経験を他人から聞いた話のように語ったのだ。パリに戻る道中、彼は何かといえば話を恋愛論にもっていきたがり、愛される価値のある人に愛される喜びをことさら大げさに語った。恋心が引き起こす奇妙な影響について話すうちに、ついには、クレーヴ夫人の行動に対する驚きを自分の胸だけにとどめておくことができなくなってしまった。ヌムール公はシャルトル侯にその話をした。むろん名前は一切挙げず、自分が当事者であることも伏せた。だが、あまりにも熱心なその話しぶり、そしてその女性への称賛ぶりから、シャルトル侯は、ヌムール公が自分自身のことを話しているのではないかと思い始めた。

そこで、強引に白状させようとした。もうずいぶん前から本気で恋をしていることには気づいていたし、自分は王妃との秘密の恋を打ち明けたのに、それでもなお胸のうちを明かさないとは、不公平ではないかとシャルトル侯はヌムール公に迫った。だが、ヌムール公の恋は本気のものであるだけに、そう簡単には明かせないものだった。ヌムール公は、宮廷で最も親しいシャルトル侯にさえ、その恋を隠し続けてきた。その日も彼は、この話はある友人から聞いたものであると言い、その友人には絶対に口外しないと約束したのだから、秘密は守るようにとシャルトル侯に念を押した。シャルトル侯は口外しないと約束したが、ヌムール公はしゃべりすぎてしまったのではないかと後悔し始めていた。

　その頃、クレーヴ公は生きた心地もしないままで、王のもとに参上していた。これほどまでに情熱的に妻を愛し、尊重してきた夫はクレーヴ公をおいていないだろう。あのような告白を聞いても、妻を敬愛する気持ちがなくなったわけではない。だが、妻への想いに多少の変化があったのもまた事実であった。彼が最も気になったのは、妻が心を動かした相手がいったい誰なのかということだ。宮廷で最も魅力ある男性となれば、すぐに頭に浮かぶのはヌムール公だった。これまでにクレーヴ夫人に気があるそぶりを見せた人物、彼女にとりわけ親切に振る舞う人物ということで、ギーズの弟君やサン゠タンドレ大将の名も浮かんだ。きっとこの三人のうちの誰かだろう。クレーヴ公がルーヴル宮に着くと、王は彼を自分の執務室に呼び、イスパニア王室に嫁ぐ王女に同行してほしいと切り出した。王はさらに、クレーヴ公こそはこの任務に最適であるとし、フランスの栄誉のためにクレーヴ夫人にも王女に随行してほしいと続けた。当然のことながら、クレーヴ公はこの任務を引き受け、これを口実にすれば、妻もこれまでと態度を急変させることなく、宮廷から離れられると考えた。だが、出発はまだ先のことであり、当面の不都合がこれで解決するわけではなかった。クレーヴ公は、王からの命令を伝えるため、すぐに妻に手紙を書き、どうしてもパリに戻ってほしいと再び懇願した。夫の頼みとあって、クレーヴ夫人はパリの自邸に帰ってきた。だが、顔を合わせた途端、二人は揃って、ひどく悲しい気持ちになった。

クレーヴ公は、これ以上はないという誠実な態度で、妻の行動を厳粛に受け止めていた。

「あなたの振る舞いについて、私は何も心配していませんよ。あなたは自分で思っている以上に強く、立派な方なのです。私を悲しませる可能性についても心配にはおよびません。私はただ、私には恋してくれなかったあなたが、誰か別の人に恋をしているのを見るのがつらいだけです」

「何とお答えしたらいいのでしょう。あなたとそのお話をするだけで、恥ずかしくて死にそうです。お願いです。こんなに酷なお話はよしてください。私に制約を与え、私が人に会わずにすむようにしてください。お願いしたいのはそれだけです。もうこれ以上、あの話はさせないでください。話を蒸し返せば、自分がますますあなたにふさわしくない女に思えてくるし、自分でも恥ずかしいことだと思うのです」

「わかりました。あなたがおとなしく、信頼を寄せてくれるのをいいことに、私は少々出すぎたようですね。でも、あなたのせいで私が今、どんな状態にあるのか、少しは同情してください。それにね、あなたは確かに話してくれましたが、名前は明かさなかった。そのせいで私は、いったいそれが誰なのか気になってしまって、生きた心地がしないほどなのです。ええ、もはや、名を言えとは言いません。でも、どうしても言わずにはいられないのです。私に焼きもちを焼かせている男、それはきっと、サン＝タンドレ大将か、ヌムール公、ギーズの弟君のうちの誰かなんでしょう」

「お答えできません」だが、夫人の顔は赤くなった。「あなたの想像どおりだとも、違うとも申し上げません。でも、あなたが私を観察することでその答えを得ようとするなら、私は困りますし、当惑している私を見て、世間は何と思うことでしょう。神に誓って申し上げます。病気か何か理由をつけて、私が誰にも会わずにいるのが、最良の策だと思います」

「いやいや、仮病なんてすぐに世間にばれてしまいますよ。それに、私は誰よりもあなたを信頼しています。あなたのような性格なら、私があなたを信じるべきだと言っている。あなたが、私がとやかく言うよりも、理性もまたそうしろと言っている。あなたを自由にさせておくほうが、よほど厳しく自分を律するのではないですか」

クレーヴ公の言うとおりだった。夫人は、その後、夫の信頼を裏切るまいとさらにヌムール公を避けるようになり、どんな禁止令よりも厳重に行動を自制するようになったのだ。つまり、ルーヴル宮や王太子妃のもとには通常どおり参上する。だが、ヌムール公と目を合わせること、そして同じ場に居合わせることとさえ、巧妙に避け続ける。ヌムール公が彼女に愛されていることを確信し、喜ぶような機会は一切与えようとしなかった。ヌムール公は、クレーヴ夫人の態度を見ていると、自分に好意をもっているとは到底思えず、ついには、あまりにも現実離れしたことだけに、あの日、盗み聞きした会話は夢ではなかったのかとさえ思うようになった。あの告白を裏付けるものが一つでもあるとすれば、夫人が一生懸命に隠そうとしているにもかかわらず、ひどく悲しげに見えることである。必死にこらえる健気さは、やさしい眼差しや言葉よりもさらにヌムール公の恋慕を掻き立てるものであった。

ある晩、クレーヴ夫妻が王妃のもとに参上しているときのことだった。ふと、誰かが、噂によると王は、王女のお輿入れに、宮廷の名士をもう一人同行させるおつもりらしいと言いだした。クレーヴ公が妻に目を向けたそのとき、別の者が、それならきっと、ギーズの弟君かサン＝タンドレ大将が随行なさるのでしょうと言った。クレーヴ公は、妻がこの二人の名を聞いても、イスパニアまで道中を共にするかもしれないと言われても、何の反応も見せないことに目をとめた。つまり、妻の心を奪ったのは、この二人のいずれでもないのだと彼は考えた。そして、いっそはっきりさせてしまおうと考えたクレーヴ公は、席を外し、王が来ているはずの王妃の執務室に行った。そして、しばらくそこにいたあと、妻のもとに戻り、たった今聞いてきたのだが、イスパニアに随行するのはヌムール公らしいですよ、と耳打ちしたのだ。

ヌムール公の名前を耳にし、長旅の間、夫の目の前で毎日、ヌムール公と顔を合わせねばならないことを考えると、クレーヴ夫人は取り乱しそうになった。動揺が隠せず、せめてもそれを別の理由のせいにしようとする。

「それは、あなたにとって不愉快なことでしょうね。せっかくの名誉がもっていかれてしまいますわ。誰かほかの方になさるようお願いできませんか」

「ヌムール公が私と一緒に来ることを避けたいのは、名誉の問題ではないでしょう。あなたがつらそうなのは、何か別の理由があるはずだ。ほかの女性なら、きっと嬉しそうな表情を浮かべて、それでわかってしまうのでしょうが、あなたの場合、その動揺を見ればわかりますよ。まあ、心配しないでください。今、お耳に入れた情報は作り話です。たぶんそうだとは思いましたが、念のため確かめておきたかっただけなのです」

そこまで言うと、クレーヴ公は立ち去った。ただでさえ今の言葉に動揺している妻を、自分がそばにいることで、それ以上苦しめたくなかったからだ。

ちょうどそこへ、ヌムール公がやってきて、クレーヴ夫人の取り乱した姿を目にしてしまった。ヌムール公は彼女に歩み寄り、いつになく心ここにあらずのご様子ですが、その理由を聞くのは失礼になるのでしょうね、と小声で告げた。夫人はヌムール公の声で我に返った。ヌムール公のほうを見たものの、さまざまな思いが巡り、また、同時にヌムール公がそばにいるところを夫に見られたらどうしようと不安になり、自分が何を言われたのかさえわからない状態で、思わず声をあげる。

「ああ、もう放っておいてくださいませ！」

「何をおっしゃいますか。私があなたに何をしたというのですか。何を責めていらっしゃるのやら。話しかけることもお姿を見ることさえできずにいましたのに。こうしておそばに寄るだけで震えているほどですよ。私はどうして、そんなことを言われなければならないのでしょう。あなたがおつらそうにしているのが、私のせいだとでも？」

クレーヴ夫人は、ヌムール公にこれまでになく明快に事情を推測できるような姿を見せてしまったことに気づき、後悔に襲われた。そして、ヌムール公に何も答えぬまま、その場を去り、自邸に帰ってきてしまった。こんなふうに取り乱すのは初めてだった。当然のことながら、クレーヴ公は、妻が先ほどよりもさらに混乱した様子であることに気づいた。しかも、何があったかと聞かれるのを恐れ、夫を避けようとしていることも見てとった。クレーヴ公は、妻が小部屋に逃げ込むのを見て、あとを追った。

「私から逃げないでください。あなたがつらくなるようなことは決して口にしませんから。先ほどは驚かせてしまって申し訳ありませんでした。でも、あなたの反応を見て、充分報いは受けましたよ。あらゆる男性のなかで、ヌムール公こそ、私が最も恐れていた男です。あなたが危険を感じているのも無理はありません。しっかりしてください。あなたご自身のためにも、そして、できることなら、私のためにも。夫としてお願いしているわけではありません。あなただけを幸せの源とし、あなたが想うその人よりもずっとやさしく、ずっと激しい愛情をあなたに注ぐ者として申し上げているのですよ」

話すうちにクレーヴ公は胸がいっぱいになり、やっとのことで、最後まで言葉を続けた。クレーヴ夫人も心を動かされた。夫人は滂沱の涙を流しながら、つらく、やさしい気持ちで夫を抱きしめた。夫人の心は夫にも伝わり、二人は同じ思いで抱き合っていた。二人はしばらくの間、無言でそうしていたが、ついに語る力もなく、そのまま離れていった。

やがて、エリザベート王女のお輿入れの準備が整った。婚礼には、イスパニア王の代理としてアルバ公がやってきた。王は、考えうる限りの手を尽くしてアルバ公を歓待し、こうした機会にふさわしいありとあらゆる催事が執り行われた。王は、コンデ公、ロレーヌ枢機卿、ギーズ枢機卿、ロレーヌ公、フェラール公、オマール公、ブイヨン公、ギーズ公、ヌムール公にアルバ公の出迎え役を命じた。それぞれが、家ごとに誂(あつら)えた衣装をまとって従者や召使を引き連れている。陛下は自らも宰相を先頭に二百人の従者を連れ、ルーヴル宮の第一大門まで出てきて、アルバ公を迎え入れた。アルバ公は王に歩み寄り、その足元に跪(ひざまず)こうとしたが、王はそれを制し、自分の隣を歩かせて、王妃と王女のもとに案内した。アルバ公は、フェリペ二世からの豪華な贈り物を王女に手渡した。次に公はマルグリット王女のもとを訪れ、サヴォワ公を褒め讃え、サヴォワ公も間もなく到着することでしょうと告げた。そして、アルバ公とその随行使節であるオレンジ公にフランス宮廷の栄華をお見せするための大規模な祝宴がルーヴル宮で開かれた。

クレーヴ夫人も宴に出ないわけにはいかなかった。本当は気が進まなかったが、どうしても出てほしいと夫に言われた以上、逆らうわけにはいかなかったのだ。彼女に出席を決めさせた要因としては、ヌムール公が来ないことも大きかった。ヌムール公は、サヴォワ公の出迎えを命じられており、到着して以降もサヴォワ公のそばを離れず、婚礼に備えてお手伝いをすることになっていたのだ。こうしたお役目がある以上、いつもよりもヌムール公と顔を合わせる機会は少ないはずだとクレーヴ夫人は考え、安堵していた。

シャルトル侯は、ヌムール公と交わした会話を忘れてはいなかった。他人のことのように話をしていたが、あれはきっと彼自身のことだとシャルトル侯は確信しており、ヌムール公の言動を注意深く見守っていた。アルバ公とサヴォワ公の来訪がなかったら、彼は真実を見抜いていたかもしれない。だが、このお二方が到着したことで、宮廷はいつもと違った雰囲気になり、各々が忙しくなった。シャルトル侯もそれどころではなくなってしまったのだ。だが好奇心から、いや、むしろ、自分の知ったことを愛する人と共有したいというごく自然な感情から、彼はマルティーグ夫人にヌムール公から聞いた話、つまり、別の男性への恋をわざわざ夫に告白した大胆な女性のことを話して聞かせた。さらに、その別の男というのは、きっとヌムール公自身に違いないと打ち明け、あなたもヌムール公を観察して何か気づいたら教えてくださいと頼んでいた。マルティーグ夫人はこの話を聞いて喜んだ。彼女は、王太子妃がヌムール公にたいそう興味をもっているのを知っていたので、ぜひこの話の詳細を確かめ、王太子妃に報告したいと思ったのだ。

婚礼の数日前、王太子妃は、陛下とヴァランチノワ夫人を夜宴に招いた。クレーヴ夫人は着付けに手間取り、いつもより少し遅れて宮廷に参上した。宮廷に着くと従者がやってきて、王太子妃がお待ちだと告げた。王太子妃の寝室に行くと、すでに横になっておられた王太子妃は、寝台の上から声をあげ、彼女の到着を今か今かと待っていたと言う。

「お待ちになっていた理由は、私にとって嬉しいものではなさそうですね。私に会いたかったのではなく、何か別の要件があって私を必要となさっているのでしょう？」

「そのとおりですよ。でも、あなたに何の得もない話ではないのです。面白い話を耳にしたので、あなたに話したくなってしまって。あなたもきっと興味がおありでしょうから」

クレーヴ夫人は王太子妃の寝台の脇に跪いた。顔が陰になったのは、幸いであった。

「ヌムール公がすっかり別人のようになった理由は何か知りたいわね、という話を以前にもしたでしょう。ようやく、その理由とおぼしきものがわかったのです。あなたもきっと驚くはずですよ。宮廷で最も美しい女性に激しい恋をなさり、その女性も心からあの方を愛しているとか」

クレーヴ夫人は、まさか自分のことだとは思わなかった。自分がヌムール公に惹かれていることは誰にも知られていないと思っていたのだ。だからこそ、王太子妃のこの言葉に彼女が胸を痛めたのは想像に難くない。それでも彼女はこう返答した。

「ヌムール公のご年齢や、ご条件からすれば、何も驚くことではないでしょう」

「ええ、確かに、そのくらいのことではあなたも驚かないでしょう。でもね、ヌムール公に心寄せるこの女性は、気があるそぶりは一切見せず、自分が抑えられなくなることを恐れて夫にその恋を告白し、宮廷から身を引こうとしたというから、驚きなのですよ。しかも、ヌムール公自身がそう話したのですって」

最初に、自分のことではないと思ったとき、彼女が感じたのは痛みだった。だが、今、王太子妃の言葉に、それが自分のことにほかならないと確信したとき、彼女を襲ったのは絶望だった。何も言えず、夫人はただ寝台に向かって頭を垂れていた。王太子妃はなおも話し続ける。話に夢中で、クレーヴ夫人の当惑には気づいていない。クレーヴ夫人はやっとのことで気持ちを立て直し、こう告げた。

「ありえないことのように思います。いったい、どなたから、そんな話をお聞きになったのですか」

「マルティーグ夫人からですよ。夫人はシャルトル侯からお聞きになったとか。ご存じでしょう、マルティーグ夫人は、シャルトル侯の愛人なのです。侯は、ヌムール公から直接この話を聞き出し、マルティーグ夫人にこっそり打ち明けたようですね。もちろん、ヌムール公は相手の女性の名を明かさなかったし、まるで他人事のように話したらしいのですが、シャルトル侯は、ヌムール公本人のことだと確信していらしたとか」

王太子妃が話し終わったそのとき、寝台に歩み寄ってくる人物がいた。入り口に背を向けていたクレーヴ夫人からは、その人物の顔が見えない。だが、王太子妃が驚きを込め、はしゃいだ声をあげたので、それが誰かはすぐに想像がついた。

「まあ、ご本人がやってきたわ。誰のことなのか、聞き出してやりましょう」

クレーヴ夫人には、振り返らなくても、現れたのがヌムール公だとわかった。そして、実際そのとおりだったのだ。夫人は王太子妃にさっと身を寄せ、この話をヌムール公本人にはしないほうがいい、ヌムール公はシャルトル侯を信頼して打ち明けたのだから、二人の間に不和をもたらすようなことはやめましょうと小声で申し上げた。王太子妃は笑いながら、その点は気をつけますから大丈夫ですよと答え、ヌムール公に向き直った。ヌムール公は夜会のために着飾っており、いかにも彼らしく優美な口調で話しだした。

「今ちょうど、私の話をしていらしたでしょう。王太子妃様は何か私に尋ねようとして、クレーヴ様がそれを止めようとしていたように、お見受けしましたが、どうでしょう。早とちりではないと思いますがね」

「ええ、そうですよ。私はこれまで、クレーヴ様の意見を尊重して参りましたが、今日はあえて逆らおうと思いますの。あなたについてのお話を小耳に挟みまして、それが本当のことかどうか、知りたいのです。ねえ、宮中のとあるご婦人があなたと相思相愛であるとか。それなのに、その女性は想いの片りんも見せようとせず、夫にそのことを打ち明けたという話を小耳に挟んだのですが、その女性のお相手はあなたではないのかしら」

クレーヴ夫人の当惑と恥ずかしさは、想像を絶するものであった。死によってこの場から逃れることができるのならば、いっそ死んでしまいたいとさえ思ったほどだ。

だが、極限を超える極限があればの話であるが、ヌムール公はヌムール公で、彼女を上まわるほどに困惑していた。自分を憎からず思っているらしき王太子妃が、クレーヴ夫人を前に話しているのだ。しかも、王太子妃は宮中の誰よりもクレーヴ夫人を信頼しており、夫人もまた王太子妃を裏切れるはずがない。混乱のあまり呆然としたヌムール公は、冷静を装うことすらできなかった。自分の失策でクレーヴ夫人を困った状況に追い込み、嫌われても当然とも思える理由をつくってしまったと思うと、もはや呆然としてしまって王太子妃に答える言葉がすぐには出てこない。王太子妃も、彼がすっかり茫然自失していることを見て取った。脇に控えていたクレーヴ夫人に声をかける。

「ほら、ほら、あのお顔。ねえ、やっぱりご自身のお話だったのね」

最初の動揺が収まり、なんとか危機を脱しなければならないと見ると、ヌムール公は瞬時に自制心を取り戻し、表情を変えた。

「正直なところ、シャルトル侯の裏切りに等しい行為には驚きと憤りを抑えることができません。ある友人について、私が語った内緒話を他言してしまわれたのですからね。まあ、その気になれば、私にだって彼に一矢報いる手立てはあるのですが」

ヌムール公が穏やかな笑みを浮かべて語るのを見て、王太子妃のなかで、先ほどまでの確証が消え去ろうとしていた。ヌムール公はさらに続ける。

「シャルトル侯も私に、ちょっとした打ち明け話をなさっているのです。でも、私が不思議に思いますのは、王太子妃様、どうして、それを私に関する話だとお思いになったのでしょうか。私が違うと言ったのに、シャルトル侯がそれを私のこととして話したなんておかしいですね。ええ、確かに、恋をしている男という意味では、私にも可能性がございますが、片思いではないとなると、私のことだとは思えません」

かつて王太子妃に対し思わせぶりな態度をとったことがあるだけに、ヌムール公は、それをほのめかすようなことを得々と述べてみせた。これも、王太子妃の関心をそらすためである。王太子妃のほうでも、ヌムール公が何を言わんとしているのか気づいたようだが、それには答えず、先刻の狼狽ぶりを冷やかし始めた。

「先ほど、お見苦しい姿を見せてしまいましたのは、友人のことが心配になったのと、彼にとって命より大事とさえ思われる秘密を他言したのが当人に知れたら、どんなに責められるだろうと案じたからです。その友人も私にすべてを告白したわけではなく、お相手の女性の名は明かしませんでした。私に言えますことは、彼が宮中で最も激しい恋をしており、最もつらい思いをしているということだけです」

王太子妃が尋ねる。

「愛されているのにつらいとは、なぜでしょう」

「本当に愛されているとお思いですか。本気で愛しているのなら、それを夫に打ち明けたりするでしょうか。その女性はきっと本当の恋を知らないのです。好意を示されて、漠然と嬉しく思う気持ちを恋と勘違いなさっているのでしょう。私の友人はまったくと言っていいほど希望をもてない状態におりますが、相手の女性が恋に落ちたらどうしようという不安をおもちになったというだけで、彼は充分、幸せらしいのです。どんなに幸せな恋をしている人よりも今のままの状態に満足しているとか」

「あなたの友人とやらは、ずいぶんと欲のない方ですね。あなた自身の話をしていると思っていたのだけれど、だんだん自信がなくなってきました。クレーヴ様がおっしゃるように、そんなのありえない話だという気になってきましたよ」

これまで無言だったクレーヴ夫人もようやく声をあげた。

「そうでしょう、そんな人いませんよ。そもそも、そんな方が存在するとして、彼女が夫に告白したことを他人がどうして知りうるのでしょう。それだけ大胆なことをなさる女性が、第三者に弱音を吐くとは思えませんし、夫のほうだって口外するとは思えません。そんなことをすれば、妻の誠意を踏みにじることになりますもの」

クレーヴ夫人が夫であるクレーヴ公を疑い始めているのを見て取り、ヌムール公は、さらにそちらに話をもっていこうと思いついた。彼にとって、クレーヴ公は倒すべき最大の恋敵なのだ。

「嫉妬や好奇心、そう、妻がまだ隠している部分について知りたいという好奇心にかられて、つい軽率な行動に出たとしても不思議ではないでしょう」

クレーヴ夫人はもはや気力も体力も限界にあり、これ以上会話を続けられそうにはなかった。だが、気分が悪くなったと言って帰ろうとしたそのとき、ちょうどよい具合にヴァランチノワ夫人が到着し、陛下ももうじきいらっしゃると告げた。王太子妃はお着替えのために別室に向かった。クレーヴ夫人がそのあとについていこうとすると、ヌムール公が歩み寄り、囁いた。

「一生のお願いですから話を聞いてください。大切なことを申し上げたいのです。これだけはどうしてもお伝えしておきたい。先ほど王太子妃様に意味ありげな文言を申し上げましたのは、王太子妃様とは何の関係もない事情があるからこそ、あのように申し上げただけです。それだけは信じてください」

クレーヴ夫人はヌムール公の言葉が聞こえなかったふりをした。ヌムール公のほうは見ようともせず、その場を離れると、ちょうど入ってきた王のあとについていった。宮中にはすでに多くの人が集まっており、クレーヴ夫人はドレスの裾に足をとられてよろめいた。もうこれ以上、この場にいたくないと思った夫人は、足をくじいて立っていられないふりをして帰ってきてしまった。

入れ替わりにルーヴル宮に着いたクレーヴ公は、妻の姿が見えないのを不思議に思った。やがて、周囲から妻に何があったかを聞かされ、彼はすぐ自邸へと取って返した。クレーヴ夫人は寝台に横になっていたが、怪我自体は大したことがなさそうだった。クレーヴ公はそのまましばらく妻に付き添っていたが、妻のあまりにも悲しそうな様子に驚いてしまった。

「いったいどうしたのですか。つらいのは足の痛みだけではなさそうですね」

「こんなに悲しかったことはありません。私のあなたへの信頼、度を超えた、普通では考えられないほどの信頼をこんなふうに踏みにじるなんて。私は約束を守るにも値しない相手なのでしょうか。たとえ、私にその価値がないにしても、あなたご自身のためにも、秘密は守るべきだったのではないでしょうか。私がどうしてもあなたに名を明かそうとしないので、あなたは誰かにその話をして、それが誰か探らせようとしたとでもいうのでしょうか。あなたがこんなに軽率で残酷なことをなさるなんて、相手の名を知るためだとしか思えませんもの。そのせいで、実に腹立たしい結果になってしまったのですよ。皆に知られてしまった。ある人が私にその話をしたのです。まさか私が当人とは思っていらっしゃらなかったようですけど」

「いったいどういうことですか。あなたと私の間のことを、私が誰か他人に話したと思って、責めていらっしゃるのですか。あのことが他人に知られてしまったというのですね。弁解なんてしませんよ。私はそんなことしていないのだから。あなたは信じてくださらないかもしれませんがね。誰か別の人の噂話をご自分のことだと思ったのではないですか」

「私以外にあんなことをする女がいるはずありません。あんなこと、ほかに誰ができるでしょう。偶然に思いつくなんて、ありえませんもの。誰があんなこと思いつくでしょう。あんなことを考えるのは私ぐらいのものです。先ほど私にその話をしたのは、王太子妃様です。あの方はシャルトル侯から聞き、シャルトル侯はヌムール公から聞いたそうです」

「ヌムール公だって？」クレーヴ公は大声になった。その姿には、激情と絶望が刻まれていた。

「ヌムール公は、あなたの気持ちを知っている。それを私が知っていることまで、知っているというのか」

「何が何でも、ヌムール公だと決めつけたいのですね。何度も申し上げたでしょう。あなたが誰を疑おうと、名前は明かしません。ヌムール公が私のことだと知っていて、話したのかどうかはわかりません。あなたがあの方を疑っていることだって、ご当人はご存じなのかどうか、わかりません。いずれにしても、ヌムール公は、ある友人から聞いたものとしてシャルトル侯に話し、その友人の名は挙げなかったそうです。きっと、あなたのご友人の誰かなのでしょう。あなたは、私のことを調べさせようとご友人に話したのでしょう」

「こんなことまで打ち明けられる友人なんていませんよ。自分自身でさえ知りたくなかったことなのに、他人に打ち明けてまで真相を知りたいとは思いません。あなたこそ、どなたかに話したのではないですか。秘密がもれたとしたら、私よりあなたからもれた可能性のほうが高いのではないですか。一人で抱えきれなくなったのではないですか。楽になりたくて、誰かに打ち明けたのでしょう。その人があなたを裏切ったのではないですか」

「これ以上、私を苛めないでください」夫人もついに大声をあげた。「ご自身の過失を私のせいにするなんて、ひどいではないですか。あなたに私を疑う資格があるでしょうか。あなたに打ち明けたのだから、ほかの誰にでも打ち明けられるとでも、お考えなのですか」

確かに、妻から受けた告白は誠意を感じさせるものだった。しかも、ここまではっきりと誰にももらしていないと断言するのだから、クレーヴ公はますます訳がわからなかった。一方、自分が誰にも話していないのも確かである。周囲が推測することも不可能なはずなのに、すでに他人に知られてしまっている。そうなると、夫婦のどちらかがもらしたとしか思えない。だが、それよりも、クレーヴ公の胸を締めつけるのは、この話がすでに自分たちの手を離れ、まもなく、皆に知れ渡ってしまうだろうということだった。

クレーヴ夫人も同じようなことを考えていた。夫が話したはずはないと思い、だが、夫が話したに違いないとも思った。真実を知りたいという好奇心から、夫がつい軽率な行動をとったのではないかとヌムール公が言っていたが、それはまさに今の夫の心境に当てはまるように思えた。だから彼女は、夫がつい口を滑らせたのではと思ったのだ。それが最もありえそうなことだったので、クレーヴ夫人は、夫が信頼されているのをいいことに、不遜（ふそん）な振る舞いに及んだと思い込んだ。二人はそれぞれ物思いに沈み、しばらくの間、沈黙が続いた。ようやく口を開いたかと思えば、互いに、もう何度も言ったことを繰り返すばかりであった。二人の感情も理性も、これまでになくとげとげしく、離れ離れになってしまったままであった。

夫妻がどんな気持ちで夜を過ごしたかは想像に難くない。クレーヴ公は、熱愛する妻が別の男に心を動かされたという悲しみにじっと耐えるだけで精根尽き果ててしまった。もはや、意地すらもなくなっていた。栄誉も自尊心も激しく傷ついた今、もう意地を張っても仕方がないとさえ思えるのだった。妻のことをどう考えればいいのか、わからない。妻にどうしろと言えばいいのか、自分はどう振る舞えばいいのか。どちらを向いても断崖と深淵しかないような思いだった。長い間、動揺と不安に苦しんだ挙句、近々イスパニアに随行する任務があるのを思い出し、これ以上、疑念をあおり、自らをますます不幸にすることは避けようと心に決めた。クレーヴ公は妻のもとに行き、もう秘密がどこから漏れたのかを探るのはやめにしましょうと告げた。それよりも、この話はまったくの作り話で、自分には関係のないことだと思わせるほうがいい。ヌムール公や周囲の人々にそう思わせることができるかどうかは、クレーヴ夫人の振る舞い次第だと説得したのだ。言い寄られてもまったくその気がないように、ヌムール公に対しては厳しく冷淡な態度をとりつづけなさい。そうすれば、世間は、あなたがまさか彼に好意をもっているとは思わないでしょう。彼がどう思うだろうなどと心配してはいけません。あなたが一切弱みを見せなければ、彼も自分の考えに自信がもてなくなるでしょう。そのためにこそ、いつもどおりルーヴル宮に行き、集まりにも出なくてはいけませんよ。

こう言うとクレーヴ公は、妻の返事を待たずに部屋を出ていった。クレーヴ夫人も夫の言うことはもっともだと思った。ヌムール公に怒りを感じている今なら、彼に冷たくするのもそう難しくないだろうという気がしてきた。だが、婚礼に伴う数々の宴に出席し、平然と涼しい顔をし続けることができるだろうかと考えると不安もあった。とはいえ、クレーヴ夫人は、王太子妃のドレスの御裾係を任じられているのだ。多くの貴人のなかから選ばれた名誉ある役目なので、辞退するとなれば人騒がせなことになるし、理由もあれこれ詮索されるだろう。クレーヴ夫人は自分を律しようと心に誓った。そして、その日は夜まで一人で部屋に閉じこもり、なんとか心を整えようとしたが、乱れる思いに飲み込まれてしまうのだった。さまざまな苦しみが胸を過るなか、最もつらいのはヌムール公の行為がどうしても許せないこと、どう考えても弁護の余地がないことだった。ヌムール公がシャルトル侯にこの話をしたことについては疑いようがない。王太子妃の前で彼自身が言っていたし、そのときの話しぶりからして、彼女が当事者であることも知ったうえで話したとしか思えない。こんなに重要なことを軽々しく口にするなんて、許されることではない。控えめな態度にこそ、好感をもっていたのに、これまでのあの慎み深さはどこに消えてしまったのだ。

片思いだと思っている間は慎重だった。だが、確証こそないものの、両思いだと思った途端、もはや誠意は失われてしまったのだ。ただ愛されていると思うだけでは満足できず、それを他人に知ってほしくなり、言える限りのことを言ってしまったのだ。私はあの方への好意を口にしたことはない。それなのに、彼はもしやと想像し、その想像を世間にふれまわってしまった。もし、愛されているという確証があったら、やはり同じように言いふらされてしまうに違いない。あの方は、虚栄心を抑えられる立派な方だと思っていたのに、見込み違いだった。あの方は、ほかの男性とは異なる特別な方だと思ったからこそ、私も世間の女たちのように、軽はずみな想いを抱いてしまった。自分だけは世間の女たちとは違うと思っていたのに。私は夫のやさしい心も信頼も失ってしまった。夫こそ、私に幸福を約束してくれるはずの人なのに。世間はやがて、私を激しい恋に身をやつし正気を失った女だと思うようになるだろう。そして、私の心を揺らしたあの方もすでに私の気持ちを知っているのだ。私は不幸の種を早めに摘んでしまおうとしたばかりに、もう二度と安穏な日々は送れず、人生をだめにしてしまったのだ。

そんな悲しい考えが過り、涙がとめどなくあふれてきた。どんなにつらい思いをしたとしても、ヌムール公の態度に非がなければ、耐えられたような気がするのだ。

一方、ヌムール公のほうでも心穏やかなわけではなかった。シャルトル侯に話してしまった己の軽率さ、そしてその軽率さが招いた結果が、彼を絶望的なまでに後悔させていた。クレーヴ夫人の当惑し、取り乱し、つらそうな様子が頭に浮かび、彼の心は痛んだ。まして、彼女の前で口にした言葉を思い出すと、表面上、礼儀を欠くものではなかったものの、実際にはずいぶん下品でぶしつけなことを言ってしまったように思え、いたたまれない気持ちになるのだった。なにしろ、この恋する女性とはあなたのことであり、あなたが好意をもっているのはこの私だと知っていますよ、と本人の前で言ったようなものではないか。これまでは、ただ彼女と話がしたくて、それだけを願っていた。だが、もはや、会いたいというよりも、会うのが怖いという気持ちのほうが強いぐらいだった。

ああ、会えたとしても、何と言えばいいのだろう。すでに嫌というほど知られてしまっているこの想いの丈をあらためて訴えようというのか。今まで一度も面と向かってあの方に愛を告白したことのない私が、あなたが私を好きなことは知っていますよという顔をするのは図々しすぎるだろう。いまさら堂々と愛を告白したところで、ちょっとでも可能性が出てきた途端、急に大胆になった軽々しい男と思われるのが落ちではないだろうか。そばに寄ることさえ、難しいのではないだろうか。私が姿を見せるだけで、あの方を苦しめることになるのではないだろうか。私に弁解の余地があるだろうか。言い訳のしようもない。私はあの方に合わせる顔がない。どのみち、あの方はもう私を見ようとはしないだろう。あの方は、これまで私から身を守る手段を探しあぐねていたのだが、うかつなことに私の軽率な振る舞いが、あの方に私を遠ざけるのに最適の口実を与えてしまった。私は自分の不注意から、この世で最も美しく、上品なお方から愛されるという幸福も名誉も失ってしまったのだ。いや、私自身が不幸になっても、それであの方が苦しむことなく、あの方に迷惑をかけることもないならば、まだ耐えられる。今や、自分の苦しみより、私があの方に与えてしまった苦しみのほうが深く重く私を苛む(さいな)のだ。

ヌムール公はいつまでも立ち直れず、同じことばかり考えていた。会って話したいという気持ちは消えなかった。どうしたら会えるだろう。手紙を書くことも考えた。だが、あんな過失を犯したあとであり、クレーヴ夫人の今の気持ちを考えると、沈黙を守り、意気消沈したままでいることこそ、真剣な気持ちを示すためにも最善と思われた。積極的に彼女の前に姿を現そうとはせず、時が来て、偶然が助けてくれるまで、もしくは、彼女の恋心が自分に味方してくれるまで、じっと待つと決めたのだ。秘密をもらしたシャルトル侯に対しては、変に責め立てると、ああ、やはり自身のことだったと思われるのが落ちなので、そのままにしておくことにした。

翌日はエリザベート王女の婚約式、さらにその次の日には婚礼が行われ、宮廷中の人々は皆それぞれに忙しかったので、クレーヴ夫人もヌムール公も悲しい気持ちや動揺を周囲に悟られずにすんだ。王太子妃も、通りすがりにあの晩のヌムール公とのやりとりについてクレーヴ夫人に話しかけたぐらいのものだった。クレーヴ公は、その件についてはもう妻の前で話さないようにしていた。おかげで、クレーヴ夫人は恐れていたほどには困った状況にならずにすんだのである。

婚約式はルーヴル宮で行われ、饗宴と舞踏会のあと、王家の人々は慣習どおり、司教館に泊まられた。翌朝、これまで簡素な装束しか身に着けていなかったアルバ公は、燃えるような赤、黄色、黒の刺繍が入った金襴の衣装に、数々の宝石をつけ、正装した。その額には、アーチの付いた王冠[90]が載っている。荘厳な衣装に身を包み、揃いの服を着た従者を引き連れたオレンジ公、同様に従者を引き連れたイスパニア諸侯が、ヴィルロワ館までアルバ公を迎えにあがり、早足で司教館へと向かった。一行が到着すると、全員が整列して教会に向かう。アーチ付きの王冠を着けた王女エリザベート王女を陛下がエスコートする。王女の御裾係はモンパンシエとロングヴィルの令嬢が務めた。その後ろには、王冠をはずした王妃が続く。さらにあとをメアリ・スチュアート王太子妃、マルグリット王女、ロレーヌ大公夫人、ナヴァル女王が続き、それぞれに貴族の女性たちが御裾係として付いていた。王妃たちも王女たちも、美しい装束を身に着けた侍女たちを従えている。侍女たちは、それぞれお仕えしている女主人と同じ色の装束を身に着けており、誰の侍女かわかるようになっていた。教会［パリのノートルダム聖堂］内に設けられた壇の上で、婚礼が執り行われた。式のあとは再び司教館に戻り、昼餐（ちゅうさん）の宴が始まる。夕方五時頃になると、今度はシテ宮［現パレ・ド・ジュスティス］に集まる。シテ宮の祝宴には、高等法院や裁判所の高等司法官や、各地の領主らが招かれていた。王は王家の女性たちや諸侯たちと大広間の大理石のテーブルを囲む。アルバ公は、今やイスパニア王妃となられたエリザベート王女の隣の席に着いた。王の右側、大理石のテーブルよりも一段低いところには外国使節、大司教、受勲者たちの席が設けられていた。左側には、司法官たちの席があった。ギーズ公は金の縫い取りの入った衣装で陛下の給仕頭を務め、コンデ公はパンの担当、ヌムール公は酒を注いでまわる役目だ。食事が終わると、舞踏会が始まる。途中、バレエや大がかりな見世物が挟まり、再び舞踏会が始まる。真夜中を過ぎ、王と宮廷

90 リング状の冠ではなく、帽子状のものを指す。

人たちはルーヴル宮に戻った。クレーヴ夫人はまだ気持ちが沈みがちだったが、いつになく美しく装うことで、誰にも、特にヌムール公には心のうちを悟られないようにしていた。ヌムール公のほうでも宴会のどさくさに紛れて何度か機会はあったのだが、あえてクレーヴ夫人に声をかけようとはしなかった。それでも、ヌムール公がいかにも悲しげであったのと、彼女に近づこうとしない遠慮がちな態度から、特に弁明があったわけでもないのに、クレーヴ夫人のなかでは彼を責める気持ちが薄らぎつつあった。その後数日間、ヌムール公は控えめな態度をとりつづけ、クレーヴ夫人はますます彼を責められなくなってしまうのだった。

馬上競技の日がやってきた。王家の女性たちは特別に用意された貴賓席やボックス席におさまった。多くの馬や従者を引き連れて四人の主戦者が競技場に姿を現すと、この国が始まって以来、誰も見たことがないほど荘厳な眺めであった。

王は白と黒の装束を身に着けていた。これは寡婦であるヴァランチノワ夫人を象徴する色であり、王はいつもこの色を選ぶのだった。フェラール公とその従者たちは皆、黄色と赤を身に着けている。ギーズ公は、緋色と白の取り合わせだ。当初、人々は彼がなぜこの色を選んだのかはわからなかった。だが、誰かがふと、それは彼が昔、愛した女性を象徴する色であることを思い出した。その女性はすでに結婚しており、ギーズ公はあえて想いを表に出そうとはしないが、きっと今でもその方に思慕の情を抱いているのだろう。ヌムール公が選んだのは黄色と黒だった。人々は彼がその色を選んだ理由を詮索したが、誰にもわからない。だが、クレーヴ夫人だけはすぐに気づいた。いつぞや、ヌムール公の前で、本当は黄色が好きなのだが、ブロンドの髪に黄色のドレスは似合わないので残念だと話したことがあるからだ。ヌムール公は、クレーヴ夫人が一度も身に着けたことのない色ならば、その色を彼が身に着けても、誰も彼女と結びつけて考える者はなく、遠慮せずとも大丈夫だと考えたのだ。

四人の主戦者は、これまで誰も見たことがないような活躍を見せた。陛下は、フランス随一の騎手であったが、ほかの者も王と甲乙つけがたい名手であった。ヌムール公は、何をやらせても実に颯爽(さっそう)としており、彼に恋をしているわけではなくても、ご婦人方は皆、つい見とれてしまうのであった。まして、彼に想いを寄せるクレーヴ夫人にいたっては、ヌムール公が競技場の隅に登場しただけで、胸の高鳴りが抑えられない。どの試合を見ていても、彼が一勝あげるごとに、嬉しくてたまらず、やっとのことで感情を押し隠していた。

夕方、ほぼすべての競技が終わり、帰り支度が始まった頃、陛下は長槍を持ち、もう一試合やろうと言いだした。これが国家を左右する悲劇の始まりだった。陛下は、同じく槍の名手であるモンゴメリ伯[91]に対して、競技場に進み出よと命じた。伯はご遠慮申し上げるつもりで、思いつく限りの言い訳を並べたが、王は半ば怒ったように、何が何でも試合をと迫った。王妃も陛下をなだめ、これ以上馬を走らせるのはやめてほしいと頼んだ。今日はもう充分戦ったのだから、これでよしとしましょう、もう戻ってきてくださいませと懇願した。それでも、陛下は、王妃への愛を示すためにこそもう一試合するのだと言いだし、囲いの中に入った。王妃は、サヴォワ公に頼み、今一度、陛下を引き留めようとしたが、陛下はそれでも聞かなかった。陛下の馬が走り出す。長槍がぶつかりあう。あまりの衝撃に長槍が壊れ、破片が飛び散った。しかも、運の悪いことには、伯の長槍から飛んだ破片が陛下の目に突き刺さってしまったのである。陛下は馬から転げ落ち、侍従たちとモンモランシー宰相が駆け寄った。侍従たちも、戦場での経験があるモンモランシー宰相も怪我の重篤さに驚きを隠せなかった。だが、当の陛下は平然としている。怪我は大したことないと告げ、モンゴメリ伯へのお咎めもなかった。おめでたい日にこんな悲劇が起きてしまったことで、人々が動揺し、沈痛な思いを抱いたのは想像に難くない。陛下は寝台に寝かされ、侍医たちが傷を診察したが、かなりの重傷であることは確かだった。このとき、宰相は王がかつて受けた予言を思い出した。尋常ならざる決闘で命を落とすだろうというあの予言だ。宰相は予言が現実となってしまったのだと確信した。

ちょうどその頃、イスパニア王はブリュッセルにいた。使いの者から事故のあらましを伝えられたフェリペ二世は、すぐに自分の侍医をパリに向かわせた。その侍医は腕が立つと評判の名医であったが、彼の見立てでも、陛下はもはや助からないだろうとのことだった。

宮廷とは、もともと派閥ごとの結びつきや対立が入り乱れる場所であったが、やがて来るその日[92]に向けての混乱ぶりはただごとではなかった。それでも、すべての動きは水面下で行われ、表向きは、皆一様にただひたすら陛下のご容態だけを案じていた。王妃、王太子妃、さらには貴人たちも、皆、陛下の寝室の控えの間に詰めていたのだ。

91　スコットランド近衛隊指揮官。
92　王が亡くなり、政権交代が行われる日を示唆している。

クレーヴ夫人も、本来なら自分もそこにいるべきなのだとわかっていた。だが、そこへ行けば、ヌムール公と顔を合わせる。その姿を目にしてしまえば心が揺れ、それを夫に感づかれてしまう。きっと姿を見ただけで彼のことを許し、これまでの決意も無駄になってしまう。そう考えた夫人は、病気を口実に王の見舞いには行かなかった。宮廷の人たちは皆、それどころではなく、夫人の行動をいぶかしんだり、本当に病気かどうかを疑ったりする者はいなかった。本当の理由を知っているのは、夫のクレーヴ公だけである。クレーヴ夫人もこればかりは夫に知られても仕方がないと思っていた。こうして、彼女は、やがて宮廷に訪れるだろう大きな変化を案じることもなく、ただ自邸に引きこもっていた。あれこれと思いをめぐらし、好きなだけ物思いに沈むことができたのだ。すべての人が宮廷に詰めており、ときおりクレーヴ公が帰ってきては彼女に宮廷の様子を伝えていた。公は今までどおり妻に接していたが、二人きりになると、以前よりも少し冷ややかで、ぎこちない空気があった。公は、あのときのことを再び話題にしようとはしなかった。夫人のほうでも、もはやあのことについては話す気力もなく、蒸し返すようなことはすべきではないと思っていたのだ。

そのうちクレーヴ夫人と話す機会があるのではと思っていたヌムール公は、夫人の不在に驚き、姿を一目見る楽しみさえないのを残念に思っていた。王は重態のままであり、七日目にはついに医者も諦めざるをえないところまできてしまった。陛下ご自身も、自らの死が近いことを稀に見る気丈さで受け止めていらした。国民の尊敬を集め、ヴァランチノワ夫人に愛情を注ぎ、夫人からも愛された王は、あのような不慮の事故で、若く幸せな盛りにこの世を去ることになる［享年四十歳］というのに、一切取り乱さなかった。その落ち着きぶりは実に称賛すべきものである。死の前日、陛下はマルグリット王女とサヴォワ公との婚礼を内々で執り行わせた。ヴァランチノワ夫人のお気持ちはいかばかりであったろう。王妃は夫人を陛下に会わせようとはせず、夫人が保管している王の印章と王冠に付ける貴石を使いの者に取りに行かせた。だが、ヴァランチノワ夫人は使者に、王はすでに身罷(みまか)られたのかとお尋ねになり、まだご存命であることを知ると、

「では、現在、私に命令できるのは陛下だけです。陛下が信頼の証しとして私にお預けになったものを他人にお渡しするわけにはいきません」

とお答えになった。

王は療養先のトゥルネル宮で息をひきとった。フェラール公、ギーズ公、ヌムール

公はすぐに、王太后になられた王妃様［カトリーヌ・ド・メディシス］、そして新王になられた王太子様［フランソワ二世］、王妃になられた王太子妃様［メアリ・スチュアート］をルーヴル宮にご案内した。ヌムール公は、王太后をエスコートした。だが、歩き出した途端、王太后は数歩退き、新王妃に先頭を歩くように言った。一見、義娘への心遣いとも思えるこの振る舞いは、あくまでも礼節を重んじるものであったが、内心では、きっと苦々しく思っていたに違いない。

第四部

王太后は、ロレーヌ枢機卿の意見ばかり重んじるようになった。もはや、シャルトル侯は彼女の寵愛を失っていたが、苦しい立場から解放されたがっていた彼は、マルティーグ夫人への想いもあり、それを大して気にもしていなかった。先王が臨終の床にあった十日の間に、ロレーヌ枢機卿は喜び勇んで思案をめぐらし、そのときが来ると、自分の計画どおりに王太后を動かしたのだ。王が亡くなるとすぐに、王太后は、モンモランシー宰相に対し、トゥルネル宮で王の亡きがらに付き添い、葬礼の準備に専念するよう命じた。これも、ロレーヌ枢機卿の入れ知恵であった。宰相を政治の中心から遠ざけ、動きを封じるためである。宰相はナヴァル王に手紙を書き、ロレーヌ枢機卿を中心に急速に勢力を強めつつあるギーズ家に対抗するため、早くパリに戻ってきてほしいと懇願した。すでに軍の統帥はギーズ公が、財務の統制はロレーヌ枢機卿が握っていたのだ。ヴァランチノワ夫人も宮廷を追われた。その一方で、モンモランシー宰相と敵対していたトゥルノン枢機卿、ヴァランチノワ夫人に疎まれていたオリヴィエ大法官が呼び戻された。こうして、宮廷の人事が一新された。ギーズ公は王族たちと肩を並べるようになり、葬儀の際にも、新王のマントの御裾係を務めた。ギーズ公と彼の兄弟たちが宮廷で力をもつようになったのは、ロレーヌ枢機卿が王太后の信頼を得ていることだけが理由ではない。王族たちと親しいモンモランシー宰相となると、そう簡単に宮廷から追い払うことはできないが、ギーズ家の者ならば、利用するだけ利用し、いざとなったら、すぐに排除することができると王太后は考えていたのである。

葬儀に伴う一連の典礼が終わると、宰相はルーヴル宮に参上したが、新王は彼に冷淡だった。宰相は新王と二人きりで話ができるよう求めたが、新王はギーズ公やロレーヌ枢機卿を呼び、同席させたうえで、しばらくは休むがよい、軍の財務も統制もすべて適任者に割り振ってあるが、もしあなたの助言が必要になれば、呼ぶことにしましょうと告げた。王太后の態度はさらに冷酷なものだった。王太后は、かつて宰相が亡き王に、子供たちが王に似ていないと言ったことを忘れておらず、なおも恨み言を述べたのだ。ようやく到着したナヴァル王も冷遇された。ナヴァル王の弟コンデ公にいたっては、兄ほどの忍耐強さもなく、あからさまに不平をもらしていた。だが、その不平も聞き入れられることはなく、コンデ公は、宮廷から遠ざけられてしまった。表向きは、講和条約の批准のためということで、フランドルに送り出されてしまったのである。さらに、ナヴァル王のもとには、イスパニア王からの手紙が届けられた。それはイスパニアの領土でナヴァル国の人民が勝手な振る舞いをしているという抗議の手紙であった。実はこれは偽の手紙であり、自国で問題が起きれば、ナヴァル王は心配のあまり、早々に地元ベアルン[93]に帰るだろうと誰かが仕掛けた罠だったのだ。王太后はさらに、ナヴァル王をイスパニア王に嫁ぐエリザベート王女に随行させることを決め、準備を理由に早々と出発させてしまった。ナヴァル王は、エリザベート王女よりも先にパリを離れたのである。こうして、宮廷から、ギーズ家一門の邪魔をする者は一掃された。

93　フランス南西部、イスパニアとの国境に近いピレネー山中の地。およそ現在のピレネー＝ザトランティック県に相当。

クレーヴ公は、王女に随行する任務からはずされたことを残念に思ったが、相手がナヴァル王では不平を言うわけにもいかない。そもそも、随行の任務がなくなりがっかりしたのは、名誉ある役目を奪われたからではなかった。遠方に出向くことになれば、周囲に悟られず、妻を宮廷から遠ざけることができると思っていただけに、その口実がなくなってしまったのが残念だったのだ。

先王の死から間もなく、新王は戴冠式のためランス[94]に行くことになった。病を口実に、自宅に蟄居していたクレーヴ夫人は、ランス行きの計画を聞くや否や、自分は一緒に行かずにすむよう、なんとかしてほしいと夫に頼み込んだ。クロミエに行き、ゆっくり休んで、健康を取り戻したいというのだ。クレーヴ公は、健康上の理由でランス行きが無理だと言うのは理解しがたいが、彼女が行きたくないと言うなら、そのほうがいいだろうと同意してくれた。実は、クレーヴ公のほうでも、妻を行かせるべきではないと思っていたので、妻が行きたくないと言えば、それに同意するのは当然のことだった。妻が不道徳な人間ではないことは重々承知しているものの、ランス行きの道中、妻が心惹かれる男性と長時間一緒にいることは避けておくべきだと、彼は考えていたのである。

クレーヴ夫人が同行しないことはヌムール公の耳にも届いた。ヌムール公にとって、このまま彼女に会えないまま出発するのは考えられないことだった。そこで、出発の前日、彼女が一人でいる頃合いを狙い、失礼にならぬ範囲で最も遅い時間を選んで、ヌムール公はクレーヴ夫人のもとを訪れた。運は彼に味方した。中庭に入ると、ちょうどヌヴェール夫人とマルティーグ夫人が帰るところに出くわし、クレーヴ夫人が一人であることを聞き出すことができたのだ。屋敷へ踏み込んだヌムール公の胸の高鳴りと不安は他に比べようのないものであったが、唯一、同等のものがあるとすれば、彼の来訪を告げられたときのクレーヴ夫人の気持ちがまさにそれだったに違いない。ヌムール公が想いを告白しに来たのではないかという当惑、彼に愛想よくしてしまいそうな自分への不安、ヌムール公が来たことを知られたら夫にどう思われるかという心配、夫にどう説明したらよいのか、いや、すべてを隠し通すべきなのかという悩み、これらが一瞬にして心に押し寄せ、困り果ててしまった夫人は、本心ではいちばん求めていたはずのことを、きっぱりと遠ざけてしまおうと心に決めた。控えの間で待つ

94 現マルヌ県の都市。ランスのノートルダム大聖堂で戴冠式が行われる。

ヌムール公のもとに侍女の一人を行かせ、急に気分が悪くなりましたので、大変残念でございますが失礼させていただきます、と伝えさせたのだ。クレーヴ夫人に会えないと知り、ヌムール公はどんなに心を痛めたことだろう。しかも、彼女は、ヌムール公に姿を見られたくないからこそ、断ってきたのだ。明日にはパリを発たなくてはならない。もう偶然に期待することもできない。王太子妃のもとで話をして以来、まったく言葉を交わしていなかった。もとはといえば、自分が軽率にもシャルトル侯にしゃべってしまったことで、すべての可能性をつぶしてしまったのだ。ヌムール公はこれ以上はないほど傷ついた心を抱え、クレーヴ邸をあとにした。

来訪を告げられたときの混乱が過ぎ、少し心が落ち着いてみると、先ほど、ヌムール公に会うのを拒んだあれこれの理由はクレーヴ夫人の心から消えていた。むしろ、何か間違ったことをしたかのような気さえしてきたのだ。もう少し大胆さがあれば、いや、今からでも間に合うのなら、人をやって呼び戻していたかもしれない。

ヌヴェール夫人とマルティーグ夫人はクレーヴ邸を出たあと、そのまま王妃[95]のもとを訪れた。そこにはちょうどクレーヴ公も参上していた。王妃は、ヌヴェール夫人とマルティーグ夫人に、どこからの帰りに立ち寄ったのかと尋ねた。二人は、クレーヴ夫人を訪ね、午後の数時間を何人かで過ごしたのち、ヌムール公だけを残してお暇したところだと答えた。話した当人たちにとっては、何気ない言葉であったが、クレーヴ公にとっては聞き捨てならないものであった。ヌムール公がなんとか二人だけで話がしたいと思っているのは、クレーヴ公にも想像がついていた。だが、実際にヌムール公が妻のもとを訪れ、二人きりになり、愛を告げているのかもしれないと思うと、彼にとっては寝耳に水であり、どうにも耐えがたいものがあった。彼の心にこれまでとは比べものにならないほど激しい嫉妬心が燃え上がった。これ以上、王妃のもとに留まってはいられない。自分でもどうするつもりなのか、ヌムール公と妻の間に割って入ろうとしているのかすらわからないまま、彼は家路を急いだ。自邸が見えてくると、まだヌムール公が滞在しているのではないかと目を凝らした。その気配がないことを見て取り、彼は安堵した。ヌムール公はすぐに帰ったに違いないと考え、ほっとしたのだ。そもそも、妻が恋している相手はヌムール公ではないのかもしれない。

95　原文は「王太子妃」だが、メアリ・スチュアートを指すことは明らか。アンリ二世は死去しているが、フランソワ二世の戴冠式はまだ行われておらず、原著の表記にも混乱が見られる。

すっかりそう思い込んでいたが、もう一度考え直してみるべきかもしれない。だが、さまざまな根拠が確証として頭に浮かび、疑念は長くは続かなかった。クレーヴ公はまっすぐに妻の部屋に向かった。しばらく他愛ない話をしたあと、彼はついに自分が抑えられず、妻に午後は何をしていたのか、誰に会ったのかを尋ねた。クレーヴ夫人はその日のことを話したが、ついにヌムール公の名前は出てこなかった。クレーヴ公は、妻が無理なくヌムール公の名前を挙げ、嘘をつかなくてすむよう慮(おもんぱか)り、会った人はそれですべてかと尋ね直したが、その声は震えていた。しかし、クレーヴ夫人にしてみれば、実際に顔を合わせていない以上、ヌムール公の名前を出す必要はないと思っていたのだ。クレーヴ公は、いかにも悲しそうな声で言った。

「ヌムール公には会わなかったのですか。名前を挙げるのを忘れたとでも?」

「お会いしませんでした。気分が悪くなったので失礼お許しくださいませ、と侍女に伝えさせました」

「彼が来たときだけ気分が悪くなったのですね。ほかの人にはお会いしたのに、どうして彼にだけ違う態度をおとりになったのかな。どうして、彼だけは特別なのですか。なぜ、彼と会うのを怖がるのです? しかも、怖がっているのを彼に悟られるようなことをするなんて。彼があなたに想いを寄せているから、あなたの言うことには逆らえないと知っていて、わざとそんな態度をとったのでしょう。あなたが厳しくするのは、不作法からではなく、別の理由からだと彼もわかっている。それを知っていて、あえて会うのを断ったのでしょう。なぜ、彼に厳しい態度を見せたのですか。あなたのような人が、いつもどおりでないことをすれば、好意を見せたも同然なのですよ」

「あなたがヌムール公を疑うのは勝手ですが、あの方と会わなかったのが、そんなに責められることだとは思いませんわ」

「いや、それでも、あなたに非があるのですよ。私は確固とした理由があって申し上げているのです。彼があなたに何も言っていないのなら、なぜ避けるのですか。彼に何か言われたのでしょう。彼が何も言わないまま、態度だけで好意を示してきたのなら、あなたがここまで心を動かされるはずがありません。あなたは私にすべてを打ち明けることができなかった。大事な部分を隠そうとした。私に告白したことを後悔し、すべてを打ち明けるのが途中でつらくなってしまったのでしょう。私は自分で思っていたよりもさらに不幸な男だ。この世で最も不幸なのだ。あなたは私の妻なのに、私は人妻を慕うようにあなたに横恋慕している。あなたは別の人を愛しているのだもの。

そいつは、宮廷で最も魅力ある男で、あなたが自分に恋していることを知ったうえで、毎日、あなたを眺めているのだ。たとえ彼のことを好きでも、あなたはその気持ちを抑え込むだけの精神力をおもちだと本気で信じていました。そんなことが可能だと信じていたなんて、私もどうかしていたに違いない」

クレーヴ夫人は悲しそうな声で反論した。

「私が普通ではありえないことをしたとき、あなたがそれを受け入れたことも、過ちだったと言うのでしょうか。あなたが私を理解してくださったと思ったのは、私の考え違いだったのでしょうか」

「ええ、きっと、間違っていたのでしょう。あなたは私に、私の能力を超えたものをお望みになった。できるはずのないことを私があなたに期待したようにね。だって、私が理性を失わずにいられるはずがないではありませんか。私はあなたに心から恋をする者であり、あなたの夫でもあることをお忘れですか。恋する者として、夫として、どちらか一方の立場でも充分、とんでもないことをしでかしそうなほど、取り乱しても当然でしょう。それなのに、私はその両方の立場にあるのです。いったいどうしたらいいのでしょう。今は、荒ぶる気持ちと途方に暮れる気持ちがすべてであり、自分でもどうにもなりません。私はもはやあなたにふさわしい存在ではないのです。あなたもまた私にふさわしい人間ではないのですね。あなたを心底愛しております。そして憎んでもいる。あなたを責めながら、あなたに詫びている。あなたを崇め、あなたを崇める自分を恥じている。いずれにしても、もう二度と心の平穏も理性も取り戻せそうにありません。クロミエで、あなたによその男への恋を打ち明けられて以来、そして、その恋が世間に知られていることをあなたが王太子妃の口から聞いたというあの日以来、いったいどうやって生きてきたものか自分でも不思議です。秘密がどこからもれたのか、あなたとヌムール公の間に何があったのか、私には謎のままです。あなたは私に決して真実を明かさないでしょうし、私ももうあなたに説明を求めません。ただ、一つだけお願いします。あなたのせいで私がこの世でいちばん不幸な男に成り果てたことだけは忘れないでください」

ここまで言うとクレーヴ公は部屋を出て行き、翌朝も、妻と顔を合わせぬまま出発した。それでも、その数日後には、クレーヴ公から夫人に手紙が来た。悲しみと誠実さ、やさしさにあふれる手紙であった。夫人も思いやりのこもった手紙を返し、これまでの潔白を誓い、これからも貞節であることを約束した。その約束が事実に基づいたものであり、彼女の本心からの言葉だと思えたので、クレーヴ公はこの手紙に心動かされ、なんとか落ち着きを取り戻した。また、ヌムール公も自分と同様、陛下に随行中であり、自分の留守中、妻に近づく可能性はないので、彼はわずかながらも安堵することができたのである。妻から言葉をかけられると、そのたびに、妻への愛情、妻の見せた誠実な態度、夫への思いやり、妻としての貞節が心によみがえり、ヌムール公のことなど気にならなくなる。だが、それも長くは続かず、しばらくすると、さらに生々しい実感を伴って、その存在が感じられるのだ。

出発から二、三日の間、クレーヴ夫人は特にヌムール公の不在を意識していなかった。だが、やがて、つらくなってきた。彼に恋して以来、夫人は彼に会いたいと思い、同時にまた、会ったら困ると思いながら日々を過ごしてきた。だから、偶然出会う可能性さえないのだと思うと、とても寂しくなるのだった。

クレーヴ夫人はクロミエに向かった。その際、大きな絵を何点かクロミエに運ばせた。ヴァランチノワ夫人がアネ［現ウール＝エ＝ロワール県］にある美しい別荘を飾るために描かせた絵画をクレーヴ公が模写させたもので、先王の在位中に起こった歴史的事件を題材にした連作だ。なかの一枚は、メスの戦闘［注31参照］を描いたものであり、戦闘で活躍した兵士たちの姿が精密な筆致で描かれていた。そこには、ヌムール公の姿もあった。クレーヴ夫人がこの絵を手元に置きたがったのは、それが理由だったのかもしれない。

マルティーグ夫人は、ランスに向かう宮廷人に同行できなかったこともあり、クロミエに数日間滞在することを約束してくれた。クレーヴ夫人とマルティーグ夫人はともに王妃の寵愛を受けていたが、嫉妬し合うことはなく、非常に仲が良かった。ただ友人とはいえ、心のうちをすべて打ち明け合うほどではない。クレーヴ夫人は、マルティーグ夫人とシャルトル侯の関係を知っていたが、マルティーグ夫人はクレーヴ夫人のヌムール公への恋を知らずにいたし、ヌムール公が彼女を慕っていることも知らなかった。だが、クレーヴ夫人がシャルトル侯の姪にあたることで、マルティーグ夫人はなおさら、彼女に親密な友愛を抱いていた。クレーヴ夫人のほうでも、自分と同様に恋をしており、その恋の相手がヌムール公の親友であることから、マルティーグ夫人に親しみを感じているのだった。

マルティーグ夫人が約束どおりにクロミエにやってきてみると、クレーヴ夫人は人付き合いを避けて静かに暮らしていた。それでも、さらに孤独を求め、夕方になると、侍女も連れずに庭に出て、一人佇(たたず)んでいるという。ヌムール公が夫妻の会話を盗み聞きしたあの離れ屋にも、よく来ていた。小庭に面した部屋に入り、侍女や使用人は反対側の小部屋か離れ屋の脇で待機させ、呼ばれたとき以外は部屋に入らせないようにしていた。マルティーグ夫人がクロミエにやってきたのはこれが初めてだった。彼女は、クロミエの美しさに感動し、とりわけ離れ屋の風情が気に入った。クレーヴ夫人とマルティーグ夫人は、この離れ屋で毎日、日暮れからしばらくの時間を過ごした。激しい想いを胸に秘めつつ、夜、美しい場所に二人きりでいると、若さも手伝い、話はいつまでも尽きないのであった。秘密を打ち明け合うことこそないものの、二人でおしゃべりするだけで、このうえもない楽しい時間であった。マルティーグ夫人も、次の行き先がシャルトル侯の滞在先でなければ、きっと立ち去りがたい思いに駆られたに違いない。マルティーグ夫人は、宮廷人と合流するため、クロミエからシャンボール城[96]へと向かったのだ。

ランスでロレーヌ枢機卿によって戴冠式が執り行われたのち、新王夫妻のご一行は、まだ新しいシャンボール城で、残りの夏を過ごすことになっていた。マルティーグ夫人がやってくると、王妃は再会をとても喜んだ。そして、あれこれ歓待したあと、クレーヴ夫人はどうしているのか、田舎で何をしているのかとお尋ねになった。ちょうどそのとき、王妃の御前にはクレーヴ公とヌムール公も居合わせていた。クロミエの美しさに感動したマルティーグ夫人は、その素晴らしさを語り、特に森に面した離れ屋のことや、夕方から夜にかけてクレーヴ夫人が一人で散歩を楽しんでいることなどを話した。すでにその場所を知っているヌムール公は、マルティーグ夫人の話を聞きながら、それならば、ほかの者に悟られることなく、クレーヴ夫人に会うこともできるのではないかと考えた。そこで、マルティーグ夫人にいくつか質問をし、状況を確かめてみた。一方、クレーヴ公は、マルティーグ夫人が話している間も、ヌムール公から目を離さなかった。彼には、ヌムール公の考えていることがよくわかっていた。さらにヌムール公が質問を重ねたことで、その意図をはっきりと確信した。この男は、私の妻に会いに行くつもりなのだ。その推測は間違っていなかった。夫人に会えるかもしれないと思った途端、ヌムール公はすっかりその気になってしまい、一晩かかっ

96 現ロワール=エ=シェール県にある城。一五一九年より建築が始まり、フランソワ一世戴冠時には、まだ完成していなかった。優美な城で、今なお有名観光地となっている。

て口実を考え、翌朝にはさっそく陛下のもとに参上し、パリに戻る許しを得た。

クレーヴ公は、ヌムール公が何をするつもりなのか確信していた。だが、彼はこの際だから、妻を試してみようと考えた。疑念に苛まれ続けるよりも、はっきりさせておきたくなったのだ。いっそ、自分もヌムール公と同じようにクロミエに行き、隠れて事の次第を見届けたいとも思った。だが、自分まで暇乞いをすれば不自然に思われるし、ヌムール公も警戒して計画を変えてしまうかもしれない。そこで、クレーヴ公は、忠実で聡明な従者の一人を送り込むことにした。クレーヴ公はこの男に、自分が困っていることを告げた。そして、クレーヴ夫人がこれまでいかに貞淑であったかを話したうえで、ヌムール公のあとをつけ、その行動を観察し、彼がクロミエに行くのか、闇にまぎれて庭に入り込むことはないか、確かめてくるよう命じたのだ。

命じられた男はこの任務に最適な人物であり、実に忠実に主人の命令に従った。ヌムール公のあとをつけていくと、公はクロミエの近くにある小さな村に逗留（とうりゅう）した。男は、ヌムール公がここで夜を待つつもりだろうと推測した。そこで、自分は同じ村には逗留せず、村はずれを過ぎて森に入ると、クロミエに続く道の端に身をひそめた。男の読みは的中した。夜が訪れると間もなく、足音が聞こえてきたのだ。森は暗かったが、それがヌムール公であることはすぐにわかった。ヌムール公は庭の周辺を歩き、何か聞こえてこないかと耳を澄まし、中に忍び込むのにちょうどいい場所を探っているようだった。背の高い柵が、裏庭のほうまでぐるりと敷地を取り囲んでおり、そう簡単には入れない。それだけ厳重になっているというのに、ヌムール公はなんとか乗り越えてしまった。庭に入ってさえしまえば、クレーヴ夫人の居場所はすぐにわかった。離れ屋の小部屋がひときわ明るかった。窓はすべて開け放たれていた。ヌムール公は、柵に沿って進んでいったが、その胸の高鳴りとときめきは想像に難くない。彼は、扉を兼ねた大きな窓の脇に身をひそめ、クレーヴ夫人の様子をうかがった。夫人が一人であることはすぐにわかった。だが、夫人の姿を一目見るなり、その美しさに心が掻き乱され、自分を見失いそうになってしまった。暑い日だったので、夫人は飾り物をつけず、長い髪を無造作に胸元に垂らしただけの恰好で長椅子に横になっていた。長椅子の前には低いテーブルがあり、リボンのたくさん入った籠がいくつも載っている。夫人はそのなかの一つを選び出した。それは、ヌムール公が馬上競技のときにつけたのと同じ色のリボンであった。夫人がそのリボンをインドの杖に結びつけているのが見えた。ずいぶん変わった杖なので、見覚えがあった。それは以前、ヌムール公が使っていたもので、公はその後、それを妹に譲ったのだ。夫人は、それがかつてヌムール公のものであったことを知らなかったふりをして、ヌムール公の妹から譲り受けていたのである。やさしく優美な手つきで丁寧に杖を飾り終えると、その顔にはこれまで心のうちに隠していた感情が浮かび上がっていた。そして、燭台を手に取り、大きなテーブルのそばまで行くと、メスの戦闘を描いたあの絵を正面から見つめた。そこには、ヌムール公の姿が描かれていた。夫人はそのまま腰を下ろし、恋する者だけが見せる、真剣でうっとりとした表情を浮かべて絵を眺め始めた。

ヌムール公の心中はいかばかりであったろう。真夜中、世にも美しい場所で、見ていることに気づかれないまま愛する人の姿を眺める。しかも、その恋しい人は、自分にゆかりの品、秘めた思いを託した品々をうっとりと眺めているのだ。こんなことは、これまでどんな恋する人でも味わったことも想像したこともないのではないだろうか。

ヌムール公はすっかり我を失い、時がたつのも忘れ、クレーヴ夫人を眺めながら立ち尽くしていた。やがて、ふと我に返り、夫人に話しかけるのは、彼女が庭に出てくるまで待ったほうがいいと考えた。そのほうが侍女たちとも離れていて、確実に二人きりになれると踏んだのである。だが、いつまでたってもクレーヴ夫人が小部屋から出てこないので、ヌムール公はついに中へ入ることにした。だが、いざ一歩踏み出そうとすると、心は乱れた。嫌われるのが怖かった。あのやさしげな表情が消え、険しい怒り顔になってしまうのではないだろうか。

そっと物陰から姿を見るだけならともかく、夫人の前に姿を現すのは暴挙に等しいような気がしてきた。これまで考えもしなかったことが次々と頭に浮かんできた。まだ愛を告白もしていない相手に、真夜中、突然会いに来るなんて、あまりに大胆すぎるのではないだろうか。彼女が話を聞いてくれることを期待するのは虫がよすぎるのではないだろうか。何が起こっても不思議ではない状況をつくり、怖がらせることで、彼女を本気で怒らせてしまうかもしれないのだ。そう考えると勇気がしぼんでしまった。もうこのまま、そっと姿を見ただけで帰ってしまおうと何度も考えた。その一方で、話したいという思いも強く、先ほど目にした光景からすると、希望はまったくないわけではないようにも思われ、数歩前に踏み出したところ、動揺のあまり、肩に掛けたストールが窓に絡みつき、音を立ててしまった。クレーヴ夫人が振り返る。クレーヴ夫人にはそれがヌムール公であるとすぐにわかった。彼のことばかり考えていたから、そう思えたのかもしれないし、室内の灯で充分、彼の姿が見えていたのかもしれない。夫人は、もしやと思った瞬間、そのまま何の迷いもなく、公のいるあたりを振り返ろうともせずに、侍女たちのいる部屋に移っていった。だが、内心はひどく動揺しており、侍女たちに気づかれないように、気分が悪くなってしまったと言い繕わなければならないほどだった。それはまた、侍女たちの注意をこちらに引きつけ、ヌムール公が庭を去るだけの時間を稼ぐためでもあった。夫人は一息ついて思い返すと、ヌムール公がいたような気がしたのは、単なる見間違いであり、想像の産物のような気がしてきた。彼は今、シャンボールにいるはずであり、こんな大胆なことをする理由はないのだ。もう一度、先ほどの部屋に戻ろうか、庭に出て、誰かいないか確かめたいとも思った。本当にいたらどうしようと思う一方、そこにいてほしいような気もしていた。だが、理性と慎重さがすべての気持ちに勝利した。無理に事実を確かめようとするよりも、もしやという疑念だけにとどめておくほうが無難だと思ったのだ。ヌムール公がすぐ近くにいるかもしれないと思い、クレーヴ夫人はなかなか離れ屋から出ることができなかった。母屋に戻った頃には、すでに夜が明けようとしていた。

ヌムール公は、部屋の灯が消えるまで庭にひそんでいた。気づかれてしまった以上、夫人がもう姿を現すことはなく、自分を避けるために部屋を移ったことはわかっていたものの、もう一度彼女の姿を見られるのではという期待が捨て切れなかったのだ。だが、使用人が戸締まりを始めるのを見て、もうこれ以上期待しても無駄だと悟った。ヌムール公は、屋敷のほど近く、馬を止めた場所に戻った。クレーヴ公の遣わした男は、まだそこに残っていた。男が再びあとをつけると、ヌムール公は先ほどの村に戻っていった。ヌムール公はこの村で一日過ごし、夜になったらまたクロミエに行くつもりだった。クレーヴ夫人が自分を避けたり、姿を現さなかったりといった無情な態度をとるのか、もう一度、見極めたかった。彼女が自分を想っていることを感じて嬉しかったものの、いかにも自然に遠ざかっていった昨夜の態度にひどく心を傷つけられていたのである。

ヌムール公の恋心はこれまでになく、やさしく、また激しい気持ちへと高まっていた。彼は、お忍びで逗留していた宿の裏手に出ると、そこを流れていた川沿いの柳の下を歩き出した。誰にも聞かれず、見られないよう、できるだけ遠くまでやってきた。思慕の情に身を任せ、物思いにふけるためだ。胸が締めつけられ、ついに涙がこぼれてきた。つらいだけの涙ではない。恋する者だけが知る甘美で心地よい涙である。

　ヌムール公は、自分が恋に落ちてからのクレーヴ夫人の行動を思い出してみた。彼女は彼を愛していたが、どんなときでも誠実に、控えめに距離をおきつづけていた。

「あの方は私を愛している」

　ヌムール公はつぶやいた。

「あの方は私を愛している。それは疑いようがない。大げさな誓いの言葉や愛情表現よりも、よほど確かなものを私は目にしたのだ。それなのに、彼女の私に対する態度は、まるで私を嫌っているかのようだ。時間が解決してくれるかと思ったこともあったが、もはやそれも期待できない。あの方は、常に私から逃げようとし、自分の気持ちから逃げようとしている。もし、私が愛されていないのならば、あの方の気を惹こうと手を尽くしただろう。だが、あの方は私に気がある。私は愛されている。なのに、彼女は私にその気持ちを隠そうとしている。私は何に期待すればいいのか。この先、いったい何が期待できるというのか。私はこの世で最も素晴らしい方に愛されているというのに、愛されていると初めて気づいたときの激しい喜びは、冷たくされるつらさをさらに強めるばかりなのだ。ああ、愛しているお気持ちを見せてください。心のなかを見せてください。ただ一度でいいから、お気持ちを示していただけるのなら、そのあとはもう私を傷つけるあの厳格さを取り戻しても結構ですから。せめて、昨晩、私の肖像を見つめていたときのあの目で、私のことを見つめてください。あんなにうっとりと私の肖像を見つめていたのに、当の私を見たら、お逃げになるなんて、ひどいじゃないですか。何を恐れているのでしょう。私の愛が信じられないのでしょうか。あなたは私を愛している。なのに、それを隠して何になるのでしょう。あなた自身、その恋心をふとした拍子におもらしになっているではありませんか。私は幸せな男だと自認しております。どうか、その幸福に浸らせてください。これ以上、私を苦しめないでください」

彼はさらに続ける。

「クレーヴ夫人に愛されているのに、不幸だなんて、そんなのありえないではないか。ああ、昨夜の彼女の美しかったこと。我ながら、よくぞ、その足元にひれふさずにいられたものだ。いや、もし、そうしていれば、私の真心が通じて、彼女は逃げずにいてくれたかもしれない。いや、そもそも、彼女は私に気づいていなかったのかもしれない。私は必要以上に自分を苛んでいるのかもしれない。彼女は、ただ、とんでもない時間に人影が見えたので、怯(おび)えていただけなのだ」

その日一日中、ヌムール公はそんなことばかり考えていた。夜の訪れが待ち遠しかった。夜になると、昨日と同じようにクロミエに向かう。クレーヴ公の使いの者も、目立たない恰好をして昨日と同じ場所まであとをつけてゆき、ヌムール公が再び庭に侵入するのを見届けた。一方、ヌムール公は庭に足を踏み入れるなり、クレーヴ夫人は彼が再び会いにくることを望んでいなかったのだと思い知らされた。すべての門戸が閉ざされていたのだ。灯のもれている部屋がないかと建物のまわりを一周してみたが、人の気配はなかった。

クレーヴ夫人は、ヌムール公が再び現れるのではないかと思い、自室にこもっていた。同じことが起こったら、昨日のように、即座にその場を立ち去ることができるだろうか。つい、これまでとってきた態度を裏切るような口調で言葉をかけてしまうのではないか。自分でも自信がなかったのだ。

一方、ヌムール公は、今夜はもう会える可能性はないと知りつつ、彼女はいつもここにいるのだと思うと、すぐにはそこを立ち去ることができなかった。ヌムール公は一晩中、庭にとどまり、愛する人が日々眺めているものを自分も眺めることで、せめてもの慰めにした。そうして名残を惜しんでいるうちに夜が明けてしまった。人目につくことを恐れ、ヌムール公はようやくクロミエの屋敷をあとにした。

それでもまだ一目会いたい気持ちを抑えきれないヌムール公は、クロミエにほど近い場所にあるメルクール夫人の屋敷を訪ねた。夫人は突然やってきた兄の姿に驚いた。ヌムール公は、妹に怪しまれぬよう、来訪の理由をそれらしく説明した。そして、巧妙に言葉を操り、妹が自分からクレーヴ夫人を訪ねるよう仕向けたのだ。その日のうちに、二人はクレーヴ邸を訪れることにした。ヌムール公は、自分は急いで王のもとに戻らなければならないので、クロミエからシャンボールに直行すると、妹に説明した。こうして、帰りは別行動になることにしておけば、妹を先に帰らせて、夫人と二人きりになれると考えたのだ。そうすれば、確実にクレーヴ夫人と話ができるとヌムール公は思った。

二人が到着すると、クレーヴ夫人はちょうど花壇の脇の道を散歩しているところだった。ヌムール公の姿を見るなり、夫人は少なからず動揺した。あの晩、目にした人影はやはり彼だったと確信したのだ。それと同時に、ヌムール公の図々しさ、軽率さに怒りがこみあげてきた。ヌムール公の側でも、夫人の顔に冷淡な表情が浮かぶのを見て、心から悲しくなった。何気ない会話が続いた。それでも、ヌムール公が言葉巧みに、知性と礼儀正しさと快い褒め言葉で夫人の心を和らげていくと、最初は冷淡にしていた夫人も不本意ながら、つい表情を緩めてしまうのだった。

最初の気まずさが収まったところで、ヌムール公は、森に面した離れ屋をぜひ見に行きたいと言い始めた。彼は、この離れ屋をこの世でいちばん美しい場所であるかのように語り、細部のことまで語ってみせたので、メルクール夫人が、そんなに詳しく知っているなんて、ここには何度も来たことがあるのですねと言ったほどだ。クレーヴ夫人はそれにこう答えた。

「あら、ヌムール様がいらしたことはないはずですよ。あそこは、つい最近、造らせたばかりですから」

ヌムール公は彼女を見つめながら答えた。

「いえいえ、つい最近参りましたよ。あそこで私に会ったのにもうお忘れだとは、残念ですね」

メルクール夫人は庭の美しさに見とれ、兄の言葉を聞き流していた。クレーヴ夫人は顔を赤らめ、うつむいて、ヌムール公の顔を見ようとしない。

「ここで、あなたにお会いした覚えはございません。あなたがいらしたことがあると言うのなら、私の知らないときにいらしたのでしょう」

「そうですね。あなたの許しを受けずに来たのですから。私は生涯で最も甘美で最も残酷な時間をそこで過ごしたのです」

ヌムール公の言いたいことはわかりすぎるほどわかった。だが、彼女は何も答えなかった。それよりもメルクール夫人を離れ屋の小部屋に案内せずにすむよう、何かもっともらしい理由を考えなくてはと必死だったのだ。そこには、ヌムール公が描かれたあの絵がある。クレーヴ夫人はそれを公の妹に見せたくなかったのだ。幸い、時間はいつのまにかたち、メルクール夫人はそろそろ帰り支度を始めた。だが、ヌムール公が妹と一緒に帰るわけではないという。夫人はその先に起こることを想像した。パリで来訪を受けたときと同じように、すっかり当惑した夫人は、あのときと同じ方策を使うことにした。この訪問がまたもや夫の疑念を肯定するものになってしまうのではないかという不安があったからこそ、彼女は決断したのだ。ヌムール公と二人きりになるのを避けるため、クレーヴ夫人はメルクール夫人に森の出口まで送りましょうと申し出て、自分の馬車で先導することにした。その言葉を聞くなり、ヌムール公は青ざめた。クレーヴ夫人がどこまでも冷淡な態度を変えようとしないことを知り、深い悲しみに襲われたのである。メルクール夫人が兄に気分が悪いのかと尋ねたほどであった。だが、ヌムール公は、ほかの人に気づかれないようにしながらも、クレーヴ夫人をじっと見つめ、自分がこんなに悲しげなのは彼女のせいであると、眼差しで訴えていた。とはいっても、彼女たちに同行することもできず、ここで別れざるをえなかった。先ほど、クロミエから直接シャンボールに戻ると言った以上、妹とともに帰るわけにはいかない。仕方なく、彼はそのままパリに戻り、翌日シャンボール城に参上した。

クレーヴ公の遣わした男はずっとヌムール公を監視していた。ヌムール公を追ってパリに戻り、ヌムール公がシャンボールに発つのを見届けると、男はヌムール公に先んじてシャンボールに到着し、クレーヴ公にすべてを報告するべく、貸馬車に乗り込んだ。クレーヴ公は、その生涯すべての運を占うかのような心持ちで、男の帰りを待っていた。

クレーヴ公は、男がやってくるのを見ただけで、その表情や口の重たさから、つらいことばかり聞かされるのだろうと予感した。クレーヴ公は悲しみのあまり、しばらく動けなかった。言葉が出てこないまま、ただうつむき、その場に佇んでいる。やがて、彼は手を動かし、男を下がらせようとした。

「行け。言いたいことはわかった。だが、私には聞くだけの勇気がない」

「はっきりとしたことは何も申し上げられないのでございます。確かに、二晩続けてヌムール公は森から庭に入られました。その翌日には、メルクールの奥様とクロミエにいらっしゃいました」

「もういい。それで充分だ」クレーヴ公は再び手を振って、男を下がらせようとした。

「これ以上、真実を知りたいとは思わない」

男は去り、クレーヴ公は一人絶望に沈んだ。これほど激しい絶望感があるだろうか。クレーヴ公のように勇敢で情熱的な男が、恋する人に裏切られた苦痛と、妻に浮気された屈辱を同時に味わい、悲嘆に暮れているのだ。

クレーヴ公は心痛に耐えることができなかった。その晩から熱が出て、しかも急激に悪化し、あっという間に命が危ぶまれるまでになってしまったのである。知らせを受け、クレーヴ夫人は大急ぎで夫のもとに駆けつけた。夫人が到着したとき、公はさらに容態が悪化していた。夫人は夫が妙によそよそしく、冷ややかであることにひどく驚き、悲しくなった。しかも、夫は彼女に看病されるのが苦痛であるかのようなそぶりを見せるのだ。だが、夫人はそれも病気のせいだと思うことにした。

その頃、宮廷はブロワにあった。[97] クレーヴ夫人がブロワに到着したその日から、ヌムール公は、夫人が自分と同じ宮中にいるというだけで喜びを隠せなかった。彼はなんとか夫人に会おうとし、クレーヴ公のお見舞いを口実に、毎日のように来訪した。だが、彼が部屋に通されることはなかった。クレーヴ夫人は夫の寝室からほとんど出ようとはせず、公の病状にひどく胸を痛めていた。一方、ヌムール公はクレーヴ夫人のつらそうな様子を見て、絶望していた。夫の病状を案じるうちに、彼女はさらに夫との絆を深めるだろうことは想像に難くない。夫人が胸の奥に秘めた恋心も、夫婦の絆の前に消え去ってしまうかもしれないと思ったのだ。しばらくの間、ヌムール公は深い悲しみに沈んでいた。だが、クレーヴ公の容態が悪化の一途をたどるのを見て、彼の心のなかに希望が生まれた。もしかすると、クレーヴ夫人が心のままに行動できる日が来るのかもしれない。将来的には、永遠の幸せと喜びを見出せるかもしれないと思い始めたのだ。しかし、そんな物思いは長くは続かなかった。考えるだけでも心が乱れ、想いが湧き上がってきてしまうからだ。そして、希望が潰えたとき、さらに不幸せな気持ちになることを思うと、そんな希望はもたずにおこうとも思うのだった。

そうこうするうちにクレーヴ公はついに医者からも見放されてしまった。苦しみ続けたある日、高熱に浮かされながら一夜を過ごした翌朝のこと、クレーヴ公は少し眠りたいと言いだした。部屋にはクレーヴ夫人しかいなかった。眠りたいと口では言ったものの、クレーヴ公は妙に落ち着かない様子だった。クレーヴ夫人は、泣き濡れた顔のまま寝台に歩み寄り、すぐ横に跪いた。クレーヴ公は、妻のせいでどんなに苦痛を味わっても、本人の前で恨みつらみを口にすることはしないつもりだった。だが、甲斐甲斐しく看病する姿や、悲しそうな様子を見ると、それが彼女の本心であるようにも思えた。はたまた、うわべを取り繕い、ふりをしているだけのようにも見えた。公は、こうした背反する苦しい思いを一人で抱え込むのに疲れてしまった。

「ずいぶん泣いていますね。あなたのせいで死んでいく男のために泣くのですね。でも、あなたが悲しいのは、表向きだけでしょう。本気で悲しませることなど私にはできないのだ。もうあなたを責める力さえ残っていませんよ」

97 フランス中央部、現ロワール＝エ＝シェール県。ブロワ城は中世から存在するが、フランソワ一世が大規模な増築、改築を行わせた。

クレーヴ公の声は病と心痛で弱々しかった。

「でも、私はあなたに残酷なまでに失望させられて死ぬのです。クロミエであなたが私になさったあの立派な告白は、その後、どうなってしまったのですか。誘惑に負けず、徳をもちつづけることができないのなら、どうして、私にヌムール公への恋心を打ち明けたりしたのでしょう。こんなことを言うのは恥ずかしいのですが、私はあなたを溺愛(できあい)していたのだから、私を騙すことぐらい簡単だったでしょう。ああ、知らなければ幸せだったのに、あなたがわざわざ告白したのだ。多くの夫がそうしているように、何も知らずにのほほんとさせておいてくれればよかったのに。あなたがヌムール公に恋をしていることなど一生、気がつかずにすんだかもしれないのだ。私はもうすぐ死ぬ。でもね、あなたのおかげで死がそんなに怖くはないのです。あなたへの敬意もやさしさも失った今、生きているほうがよほどつらいのです。だって、どうやって生きていけばいいのですか。あんなに愛したのに、残酷にも私を裏切った人とともに生きていくのか。その人と別れ、噂になり、ついには、私の性格とも、私のその人への想いともまったく相いれない暴力的な解決に頼らなければならなくなるのか。ええ、私のあなたへの想いは、あなたが考えているよりもずっと大きなものなのです。

あなたに疎まれてしまうのが怖くて、私はあなたに対する愛情のほんの一部分しか示さずにきました。夫という立場にそぐわない激しい想いだからこそ、あなたを失望させたくなくて、そうしてきたのかもしれません。私は、あなたに愛される資格があるはずです。もう一度言います。この世に未練はありません。私はあなたの心を得ることができなかったし、もうそれを求めることすらできなくなってしまった。お別れです。あなたはいつか、あなたを心から愛し、正当な立場から愛した男がいたことを思い出し、懐かしむことがあるかもしれません。そのとき、あなたはこうした恋愛において、思慮深い人がどんなに苦しむものであるか、その苦しみを自分のものとして感じることでしょう。そして、私のような愛し方で愛されるのと、ただあなたを口説き落とすことだけに熱心な人から愛されることとの違いを知るでしょう。でも、私がいなくなれば、あなたは自由です。あなたは罪を犯すことなく、ヌムール公を喜ばせることができる。私がいなくなったあと、どうなろうと、私には関係ありません。ああ、こんなことまで考えるとは、すっかり弱気になっている証拠ですね」

クレーヴ夫人は、まさか夫が自分の不貞を疑っているとは想像さえしていなかったので、夫の言葉を聞いても、何を言いたいのか見当もつかなかった。だが、ほかに理由も考えられないので、夫はヌムール公への恋心を責めているとしか思えず、そのうち、はたと思い当たり、つい大声を出した。

「私が罪を犯したとでも？　そんなこと思いもよりませんでした。どんなに徳の高い人でも、私のしたこと以外に途があるとは思えません。あなたにお見せできない恥ずかしいことなど、一度としていません」

だが、クレーヴ公は妻に蔑むような視線を向け、続けた。

「あなたがヌムール公と過ごした夜も私に見せたかったと言うのですか。ああ、よその男と夜を過ごした妻の話なんて、あなたのことをこんなふうに話すことになるなんて」

「いいえ、いいえ、それは誓って私のことではありません。一夜どころか、ほんのひとときでさえヌムール公と二人きりで過ごしたことはありません。二人きりになったことはないのです。あの人を許したことも、話を聞いたこともありません。何にだって誓います」

「それ以上言わないでください。偽りの誓いも告白も私を苦しめるだけです」

クレーヴ夫人は答えられなかった。涙で胸が詰まり、言葉が出てこないのだ。それでも、勇気を振り絞って続けた。

「せめて私の目を見てください。聞いてください。自分のためだけなら、どんなに責められても耐えましょう。でも、あなたの命がかかっているのです。どうか、ご自身の誇りのために、聞いてください。これだけ証拠が揃っているのですから、あなただって、私の潔白を信じてくださるでしょう」

「ああ、信じることができればどんなにいいでしょう。でも、何を言うつもりですか。ヌムール公は妹と一緒にクロミエに来たのでしょう? その前の二晩、あなたは森に面した庭で彼と一緒にいたのだ」

「ああ、そんなことを疑っておいでなら、早々に潔白を証明してみせますわ。私を信じてくれとは言いません。でも、侍女たちを信じてください。ヌムール公がクロミエにやってきた前の晩、私が庭に出て行ったかどうか、侍女たちに聞いてみてください。そして、その前の晩についても、私がいつもより二時間ほど早く庭に面した部屋から出てきたというのは本当か、聞いてみればいいのです」

彼女はさらに庭に人影を見たような気がしたこと、ヌムール公ではと思ったことを話した。クレーヴ夫人の堂々とした態度もあり、そして真実というのは、たとえ、ありえそうもないことでも、人を説得する力をもつものであるから、クレーヴ公もついには、妻の潔白をほぼ信じるまでになっていた。

「このままあなたを信じていいのだろうか。自分でもわからない。もう死はそこまで来ているのだから、この世に未練を残すようなことは知りたくないのだ。もっと早くにあなたの弁明を聞けばよかった。でも、やはり安心しましたよ。私は常にあなたを尊敬してきたし、あなたが私の尊敬に値する人だとわかったから。あなたが私との思い出を大切にしてくださると思うだけで慰めになります。もし、人が自分の心を思いどおりにできるのならば、あなたはきっと、あの人に恋をしたのと同じ情熱をもって、私に恋してくださったのだろうと思わせてください」

クレーヴ公はまだ何か言おうとした。だが、ついに力尽きてしまった。夫人は医者を呼んだ。駆けつけた医者は、彼がすでに臨終の床にあるのを見て取った。それでも、それから数日間、クレーヴ公は永らえた。そしてついに、見事なまでに取り乱すことなく息を引き取ったのである。

クレーヴ夫人は激しい悲嘆にくれ、もはや正気を失ってしまったかのようだった。見舞いにやってきた王妃は彼女を気遣い、修道院に送り届けた。クレーヴ夫人は自分でもどこに連れて行かれるのかわからないまま、修道院に行き着いたのだ。その後、クレーヴ公の姉妹が彼女を引き取り、パリに連れて帰ったのだが、それでもまだ、夫人は苦しみを自覚できないほど衰弱していた。ようやく現実と向き合うだけの力を取り戻すと、自分はなんと立派な夫を失ったのかと改めて感じ入り、自分こそがその夫を死に追いやったのだ、それも自分がほかの人に恋をしたのが原因だったのだと考えるうちに、彼女は自分が、そしてヌムール公がひどく恐ろしい存在に思えてきた。

クレーヴ公の死からしばらくの間、ヌムール公は、型どおりにお悔やみを述べただけだった。クレーヴ夫人の性格をよくわかっているだけに、事を急ぐと彼女が嫌がるだろうと思っていたのだ。だが、やがてある話を耳にし、彼は、思っていたよりも長く、礼節にかなったやりとりだけで、我慢し続けなければならなくなりそうだと思うようになった。

公の従者のなかにクレーヴ公がクロミエに偵察に行かせた男と親しい者がおり、その従者から聞かされたところによると、クレーヴ公の使いをしていた男は、主人を失った悲しみに暮れており、あの方はヌムール公がクロミエに来たせいで亡くなられたのだと嘆いていたという。この話を聞いて、ヌムール公はひどく驚いた。だが、よく考えてみると、確かに、思い当たる節がある。ヌムール公はまずクレーヴ夫人の心中を案じ、夫が激しい嫉妬のすえに死を迎えたとなれば、彼女はますます自分を避けようとするだろうと考えた。名前を聞いただけでも、夫人は嫌な気分になられるだろうから、しばらくは控えめにしておいたほうがいい。どんなにつらくても、自制しようと心に誓った。

それでも、ヌムール公はパリに戻ると、クレーヴ邸の門の前まで行ってみずにはいられなかった。様子だけでも聞ければと思ったのである。ところが、使用人によるとクレーヴ夫人は、このところ誰とも会おうとはせず、誰が会いに来たのかすら聞きたくないと言っているとのことだった。夫人はヌムール公の訪問を見越しており、名前すら聞きたくないと、そんな厳しい指示を出したのだろう。だが、ヌムール公は今もって夫人に夢中であり、クレーヴ夫人を一目見ることすらできないのなら、命を奪われたも同然だとさえ思った。こんな状態には耐えられない。容易ではないことは承知だが、なんとか手段を見つけ出さなくてはならない、と彼は考えた。

だが、クレーヴ夫人の苦悩は理を超えたものであった。あんなにやさしかった夫、自分のせいで死んでしまった夫。夫の最後の姿が頭を離れなかった。夫がしてくれたことのすべてを何度も何度も思い返し、自分が彼に恋愛感情をもてなかったことに罪悪感を抱いた。自分の心がけ次第で、愛することができたはずなのに、あえてしなかったかのように自分を責めた。夫の愛に報いるだけの哀悼の念を抱き、これからも、夫が生きていたらそう望んでいただろうことのみを心がけて生きていこう。それがせめてもの償いだと思った。

夫はなぜヌムール公がクロミエに来ていたことを知っていたのだろう、という疑問が何度か浮かんでは消えた。ヌムール公が自分で話したとは思えないが、もし、そうだとしても、もはやどうでもいいように思われた。夫人のヌムール公への恋はすでに過去のものとなり、冷めてしまったかのようだった。それでも、夫の死の原因はヌムール公にあると思うと、身を切るような痛みを感じた。クレーヴ公が臨終の床で、彼女とヌムール公の再婚を案じていたのを思い出すと、それもまたつらかった。夫の死は、彼女のなかにさまざまな苦しみを呼び起こし、もはや彼女はほかの悩みなど忘れてしまったのである。

数か月たつと、激しい苦しみは落ち着きを見せたが、クレーヴ夫人は、依然として物悲しい憂いに浸っていた。しばらくパリに戻っていたマルティーグ夫人は、クレーヴ夫人を見舞い、あれこれと気遣いを見せた。宮中のこと、最近の出来事などを話して聞かせた。クレーヴ夫人は宮中の噂話には興味がない様子だったが、マルティーグ夫人は、それでも気晴らしになればと、いろいろ話してみたのだ。

マルティーグ夫人は、シャルトル侯やギーズ公など、その人柄や功績によって注目される宮廷の主（おも）だった人々について話した。

「そういえばヌムール公はお仕事が忙しすぎて、色恋はご無沙汰なのかしらね。実際のところ、いつになく思いつめたご様子なのですよ。もう女性とのお付き合いは一切手を引いたみたい。しょっちゅうパリにいらしているようだから、今もパリにいるのかもしれませんね」

ヌムール公の名を耳にしたクレーヴ夫人は、不意を突かれ、赤くなった。クレーヴ夫人は話題を変え、マルティーグ夫人は彼女の動揺に気づいていなかった。

翌朝、クレーヴ夫人は、今の自分にふさわしい気晴らしが何かないかと、自邸の近くを散歩するついでに、絹織物の職人のもとを訪ねた。この男は、独特の風合の絹織物を作っており、夫人は自邸のために何か似たようなものを頼もうと思い立ったのだ。いくつかの織物を見せてもらったあと、ふと見ると今まで気がつかなかったところに扉があり、奥にも部屋があるようだ。夫人は職人に奥の部屋も見せてほしいと頼んでみた。だが、職人はその部屋は人に貸しており、自分は鍵を持っていないと言う。なんでも、部屋の借主は時折やってきては、日がな一日、窓から見える美しい家や庭をスケッチしているらしい。

「見目の美しい方で、特に働かなくても生活に困らない方のようです。いつもいらしても、窓から家や庭を眺めるばかりで、一度も仕事らしきことをしているのを見たことはありません」

夫人は、この職人の話をじっと聞いていた。ヌムール公はパリにしょっちゅう来ているらしいというマルティーグ夫人の言葉がよみがえり、この部屋を借りて近所を歩きまわっている美形の人物と結びついた。もしや、ヌムール公ではと思ったのだ。自分に会うために必死になっているヌムール公を思うと、夫人は自分でも理由がわからないまま、激しく動揺した。夫人は、窓に寄り、その部屋から何が見えるか確かめようとした。職人の家の窓からは、クレーヴ邸の庭が丸見えであり、屋敷の正面もよく見えた。自室から見えていたあの窓、そこにヌムール公がいたことになる。ようやく、ヌムール公に違いないと思った途端、彼女はもう心持ちが変わってしまった。穏やかな悲しみを甘受し始めたところだったのに、クレーヴ夫人は再び、心乱れ、不安になってしまった。一人でいても気持ちが落ち着かず、夫人は屋敷を出ると、郊外の庭園に外の空気を吸いに行った。そこなら誰にも会わないと思ったからだ。着いてみると、思ったとおり、人影はまったく見えず、彼女は園内をしばらく歩きまわった。

小さな木立を抜けたところで、クレーヴ夫人は、並木道の先、庭の奥まったところに東屋があるのを見つけ、そこに足を向けた。あと少しで東屋というところまで来ると、ベンチに寝そべり、物思いにふける男性の姿が目に入った。ヌムール公だ。夫人は咄嗟(とっさ)に足を止めたのだが、あとに続く従者が物音を立てたので、ヌムール公ははたと身を起こした。そして、音を立てた人物が誰であるかも確かめようとせず、近づいてくる人たちを避けようとその場から立ち上がり、相手の顔が見えぬほど深く頭を下げたかと思うと、反対側の通路から出て行った。

自分が避けようとした相手が誰なのかをわかっていたら、彼はすぐに踵(きびす)を返し、息せき切って戻ってきたことだろう。だが、彼はそのまま通路を進んで行く。裏門から庭園を出て、そこに待たせてあった馬車に乗り込む姿をクレーヴ夫人は見送った。ヌムール公の姿を目にしたことで、クレーヴ夫人の心には大きな変化が訪れた。眠っていた恋心に火が点き、これまでにない激しさで燃え上がってしまったのである。夫人はヌムール公がいたベンチに腰を下ろし、ぐったりと動けなくなってしまった。その日、クレーヴ夫人には、ヌムール公がこの世の誰よりも愛しい存在に思えた。しかも彼は、敬意と誠実さをもってずっと彼女のことを愛し続けており、彼女のために何もかも犠牲にし、彼女の苦しみさえも遠くから見守り、気づいてもらえなくても、ただその姿を見たいと願い、あれだけいい思いをしてきた宮廷を離れてまで、彼女が閉じこもっている屋敷の外壁を眺めに来たり、こうして会えるはずもない場所に来て夢想にふけったりしている人なのだ。つまり、彼は、たとえクレーヴ夫人の片思いだったとしても、愛されて当然の人なのである。クレーヴ夫人のヌムール公への恋心は、たとえ、もう彼が彼女のことを愛していなくても、愛し続けていられるほど、情熱的なものであった。しかも、その人格も誉れ高く、彼女にとって何の不足もない。道義のうえでも、徳のうえでも、もはや感情を押しとどめておく必要はないのだ。あらゆる障害は取り払われ、変わらず残っているのは、ヌムール公の夫人に対する想いと、夫人の彼に対する想いだけである。

こんなことを考えたのは、初めてだった。夫の死に打ちひしがれ、それまでは、そんなこと思いもしなかったのだ。それなのに、ヌムール公の姿を見た途端、そうした考えが次々と浮かんできてしまった。だが、新たな考えで頭がいっぱいになってはいても、たった今、結婚できると思ったその人こそ、夫が生きているときから彼女が恋をしていた相手であり、夫の死の原因となった人でもあるのだ。しかも、夫は臨終の床で、彼女が彼と再婚するのではと案じていた。そう考えると、徳の高い彼女は、ヌムール公との再婚を想像したことさえ、自分が許せなくなり、夫が生きているうちにヌムール公に恋をしたことが罪になるのなら、夫がいなくなってもヌムール公と再婚するのはやはり同じぐらい罪深いことなのだと思い始めた。こうして、彼女は自分の願う幸福とは正反対の考えに取りつかれていく。さらには、ヌムール公への恋が彼女の心の平穏を乱すものであること、ヌムール公と再婚すれば罪の意識に苦しむことなどを考え、なんとか決意をより強固なものにしようとするのだった。結局、彼女は二時間もそこにとどまり、あれこれと考えた挙句、ヌムール公に会うのは、道義に反するのだから、これからも絶対に避け続けなければいけないという決意とともに自邸に戻った。

しかし、その決意はあくまでも理性と道徳観から生まれたものであり、心はなかなかそれに従ってくれない。心はヌムール公に恋をしたままなのだ。その恋は激しく、夫人は可哀想なほどにやつれ、もう心休まるときがない。苦しい夜が続くなか、これまでになく、つらい一夜があった。夜が明けると彼女が真っ先にしたのは、窓に寄り、向かいの建物の窓にヌムール公の姿を探すことだった。窓に近づくと、そこにはヌムール公の姿があった。驚いた夫人は、大急ぎで窓を離れた。だが、その慌てぶりを見て、ヌムール公のほうでも、自分が見られたことに気がついた。実は、募る恋心を満たすため、この窓からクレーヴ夫人の姿を眺めるようになって以来、彼はずっとこうなることを期待していたのである。そして、夫人の姿が見えない日は、あの日彼女が偶然居合わせた、郊外の庭園に行き、物思いにふけっていたのである。

不幸せなうえに、はっきりしない状況がとうとう我慢できなくなり、ヌムール公は、どうせなら運に賭けてみようと思い立った。彼はつぶやく。

「いったい、私はどうしたいのだ？　もうずいぶん前から、愛されていることはわかっている。彼女は今や自由なのだ。どうして、私を避けねばならぬのだろう。私はといえば、どうして、こそこそとその姿を眺め、話しかけることさえできずにいるのだ？　恋するあまり、理性も大胆さも失ってしまったというのか。これまでの恋とは、まったく違う自分になってしまったというのか。クレーヴ夫人の苦しみは思いやらなければならない。だが、あまりにも長いこと遠慮しすぎたのではないか。彼女の私への想いが消えてしまうのを、みすみす放っておいていいのか」

いろいろ考えたうえで、ヌムール公はどうすれば彼女に会うことができるか、手段を模索し始めた。そして、もはや、シャルトル侯にこの想いを隠す必要もあるまいと思い至ったのだ。シャルトル侯にこの恋を打ち明け、姪であるクレーヴ夫人のことを相談しようと決めた。

幸い、シャルトル侯はパリに滞在していた。イスパニア王妃となったエリザベート王女が本国に向かうにあたり、陛下が途中まで同行することになったのだ。宮廷人たちもそれに随行することになった。そこで、皆、旅支度や衣装を調えるためにパリに戻ってきていたのである。ヌムール公はシャルトル侯のもとを訪れ、これまで隠してきた恋心を誠実な言葉で告白した。ただし、あまり図々しい印象をもたれぬよう、クレーヴ夫人が自分に好意をもっていることは言わずにおいた。

シャルトル侯は、ヌムール公の話を喜んで受け入れ、夫人の気持ちを確かめることもせずに、寡婦となった今、彼女こそ、ヌムール公にふさわしい妻はいないと太鼓判を押した。ヌムール公は、会って話ができるように取り計らい、彼女の意向を尋ねてほしいとシャルトル侯にお願いした。

最初、シャルトル侯はヌムール公をクレーヴ邸に連れて行こうとしたが、ヌムール公は、彼女がまだ誰とも会おうとしていない以上、無理をさせてはいけないと辞退した。そこで、二人は考え、まず、シャルトル侯が何らかの口実をつくって姪であるクレーヴ夫人を自邸に呼び、そこへヌムール公が誰にも見られぬよう隠し階段から入って、合流することにした。この計画はさっそく実行された。クレーヴ夫人はシャルトル侯のもとを訪れ、侯は夫人を出迎えると、屋敷の片隅にある部屋に案内する。その後、ヌムール公が偶然を装い、その部屋に入ってきた。クレーヴ夫人は、ヌムール公の姿を見るとひどく驚き、顔を赤らめた。そして、すぐに紅潮した顔を隠そうとする。シャルトル侯は、しばらく関係のない話をしたあと、用事があるとかで、部屋を出て行こうとした。そして去り際、彼はクレーヴ夫人に、すぐに戻るので客人のお相手を頼みますよ、と言ったのだった。

こうして初めて二人だけで話をすることになったヌムール公とクレーヴ夫人の心中はいかなるものだったろう。しばらく沈黙が続いた。口火を切ったのは、ヌムール公のほうだった。

「私に、あなたと会い、お話しする機会をつくったからといって、シャルトル侯をお恨みにならないでくださいね。これまで、あなたは残酷なまでに、私にそういった機会を与えようとしなかったではないですか」

「いいえ、私が今、どんな状況にあるかも考えず、私の名誉を傷つけるようなことをなさった以上、叔父を許すわけにはいきませんわ」

こう言うとクレーヴ夫人は部屋を出て行こうとした。だが、ヌムール公が引きとめる。

「ご心配なく。私がここにいることは誰にも知られていません。何の心配もいりませんよ。聞いてください。ただ私の話を聞いてください。私への慈悲と思って、いや、これはあなた自身のためでもあるのです。私はこの激しい心が抑えきれず、思いもよらない無茶までしでかしそうなのです。そんなことをしてあなたに迷惑をかけないようにするためにも、聞いてください」

クレーヴ夫人は最後に一度だけヌムール公を好きな気持ちに素直になり、彼にやさしく愛らしい眼差しを向けながら言った。

「あなたは私に好意を求めていらっしゃるけれど、結局、それが何になるというのでしょう。私の好意を得たところで、あなたはそれを後悔するでしょうし、私は私で、きっとあなたに好意を与えたことを悔いることでしょう。あなたは、これまでのように私に冷たくされて苦しむよりも、もっと幸せになってしかるべき方です。そして、またこれから先も幸せになれるはずの方なのです。別の女性に好意をお求めになりさえすれば」

「別のところに幸せを求めろと言うのですか。この私に？　あなたに愛されるよりほかに幸福があるでしょうか。ええ、これまで私は一度も言葉にはしてきませんでしたが、あなたが私の気持ちをご存じなかったとは言わせませんよ。この恋が本気の恋であり、かつてなく激しいものであることもご存じのはず。あなたが認めてくださらないので、この恋心がどんなに苦しめられてきたことか。あなたの冷たい仕打ちにどれほど苦しんできたことか」

「あなたは私に話せとおっしゃるのですし、私も覚悟を決めました」

クレーヴ夫人は腰を下ろし、話を続けた。

「それならば、私も正直にお話ししましょう。女の私から、こんなふうに話すのは、正直すぎるかもしれませんね。ええ、あなたのお気持ちに気づいていなかったと言うわけにはまいりません。そんなふうにお話ししても、信じていただけないのですからね。では、正直に申し上げます。あなたのお気持ちに気づいていただけではありません。あなたが私に見せたがっていたとおりのかたちで、私にはあなたのお心がはっきりと見えておりました」

「それだけはっきり見えていながら、ちっとも心を動かされなかったのですか。図々しいとは思いますが、お尋ねします。あなたの心は動かなかったのですか」

「私の行動を見ていれば、おわかりになったはずです。私はむしろ、あなたがどう思われたのか、知りたいですね」

「そんなことお答えできませんよ。あなたがこの気持ちに報いてくださるのならば別ですが。そもそも、私があなたに何を言おうと、私の運命が変わるわけでもなさそうですし。ただ、どうしても申し上げたいのは、私にさえ隠していたそのお気持ち、クレーヴ公には打ち明けないでほしかった。私に垣間見せてくれたそのお気持ちをクレーヴ公には隠しておいてほしかったということです」

夫人は顔を紅潮させながら会話を続けた。

「どうして、私が夫に打ち明けたことをご存じなのですか」

「あなたご自身の口から聞いたのですよ。あなたの言葉を盗み聞きしたご無礼を許していただけないでしょうか。私がそこで聞いたことを自分の都合の良いように利用しようとしたかどうか、思い出してみてください。それを聞いたことで、私が思い上がったかどうか。そして、以前より図々しくあなたに話しかけるようになったのかどうか」

ヌムール公は、クレーヴ夫妻の会話を盗み聞きしたときの状況を説明しようとしたが、夫人は最後まで聞こうとしなかった。

「もう結構です。ええ、あなたが、どうやってそれを知ったのかはよくわかりましたから。王太子妃のもとでお会いしたときには、もうすっかりご存じの様子でしたもの。王太子妃ご自身は、あなたが話したお相手から聞いたようでしたけどね」

そこで、ヌムール公は、そのときのことを詳しく説明した。クレーヴ夫人は言った。

「謝らなくて結構です。ヌムール公は、あなたからいきさつを聞くまでもなく、もうとっくに許しておりましたもの。一生隠し通そうと思っておりましたけれど、あなたがすでに私の口からお聞きになっているのであれば、正直に申し上げましょう。私はあなたにお目にかかって、それまで感じたことのない気持ちを知りました。そんなときは、ただでさえ心が乱れがちになるものですが、私は、その気持ちがどんなものかすらわかっていなかったので、最初はとにかく驚いてしまい、そのせいでさらに動揺してしまったのです。今、こうして打ち明けていても、それほど恥ずかしい気がしないのは、もはやこういうことをお話ししても罪になるわけではありませんし、たとえそういう感情があっても、私がその感情のままに行動したわけではないことは、あなたもご存じのはずだからです」

ヌムール公はついに夫人の足元に跪き、語りかけた。

「私はもう嬉しくて、想いがあふれて、このままあなたの足元で息絶えてしまいそうです。本当ですよ」

夫人は微笑みを浮かべて答えた。

「あら、私が申し上げたのは、あなたがすでにご存じだったことばかりではありませんか」

「いえいえ、偶然窺い知るのと、あなた自身から言われるのとでは大違いです。しかも、あなたは私に知ってほしくて話してくれているのですから」

「ええ、確かに、あなたに知っていただきたくてお話ししました。あなたにお話しできてほっとしました。実際のところ、あなたのためにお話ししているのか、自分自身のためにお話ししているのか、わからなくなりそうなほどです。というのも、この告白はこれっきりのものですから。私はこれからも自分の義務が命じるとおり、厳しく自分を律して生きていく所存です」

「何をおっしゃるのですか。もう、義務に縛られることもないはずです。あなたは自由なのですよ。図々しいとは思いますが、言わせていただきます。あなたのお気持ち次第では、いつか、私への愛を持ち続けることこそが、ご自身の義務だと思える日が来るのではないでしょうか」

「私のなすべきことは、あなたであれ、世界中の誰であれ、もう誰も愛さないことだと思っております。理由はあなたに関係のないことです」

「いや、関係ないとは限りませんよ。でも、そんな理由、意味のないことです。クレーヴ公は、私が幸運な男だと思っていたようですが、私はそれほど幸せではありませんでした。しかも彼は、あなたの本心も知らないまま、私がその想いゆえに大胆な行動をとり、あなたもそれを容認していると思い込んでいたように思います」

「あのときのことには、もうふれないでください。考えるだけでつらいのです。恥ずかしくてたまりませんし、その結果、起こったことを思うと胸が苦しくなります。夫があなたのせいで死を迎えたのは、まぎれもない事実です。あなたの無茶な行動が彼に疑念を抱かせ、その命を奪ったのです。あなたが自ら手を下したも同然です。もし、あなたと夫が一戦を交え、夫が命を落とすようなことがあったとしたら、私がどんな態度をとるべきだったか、あなたには、もうおわかりでしょう。それとこれとは話が違うと世間は言うかもしれません。でも、私にとっては同じことなのです。夫はあなたのせいでこの世を去りました。そして、それは私のせいでもあるのです」

「そんな亡霊のような義務によって、私の幸福を邪魔しようとするのですね。そんな意味も根拠もない考えのせいで、あなたが憎からず思っている男は、幸せになれずにいるのですよ。ああ、私はあなたとこの先ずっと、共に暮らせるのではないかと思い描いていたのに。世界でいちばん素晴らしい人を愛することができると夢見ていたのに。その素晴らしい方こそ、理想の恋人になる条件をすべて満たしているのだと思っておりましたのに。しかも、その方は私を嫌っていなかったのかもしれない。さらにその方の行いはといえば、貞淑な妻の鑑（かがみ）と言えましょう。つまり、恋人として、妻として、これほど完璧なまでに二つの理想を同時に体現している女性はあなたしかいないのです。恋人である女性に愛され、結婚した男たちは皆、夫になるや否や、妻がほかの男たちを相手にどのように振る舞うかを眺め、不安に震えることになります。だが、あなたに関して言えば、何の心配もない。ただただ感嘆するばかりだ。私はそんな幸福を夢見ていたのに、あなたご自身がそれを邪魔し、行く手を阻もうとするとは。私はほかの男性とは違うと言ってくださったのを忘れたのですか。それとも、あなたにとって私は、そこらの男と一緒の存在なのでしょうか。あなたは思い違いをなさったのかもしれません。私はいい気になっておりました」

「あなたはうぬぼれてなどいませんわ。あなたは疑っていらしたのかもしれませんが、あなたが特別な人でなかったら、義務を貫かねばならない理由がこれほどまでに強く私に迫ってくることはなかったでしょう。あなたが特別な方だからこそ、私はあなたに惹かれる自分が怖かったのです」

「なんということだ。あなたが怖がっていたと明かしてくださるとは。正直に申し上げましょう。あなたが私にお話ししたがっていたことをすべてお聞きしたあとで、そんな冷淡な分別をもちだしてくるとは、思ってもみませんでした」

「ええ、あなたを喜ばせてしまうかもしれないと思い、言おうか言うまいか、ずいぶん迷いました」

「あなたからこれだけのお言葉をいただいたあとで、これ以上に私をうぬぼれさせる言葉などありませんよ」

「話し始めたときと同じ正直な気持ちで、もう少しお話しさせてください。初めてお話しするというのに、しかるべき慎みも遠慮も捨てて、申し上げます。お願いですから、最後まで黙って聞いていてください。

あなたのお気持ちに対して、少しでも報いるために、私の気持ちを包み隠さず申し上げ、あるがままの気持ちをお見せしようと思います。生涯一度きりのことですから、今日だけは、あなたにすべてを打ち明けることを自分に許しましょう。いつの日か、あなたは、もう今のようには私を愛さなくなるでしょう。お恥ずかしながら、きっとそうなると確信しただけで、なんだかひどく恐ろしいことのように思われ、義務を貫かねばならない理由がなくなったとしても、そんな不幸に向かって踏み出す勇気はもてそうにありません。ええ、わかっております。あなたは自由ですし、私も自由な身です。もし、二人が永遠の契りを交わしたとしても、あなたも私も世間から白い目で見られることはないでしょう。でも、永遠の愛を誓っても、人は本当に一生心変わりせずにいられるものでしょうか。自分だけが特別だと、奇跡が起こるかもしれないと期待してよいのでしょうか。あなたの愛情が私の幸福そのものであるとしても、それがいつかきっと消えていくのを知ったうえで、結婚生活に入れと言うのでしょうか。夫は結婚してもなお恋をし続けた、ただ一人の男性です。それなのに、どういう巡り合わせか、私はその幸運を本当の意味で享受することができませんでした。もしかすると、私が彼に恋していなかったからこそ、夫は私を愛し続けてくれたのかもしれません。同じ方法で、あなたの愛情をつなぎとめることは無理でしょう。あなたの恋は、これまで障害があったからこそ、続いたように思います。いくつもの障害があったから、あなたは意地になって恋を貫いたのでしょう。私の何気ない行動や、偶然耳にした言葉があなたに何かを期待させたから、恋を諦めずにすんだのでしょう」

「ああ、黙って聞けと言われましたが、もう我慢できません。なんと不当な仕打ち。あなたは、私のために何かしようというつもりがないと私に思い知らせようとしているのですね」

「正直に申し上げます。激しい感情に突き動かされることはありますが、見るべきものは見えているつもりです。あなたが生まれながらに恋に生きるべき人であること、女性たちからちやほやされるだけの資質をすべてもちあわせていることは、疑いようがありません。これまで、いくつもの恋を経験されたでしょうし、これから先もまた機会はたくさんあるでしょう。私といることが幸せと思えなくなる日も来ることでしょう。あなたが私を慕ってくださったように、別の女性を慕うあなたの姿を見る日が来るでしょう。私はきっと死を考えるほど苦しむでしょうし、嫉妬に暮れる不幸せから免れる自信もありません。ああ、こんなことを言うと、わかってしまいますね。そうです。あなたのせいで嫉妬という感情を知りました。王妃様があなた宛てだと言って、テミーヌ夫人の恋文を私に手渡したあの晩、私がどんなに嫉妬に苦しんだことか。それ以来、私は、この世にこんな苦しい感情があるのかと胸に刻みました。

ある者は虚栄心から、またある者は好みの男性だからという理由で、あらゆる女性はあなたの気を惹こうとするでしょう。たいていの女性はあなたに恋をするでしょう。私の経験から言っても、あなたを好きにならない女性はいません。あなたはいつも誰かに恋をしていて、誰からも愛されるでしょう。そして、私は何度も騙されるほど馬鹿ではありません。つまり、そういう状況にある限り、私は苦しむことでしょう。愚痴さえ言えず、さらに苦しむかもしれません。心変わりした恋人を責めることはできるでしょう。でも、もう愛してくれないからといって夫を責めることができるでしょうか。たとえ、そうした不幸に耐えられたとしても、夫のクレーヴ公の顔が浮かんで、死の原因をつくったあなたを責め、あなたを愛し、あなたと再婚した私を責め、あの人の私に対する愛情と、あなたの私に対する感情の違いを思い知らされることに私は耐えられるでしょうか。これだけ強い理由があるのに、それを乗り越えて一歩踏み出すことは私には不可能です。だから、私はこのままでいるべきなのです。このまま、今の状態から抜け出そうとはせず、じっとしていようと心に誓った以上、それを守るべきなのです」

「そんなこと、本当にできると思っているのですか。あなたのその決意は、あなたを強く愛し、あなたに好意をもってもらえただけで幸せだという一人の男に抗うものなのですよ。好きな人、好いてくれている人に抗うのは、あなたが思っているより大変なことです。あなたは、それを類い稀なる徳の高さによって成し遂げた。でも、もはや、あなたの徳の高い心で感情を押し殺す必要などないではありませんか。不本意かもしれませんが、お気持ちに素直になってくださいよ」

「ええ、私がなそうとしているのは、何よりも難しいことだとよくわかっています。

あれこれ理由をつけたところで、私だって自分に自信があるわけではないのです。クレーヴ公の面影に義務を感じているだけでは、理由としてそんなに強いものではないかもしれません。でも、心の平穏を求める気持ちがあるからこそ、私はそうするのです。平穏を求める心も、義務を感じる心に支えられていなければ、もたないかもしれません。自信がないとはいえ、このままでは、不安を打ち消すことは望めないでしょう。あなたへの想いをすっかり断ち切ることもできないでしょう。あなたへの想いは私を不幸にするものだから、多少、乱暴な手段を使ってでも、私はもうあなたの姿を見ないようにするのです。あなたにお願いします。私を好いてくださるのなら、どうかもう私に会おうとしないでください。今の私には、ほかのときならば許されるはずのことでも、何もかも罪に思えるのです。故人への敬意に反するというだけでも、私たちのお付き合いは禁じられているのですから」

ヌムール公は夫人の足元に身を投じたが、気持ちが昂ぶりじっとしていられないほどだった。公は、言葉を尽くし、涙を流し、いまだかつて存在しなかったほどの激しくやさしい恋心を訴えようとした。クレーヴ夫人も何も感じなかったわけではない。涙を湛えた目を大きく見開き、ただじっと公を見つめていた。

「どうして、私は夫の死をあなたのせいにしなければならないのでしょうね。夫が亡くなってから、あなたに出会っていれば。いえ、夫と結ばれる前に、あなたと出会っていたらよかったのに。どうして運命は、このように越えがたい障害で私たちを引き離そうとするのでしょうね」

「障害なんて存在しません。私が幸せになれないのは、ひとえにあなたのお心次第なのです。貞節でも道理でもない規律を自分に課しているのは、あなた自身ではありませんか」

「確かに、私は、自分の頭の中にしか存在しない義務のために多くの犠牲を払おうとしています。時がたつのをお待ちください。夫がこの世を去ったのは、ついこのあいだのことです。不幸な死が近くにあるうちは、はっきりと明晰に物事を見ることができないのです。あなたに出会わなければ一生、誰も愛さなかったであろう女から愛されたことを、せめてもの喜びとしてください。私が何をしようとも、あなたへの想いは永遠です。一生変わることはないでしょう。さようなら。恥ずかしいことを申し上げました。シャルトル侯によろしくお伝えください。ええ、かまいませんから。お話ししておいてくださいませ」

こう言うと彼女は部屋を出て行った。ヌムール公は引きとめることができなかった。夫人は、すぐ脇の部屋に、シャルトル侯の姿を見つけた。夫人があまりにも動揺しているので、シャルトル侯はかける言葉が見つからず、ただ黙って彼女を馬車まで送った。シャルトル侯が、ヌムール公のもとに戻ると、ヌムール公は、恋の希望と不安に特有のあらゆる感情、つまり喜び、悲しみ、驚き、感動といったものが胸にあふれかえり、理性を失っていた。シャルトル侯は、事の次第を聞き出そうとしたが、ヌムール公はそう簡単に話せる状態ではなかったのだ。ようやく話を聞き終えると、夫人に恋をしていたわけではないシャルトル侯でさえ、ヌムール公同様、クレーヴ夫人の徳の高さ、知性、高潔さに感じ入った。二人は、ヌムール公の今後について考えてみた。夫人に恋しているヌムール公としては、不安を捨て切れないものの、夫人があのまま誓いを守りきれるはずはないというシャルトル侯の意見はもっともだと思った。それでも、会おうとしないでくれという夫人の頼みは聞き入れておいたほうがいいだろうということになった。もしも、周囲の人々がヌムール公の恋に気づいてしまったら、彼女は世間に対して自らの潔白を示そうとするだろう。そして、夫が生きているうちから浮気していたのではないかと後ろ指さされることを恐れ、さらに頑なにその誓いを守り続けるだろうと考えたからだ。

ヌムール公は陛下に随行することになっていた。この任務は断れる筋合のものではない。公は、これまで何度かクレーヴ夫人を見かけた場所に顔を出すのも諦め、そのまま出発するしかなかった。ヌムール公は、シャルトル侯にクレーヴ夫人の説得を頼んだ。クレーヴ夫人に伝えてほしい言葉を延々とシャルトル侯に語った。彼女の不安を打ち消すために説得力のありそうな理由をいくつも並べてみせた。そろそろシャルトル侯を休ませてあげなくてはとヌムール公が気づいたときには、すでに夜半となっていた。

クレーヴ夫人もまた心穏やかではなかった。自分に課してきた禁忌を破り、初めて愛の告白を許し、自身も愛していると答えたのは自分でもまったく思ってもみなかったことであり、自分が自分でないような気がしていた。彼女は自分のしたことに驚き、後悔していた。嬉しくもあった。あらゆる感情が湧き上がり、ひどく混乱しながらも、気持ちが昂ぶって仕方がないのだった。彼女はもう一度、幸せを犠牲にしてでも、義務を守らねばならない理由について考えてみた。その理由があまりにも絶対のものであるように思えて苦しくなり、そのことをヌムール公につまびらかにしてしまった自分を悔やんだ。郊外のあの庭園でヌムール公の姿を見たとき、確かに彼との再婚という考えが頭に浮かんだ。だが、二人きりで話してみると、あの庭園で一人考えたときと同じようにはいかないのだった。自分でも、なぜヌムール公と再婚することが不幸につながるのか、わからなくなってしまう瞬間が一度ならずあった。いっそのこと、過去の遺恨も将来への不安も大して根拠のないことだと自分に言ってしまいたかった。かと思えば、理性と義務が心に迫り、先ほどとはまったく反対のことが正しいと思われ、再婚はしない、もう二度とヌムール公には会わないという決意へと彼女をまっしぐらに突き進ませることもあった。だが、揺り動かされ、今再び甘美な恋にひたっている彼女の心には、よほどの荒業でも使わない限り、その決意を貫くことは難しいだろう。とはいっても、まだしばらくは、そうした極端な手段に出る必要はないと思うと、彼女は少しほっとするのであった。当面は喪中という口実もあることだし、ゆっくり考えたうえで決めればいい。それでも、彼女はヌムール公とは一切お付き合いしないと頑なに心に誓っていた。シャルトル侯は彼女のもとを訪れ、あらゆる策略と手段を講じ、ヌムール公の役に立とうとしたが、ついに彼女の態度を変えることはできず、彼女がヌムール公に強いた、二度と会わないという約束も覆えることはなかった。

彼女は今のままでいることこそが、自分の運命であるとし、難しいとは知りつつも、自分ならできると信じたいと言うのだ。さらに、ヌムール公のせいでクレーヴ公は死んだのだという考えがいかに彼女を苛むものであるかを語り、ヌムール公と再婚すれば、夫への義務を果たせなくなると言われると、シャルトル侯のほうでも、彼女にそうした思い込みを捨てさせるのは容易ではないと思わざるをえなかった。だが、シャルトル侯は、ヌムール公に否定的な印象を語らずにおいた。ただ、姪とどんな話をしたのかだけを知らせてやり、愛された男が理性的な範囲で抱ける程度の希望はもたせておいてやったのだ。

シャルトル侯とヌムール公は翌日、陛下に合流するために出発した。ヌムール公に頼まれ、シャルトル侯はクレーヴ夫人に手紙を書き、なんとか二人の仲をとりもとうとした。さらに間をあけずに二通目の手紙を送ったが、そこにはヌムール公も自筆で言葉を添えていた。だが、クレーヴ夫人は自らに課した規範を破ろうとはしなかった。偶然読んだ手紙のせいで心が揺れることを恐れ、ヌムール公に関する手紙をよこすのならば、もう叔父上からの手紙は受け取りませんとまでシャルトル侯に宣言してしまった。そのあまりにも激しい拒絶に、ヌムール公のほうでも、もう自分の名は出さずにいてくれとシャルトル侯に申し出たほどである。

陛下の一団は、イスパニア王妃を本国に送り届けるため、ポワトゥ[98]まで同行することになっていた。皆が出発してしまうと、クレーヴ夫人はようやく自分に向き合うことができた。そして、ヌムール公や公を思わせるすべてのものから遠ざかっていると、クレーヴ公のことが鮮やかに思い出され、亡き夫の面影を忘れずに大事にすることこそが自分の役目だと思えるのだ。義務という点から考えて、ヌムール公と再婚しない理由は、確固たるものであったし、心の平穏を守るためにも、絶対に曲げられないものであった。ヌムール公の心変わりや、結婚すればどうしても避けられないだろう嫉妬の苦しみを想像すると、再婚は自分にとってとんでもない不幸を招くものに思われた。だが、その一方、この世で最も魅力的な貴公子を前にして、彼を避け続けることは不可能だとも思った。なにしろ、彼女は彼を愛しており、彼から愛されており、今や、道徳的にも世間体からしても、何の障害もないのだから。もはや、唯一自分に抗う力をもたらしてくれるのは、彼に会わないこと、彼から遠ざかる以外にないと彼女は考えた。自身に課した誓いを守り続けるためにも、ヌムール公に会いたくなる気持ちを抑えるためにも、彼女にはその力が必要だった。クレーヴ夫人は、宮中に出ないですむ服喪の期間に合わせ、長い旅に出ることにした。いくつかの候補地のうち、ピレネーにある広大な地所が最もふさわしいと思われた。そこで彼女は、宮廷の人々がポワトゥからパリに戻ってくる数日前に出発した。シャルトル侯には、彼女の消息を知ろうとしたり手紙を書いたりしないでくれ、と一言書き置いたうえでの旅立ちだった。

夫人の出立を知り、ヌムール公は、まるで恋人の死を告げられたかのように嘆き悲しんだ。長きにわたって、夫人に会うことができないのは、彼にとってひどくつらいことであった。会いたくてたまらない時期、ようやく自分の愛を受け入れる彼女の姿が見られるのではないかと期待していたところだけに、なおさらである。今や、悲しむ以外に彼にできることはないのだが、その悲しみは日々大きくなっていくばかりであった。一方、夫人のほうでも、心労がたたったのか、ピレネーの地所に着くなり、重い病気に倒れてしまった。その知らせは宮廷にも届き、ヌムール公はひどく心を痛

98 フランス南西部、現在のヴァンデ県、ドゥー=セーヴル県、ヴィエンヌ県、シャラント県北部にまたがる地域。

めた。悲しみはもはや絶望に達し、極限に迫ろうとしていた。ヌムール公がその想いを表に出さぬよう、シャルトル侯はやっとのことで彼を諫めていた。クレーヴ夫人のもとに向かおうとする彼をなんとか引きとめ、諦めさせようともした。シャルトル侯は親戚付き合いや友愛を口実に、クレーヴ夫人に手紙を出し、彼女がすでに危篤状態を脱したこと、だが病は長引いており、まだ命の危険は残っていることなどを知ることができた。

しばらく死を身近に感じながら過ごしたことで、クレーヴ夫人は、健康だったときとは違う目でこの世を眺めるようになった。どうせいつかは死ぬのだと覚悟してみると、さまざまなものへの執着が薄れ、病が長引くうちに、そんな死生観に馴染んでしまった。だが、危険な状態から脱してみると、まだヌムール公の存在を心から完全に消し去ったわけではないこともわかった。それでも夫人は、ヌムール公への想いに抵抗するため、再婚できない理由を次から次へと思い出しては、心の支えにするのだった。彼女のなかには少なからず葛藤（かっとう）があった。そして、病気をきっかけに芽生えた感情によって、ヌムール公への未練も薄まり、ついに克服するに至ったのだ。死を意識することで、クレーヴ公に近づいたような気がしたのかもしれない。亡き夫の面影は、義務感と結びつき、彼女の心に深く刻まれていた。夫人は、大きな視野をもち、達観する人たちのように、世間で言う恋愛や交際を眺めるようになっていた。衰弱した状態が続くうちに、こうした感情があたりまえのものになっていったのだ。それでも、どんなに慎重に心に誓ったところで、何かのきっかけで揺らいでしまう危険があるのは重々承知していたので、彼女は、そんな危険のある場所、好きだった人のいる場所には戻るまいと決めていた。そこで、宮廷に戻らないという確固たる決意は誰にも明かさぬまま、静養を口実に修道院に入ってしまったのだ。

ヌムール公は彼女が修道院に入ったことを知るや否や、すぐに、その身を引く決心がいかに真剣なものであり、覆すことのできないものであるかを悟った。もう一切の希望を失ったものと、そのときは思った。希望を失った彼は、それでも、あらゆる手段を使ってクレーヴ夫人を呼び戻そうとした。王妃に手紙を書いてもらい、シャルトル侯にも手紙を書いてもらった。さらにシャルトル侯に修道院まで行ってもらった。だが、すべては徒労に終わったのだ。クレーヴ夫人はシャルトル侯に会ったものの、その決意については何も語らなかった。ただ、宮廷に戻る意思がないことだけは、シャルトル侯にもはっきりと伝わってきた。ついに、ヌムール公は湯治を口実に自ら会いにゆくことにした。ヌムール公の訪問を知り、夫人はひどく驚き、うろたえた。そこで彼女は、ちょうどそばにいた信用のおける親しい人物に伝言を頼むことにした。

「あなたに会い、その姿を見たせいで、これからももちつづけていかなければならない決意がにぶることを恐れ、会おうとしない私を奇異に思わないでください。あなたにお伝えしておきます。あなたへの思慕は義務や心の平穏を妨げるものであると知り、世間のあらゆることがもはやどうでもよくなってしまいました。だから、私はすべてを捨てることにしたのです。もはや、考えるのはあの世のことばかり。もう未練はございませんが、いつか、あなたが今の私のような境地に達せられたら、そんなあなたにお会いしてみたいというのが、唯一の望みです」

夫人の言葉を代弁する女性を前に、ヌムール公は胸が苦しくなり、今にも息絶えそうな心地がした。ヌムール公は、なんとかクレーヴ夫人に会いたいと思い、この女性にクレーヴ夫人のもとに戻って説得してくれるよう何度も何度も懇願した。だが、この女性が言うには、クレーヴ夫人は、ヌムール公からの伝言を預かることを禁じたばかりか、どんな言葉を交わしたのかさえ耳に入れようとしないでくれと頼んだという。こうなるとヌムール公も引き下がらざるをえなかった。あれほどまでに激しく恋をし、最も自然な愛情、これまでで最も確かな愛情を抱いた相手にもう二度と会うことができない。すべての希望を失った男として、ヌムール公は沈痛な面持ちであった。それでも、公は諦めきれなかった。なんとか夫人の決意を変えさせようと思いつく限りの手を尽くした。そうして何年もの月日が過ぎた。会えないまま時間が過ぎることで、ヌムール公の苦しみも和らぎ、ついに恋心も消えた。クレーヴ夫人は宮廷に戻る気配さえ見せずに生活していた。一年の半分を修道院で、残り半分を自邸で過ごすようになったものの、自邸にいるときでも、ほとんど外出せず、信仰に身を捧げ、厳格な修道院での生活とまったく同じように暮らしていた。彼女の生涯は決して長いものではなかったが、稀に見る貞女の鑑（かがみ）と伝えられたのである。

解説

永田千奈

モリエール、ラシーヌ、コルネイユ、パスカル、ラ・ロシュフコー、ラ・フォンテーヌ。ラファイエット夫人と同時代のフランス人作家を挙げてみた。演劇人、思想家、詩人が揃うなか、ラファイエット夫人と肩を並べる小説家は少ない。散文より韻文が尊ばれた時代とはいえ、小説が書かれなかったわけではない。この時代、フランスでは多くの小説が書かれ、人気を博していた[1]。だが、そのほとんどは、時の流れとともに忘れられていったのである。では、なぜ『クレーヴの奥方』だけが残ったのだろう。

ラファイエット夫人の生涯

ラファイエット夫人は、マリ＝マドレーヌ・ピオシュ・ド・ラ・ヴェルニュとして、一六三四年、フランスのパリに生まれた（ちなみに日本は江戸時代、徳川家光の時代である)。

マリ＝マドレーヌの父は宮廷に仕える技術官、母は宮廷医官の娘であり、エギュイヨン公爵夫人の侍女であった。マリ＝マドレーヌは、十代より言語学者ジル・メナージュを家庭教師に、ラテン語、イタリア語、古典文学を学んだ。十五歳のときに父が死去。母は、長女であるマリ＝マドレーヌだけを手元に残し、二人の妹を修道院に入れた。

やがて、母が再婚する。再婚相手は、ルノー・ルネ・ド・セヴィニエといい、『セヴィニエ夫人の手紙』で知られるセヴィニエ侯爵夫人の縁続きであった。こうしてセヴィニエ侯爵夫人との交流が始まる。また、同じ頃、シャイヨーの修道院に妹たちを訪ねたマリ＝マドレーヌは、のちの義姉でルイ十三世の愛妾でもあったアンジェリック修道院長、そしてのちに王弟オルレアン公のお妃になるアンリエット・ダングルテールと親しくなる。さらに、母の縁故で宮廷にも出入りするようになった。このように、彼女は長らく宮廷に身をおいて生きていたのである。

マリ＝マドレーヌは二十一歳のとき、オーヴェルニュに領地をもつラファイエット伯と結婚する。後世、彼女が「ラファイエット夫人」として知られるのは、この夫の姓である。ただし、十八歳年上の夫は、特に文学に興味があったわけではなく、彼女にとっては退屈な人物であったらしい。なにしろ、書簡にも記録にも夫に関する記述は少なく、結婚後数年もすると、彼女は単身、パリに舞い戻ってきているのである。とはいえ、下級貴族だった彼女は、結婚によって伯爵夫人の地位を得ることができ、その後の彼女の人生が「夫のおかげ」で開けたことは事実であり、夫への感謝は常に感じていた。夫は年に数回、パリにやってきて、彼女が所有する、リュクサンブール宮の向かいにある屋敷に滞在し、夫婦生活を送った。息子も二人生まれ、表面上は順調な結婚生活である。

パリに戻ったラファイエット夫人は、文学サロンに迎え入れられ、当時流行していた戯曲作家のモリエール、ラシーヌ、コルネイユと同席することもあった。なかでも注目すべきは、ラ・ロシュフコーとの出会いだろう。年齢や性別の違いを超え、二人の友情はラ・ロシュフコーの死まで続く。なかには、二人が愛人関係にあったという説もあるが、そこに信憑性を与えるだけの資料はなく、噂の域を出ない話である。また、『クレーヴの奥方』の執筆におけるラ・ロシュフコーの協力について、共同執筆者とみなす者もいるが、文章の推敲（すいこう）を手伝った程度とする説が有力である。それでも、ラ・ロシュフコーが彼女にとって大事な存在であったことは確かであり、これについては後で詳(くわ)しく述べる。

こうした文壇の付き合いの一方、ラファイエット夫人は、オルレアン公妃となったアンリエット・ダングルテールの記録係となり、その後、サヴォワ公妃の私設大使の役目も果たしている。こうした宮中での彼女の役割は、その著書『アンリエット・ダングルテールの記録』と『一六八八―八九年におけるフランス宮廷の記録』に知ることができる。だが、これらは、小説ではなく、記録書(メモワール)である。記録書(メモワール)とは、主観的な回想録ではなく、あくまでも、後世に歴史的事実を伝えるための書物なのだ。つまり、著者は、小説家である前に、歴史記録者であった。

そもそも、詩や戯曲などの韻文こそが文学とされていた当時、小説家というのは名誉ある職業ではなかった。当時発表された作品の実に六割以上が匿名またはイニシャルのみのかたちで刊行されていたとされる。[2] ラファイエット夫人も、無署名で作品を刊行している。『クレーヴの奥方』も例外ではない。ところが、『クレーヴの奥方』は、思いのほか大きな反響を呼び、賛否両論が巻き起こった。しかも、私家版の段階で話題になってしまったので、バルバン書店から正式に刊行されるにあたり、本書冒頭にあるような「発行者の辞」が添えられる事態となったのである。当然、刊行されて以降も、さまざまな論考が飛び交い、批評家のヴァランクールは、『〈クレーヴの奥方〉に関する××侯爵夫人への手紙』という評論を発表、「物語の脱線」「歴史的事実との相違」「雑な心理描写」「文法的誤り」を指摘し、酷評した。翌年には、シャルヌ神父がこのヴァランクールに対抗するかたちで、『〈クレーヴの奥方〉評についての論評』を刊行、この作品を擁護している。とはいっても、セヴィニエ侯爵夫人をはじめ、当時すでに周囲の人々は、これが彼女の筆によるものであることを知っており、それは「公然の秘密」だった。それでも、彼女は「建前上」、しらを切り通したのだ。サヴォワ公国秘書官レシュレーヌから「あの本の著者はあなたではないか」と問われ、きっぱりと否定する書簡も残っている[3]。夫人は最後まで、「夫の名前」を汚すことを恐れていた。このあたりの筋の通し方は、どこか本書のヒロインに似ていないだろうか。

歴史とフィクション

『クレーヴの奥方』は、歴史的背景の説明から始まる。小説のつもりで読み始めたのに、延々と史実が語られる冒頭に嫌気が差し、この本を閉じようとした読者もいるのではないだろうか。たしかに、そこに書かれているのは、歴史上実在した人物のことであり、教科書や蘊蓄本（うんちくぼん）に書かれているフランス史そのままの話なのである。もちろん、ラファイエット夫人は一六三四年生まれであり、彼女の知る宮廷は、本書に描かれた十六世紀（より正確には一五五八年から一五五九年）のそれではない。それでも、歴史記録者である彼女が、前世紀の記録にあたる機会は少なからずあったことだろう。実際、当時の宮廷に関する部分では、歴史家のメズレー、ブラントーム、ピエール・マチューなどの歴史書を参考にしたことがわかっている。特に、エリザベート王女の婚礼に関しては、歴史家アンセルム、ゴッドフロワの記した王室史や王室典礼記録を参考にしており、共通する記述も多い。

だが、ラファイエット夫人は実に巧妙に、あるときは年代をずらし、あるときは実在の人物に別の人生をつくりあげていった。本書のヒロイン、クレーヴ夫人についても、ギーズ公の妻であり、夫の死後、ヌムール公と再婚したアンヌ・デストをモデルとする説、クロミエに城館をもっていたカトリーヌ・ド・ゴンザグをモデルとする説などがあり、複数の実在人物から一人の主人公をつくりあげたのではないかともいわれている。

かくして、冒頭からしばらく、歴史書のような記述が続き、読み進むうちに、小説の登場人物たちが、実在の人物に交ざり込み、物語は始まっているのである。著者は、実在の人物、実際の歴史に創作をもちこむことで、フィクションに「いかにも本当のことであるような」雰囲気を与えた。このこと自体は、決して独創的な手法とはいえない。ジョルジュ・スキュデリ、マドレーヌ・スキュデリ兄妹の『クレリ』『ル・グラン・シリュス』などが流行しており、当時、そのような小説はいくらでも存在していたのである。それでも、そのほとんどが忘れられ、消えていったにもかかわらず、本書だけが生き残り、近代小説の祖と言われているのは、やはり、この小説には他にはない「新しさ」があったからである。では、それ以前の小説とはどんなものだったのだろう。

ロマネスクの特徴

十七世紀以前の物語は、ロマネスク小説と言われ、『円卓の騎士』などの「騎士物語」が多くを占めていた。いずれも、竜退治など非現実的なストーリーが中心であり、サイドストーリーが際限なく広がり、数巻にわたる長大なものも少なくない。例えば、オノレ・デュルフェの『アストレ』は、五千ページにわたる大作であり、スキュデリの『ル・グラン・シリュス』もまた、その長大さゆえに現在は復刊が不可能とさえ言われている。さらに、この当時の文学には、演劇を中心に〈時間の統一〉〈場所の統一〉〈アクションの統一〉という「三統一」の様式美が存在していた。

もっとも、『クレーヴの奥方』にも、こうした前近代的な特徴は見られる。特に物語を一年におさめるという〈時間の統一〉は健在である。メアリ英国女王の死は、一五五八年十一月であり、アンリ二世の死は一五五九年七月であるから、クレーヴ夫人が宮廷に現れてから、王の死、夫の死を経て宮廷を去るまでが、ほぼ一年の間の出来事なのだ。また、ひとつの「行為・行動」を物語の中心に据える〈アクションの統一〉も、尊重されている。「愛人への想いを夫に告白する」というアクションが物語の「鍵」となっているからである。さらにヌムール公が「たまたまその告白を盗み聞きする」という芝居じみた展開も、ロマネスク的な部分といえるだろう。

また、本書には、四か所の作中作ともいえるエピソードが挿入されている。母が語る先王の時代の話、クレーヴ公が語るサンセールの恋、皇太子妃の語るアン・ブーリン伝、シャルトル侯が語る王妃との秘め事の四か所に見られる挿話も、長大な群像劇の名残と見ることもできる。もっとも、これらの挿話と本筋との関係性については、刊行直後から論争が起こっている。前述したようにヴァランクールは、王妃とサンセールの挿話を除き、これらが本筋とは関係ない「脱線」であるとしている。その一方、一見、関係がなさそうでも、恋愛のもつさまざまな側面を示すことで、主人公の心の動きの伏線になっているという意見もあるのだ。たしかに、この一見、「脱線」のような挿話は、クレーヴ夫人の考える「貞節」が、必ずしも、この時代のスタンダードではなく、夫以外に愛人をもつ女性たちが存在していたことを示すものである。

さて、これだけロマネスク的な特徴、いわば過去の流れを踏襲しつつも、『クレーヴの奥方』は、フランス文学における最初の近代小説といわれている。それは、これが心理小説だからだ。それまでの文学は、外から見えるアクションを描写するだけであり、心のうちを描くものではなかった。ラファイエット夫人は、アクションだけではなく、その裏にある心理、心の動きを描き出して見せた。つれないそぶりをしていても、心のうちには熱い想いがあり、沈黙を守っていても、語られない考えが存在する。こうした内側の心理を描くことで、初めて、本当の意味で人間を描き出すことが可能になったのである。

心理小説の誕生

これまで「アクション」によって成立していた小説世界に「内面描写」をもちこみ、さらに、その内面には、「感情」と「理性」の葛藤が存在することをラファイエット夫人は時代に先駆け、描き出して見せた。これこそが心理小説の誕生である。クレーヴ夫人は、感情と理性の間で揺れ続け、行動したあとには反省し、自分のしたことを検証する。自分で自分を観察しているのである。

こうした心理小説の特徴は、その文体と話法にも表れている。あくまでも三人称をベースとしながらも、物語の進行に応じて、会話や一人称による独白が挿入され、登場人物たち、それぞれが主体となる。また、直接話法、間接話法を混在させ、伝え聞き、噂話などが多用される点も、効果をあげている。当時の貴人は、手紙や使用人への「ことづて」でやりとりをしていたため、歴史的な事実をふまえた描写だと言えばそれまでだが、「Aは恋をしている」と地の文にあれば、読者はそれを真実として受け入れるが、「Aは恋をしているとBが言っていた」となれば、どこまで本当のことなのかわからず、読者は主人公と一緒に翻弄されるしかないのである。

もっとも、こうした心理描写をラファイエット夫人がどこまで意図的にやっていたのかは疑問が残る。新しい文学を生み出そうという野心があったとは思えないのである。だが、偶然の産物とはいえ、こうした新しさがこの作品の魅力となっていることは、確かだろう。さらに注目すべきは、人間の心理をあぶりだす著者の観察の確かさ、深い洞察力である。

ラファイエット夫人の恋愛観

周囲は、ラファイエット夫人のことを、「真実の人」そして、「霧のような人」と評していた。真実を見抜く洞察力をもちながらも、感情を表面には出さず、言葉の機知でやり過ごすような人だったのだろう。

十八歳頃の手紙にはすでにこう書いている。

「私には恋というものは不都合なものに思われますので、友人たちや私がそれを免れていることを嬉しく思います」(4)

家庭教師だった言語学者メナージュからの秋波(しゅうは)に応えようともせず、特に恋愛感情もないまま、年の離れた夫に嫁ぐ。彼女は宮廷内での出世や、領地に関する係争にしか興味がなかったという見方もある。だが、もし彼女がそこまで恋愛に「興味がない」のなら、このような小説を書いただろうか。霧に包んで隠していただけで、秘めたる恋はあったのかもしれない。

いずれにしても、その著作、書簡を見る限り、どんな熱い恋心もいつかは冷めるという達観があったことだけはうかがえる。嫉妬や恋のかけひきで、理性を失う自分が許せないということも考えられる。そもそも恋愛とは、自分の意思や努力でどうにかなるものではなく、他者に依存し、振り回されることに他ならない、アンフェアなものである。彼女は早くからそれに気づいていた。モデルの一人といわれるアンヌ・デストが、ギーズ公の死後、ヌムール公と再婚したことを知り、ラファイエット夫人はある種の失望を感じたのではないだろうか。もっとほかの選択肢もあったはずなのにという思いが、この小説につながった可能性はある。

ラ・ロシュフコーとの交流

さて、彼女のこうした「冷めた」恋愛観を共有していたのが、朋友ラ・ロシュフコーである。

クレーヴ夫人は、ヌムール公に、いつか俗世から自由になったら、また会いたいと告げる。たしかに、すでに老齢にあったラ・ロシュフコーは、ラファイエット夫人にとって、嫉妬や虚栄心に煩(わずら)わされることなく付き合うことのできる親友だったのだろう。ラ・ロシュフコーの『箴言集(しんげんしゅう)』[5]の初版を読んだラファイエット夫人は彼のシニシズムを批判しているが、その根底には共感と友愛があったのである。

ラ・ロシュフコーの『箴言集』は、『クレーヴの奥方』と同じバルバン書店から刊行されている。そもそも、ラファイエット夫人にバルバン書店を紹介したのも、ラ・ロシュフコーだったのかもしれない。

さて、その『箴言集』にはこんなものがある。

「恋は燃える火と同じで、絶えずかき立てられていないと持続できない。だから希望を持ったり不安になったりすることがなくなると、たちまち恋は息絶えるのである」(75)

「女の貞節は、多くの場合、自分の名声と平穏への愛着である」(205)

「恋においては、あまり愛さないことが、愛されるための確実な方法である」(ＭＳ57)

こうして見る限り、ラ・ロシュフコーの恋愛観と、クレーヴ夫人を通して体現されるラファイエット夫人の恋愛観にはかなりの共通点が見られる。二人とも、ある種の達観とでも言おうか、一歩引いたところから眺め、真実を皮肉な言葉で言い当てているのだ。ラファイエット夫人は、『箴言集』の執筆、編纂にも協力しており、同書第四版に収められた、

「人は忠告は与えるが行いは一向に授けない」(378)

は彼女の作とされている。

ラファイエット夫人の生きた時代は、またプレシオジテの時代でもあった。プレシオジテとは、当時、サロンを中心に広がっていた洗練を究めようとする傾向をいう。「品の良さ」に価値観を置き、韻を踏み、いかに遠回しに物事を伝えるかを競い合う、王朝文化の最たるものである。パスカルの『パンセ』やラ・ロシュフコーの『箴言集』に見られる知性、モリエールの戯曲に見られる諧謔と批判の精神はしばしばペシミズムに向かう。『クレーヴの奥方』も読みようによっては、「悲劇」である。誰も幸せにならない。それなのに、後味が悪くないのはなぜだろう。それはヒロインが後悔していないからである。

近代的な意志

スタンダールは、「クレーヴの奥方も年をとって、自分の生涯を判断し、いかに自尊心の喜びがみじめなものであるかがわかる年齢に達したとき、きっと後悔したに違いない」と書く。[6] だが、ラファイエット夫人は、クレーヴ夫人が、ヌムール公の恋が潰えるまで生き続けたことのみを書き、「貞女の鑑」という皮肉めいた言葉で物語を締めくくっている。クレーヴ夫人がどう「見られたか」を語るにとどめ、彼女が後悔したのかは、読者の想像に任せているのだ。

クレーヴ夫人は、悩み、母や夫に助けを求めはしたが、教会に告解に行ってはいない。「神の思し召し」や「天罰」といった言葉も口にしない。修道院に身を寄せることはあっても、入信して修道女になることもない。彼女が心の支えとする「徳(vertu)」は、神の示す理想ではなく、彼女自身が、そうありたいと願う美学と言っていいだろう。そして、その美学を貫くために彼女がとった方策も、理論的な思考に裏打ちされている。彼女は感情に揺り動かされつつも、理性を選ぶのだ。いや、だがそれは本当に理性なのだろうか。そこにあるのは、冷徹な損得勘定とは遠い、理念、信念なのである。

スタンダールは、「クレーヴの奥方は夫には何もいわず、ヌムール殿に身を任せるべきだったろう」と書いた。(7)だが、三島由紀夫は「ラファイエット夫人」(8)で、梅田晴夫訳の『クレエヴ公爵夫人』について「『憂鬱な理性』と梅田氏が言うとき、私の耳には、彼がほとんど『偉大な情熱』と叫んでいるようにきこえる」とし、「作者の『憂鬱な理性』が『憂鬱な理性』にとどまりえなかった過誤の結晶」こそがこの作品の美だと書いている。つまり、過剰なまでの「理性」への執着は、もはや「情熱的」でさえあるというわけだ。貞淑は「上品な美徳」のひとつであるが、貞淑であろうとするあまり、「他人にはできない」ことまでやってのけてしまうクレーヴ夫人の行動力は、すでに美徳の求める「波風を立てない生き方」を超越してしまっている。

こうした意志的で行動力のある女性像はどこからきたのか。当時、欧州諸国では、国を治める女王が数多く見られ、サブレ公爵夫人をはじめ、文学サロンを主宰する女性も多かった。(9)ラファイエット夫人自身も、領地の所有権をめぐって裁判を起こすなど、現実的かつ行動的な一面ももっている。身分の高い階級に限定的な現象とはいえ、この時代、女性の地位は意外なほど高く、その意識もかなり近代的なものだったのである。『クレーヴの奥方』に見られる、こうした近代性もまた、この作品が今も読まれる理由のひとつだろう。

後世への影響

十七世紀、フランス恋愛心理小説の歴史は、『クレーヴの奥方』に始まり、その後も長く受け継がれていく。一人称小説、書簡体小説など、風景描写や状況の説明よりも、心理描写に重きをおく作品として、ラクロの『危険な関係』(一七八二年)、コンスタンの『アドルフ』(一八一六年)などが恋愛心理小説の代表とされる。ロマン主義、自然主義の時代を経ても、フランス文学における心理小説の伝統は失われなかった。さらにフロマンタン、スタンダール、プルーストやジイドなどの名も挙げることができる。

もう一人、恋愛心理小説の旗手として忘れてはならないのが、レイモン・ラディゲだろう。ラディゲの『ドルジェル伯の舞踏会』(一九二四年)は、『クレーヴの奥方』を意識して書かれている。三島由紀夫がラディゲに心酔し、スタンダールの研究家であった大岡昇平が自身の作品『武蔵野夫人』のエピグラフにラディゲの「ドルジェル伯爵夫人のような心の動きは時代おくれであろうか」という言葉を引用しているところをみると、『クレーヴの奥方』は、ラディゲを通じ、日本の戦後文学にも大きな影響を与えたことになる。ちなみに、太宰治がこの世を去ったとき、彼の机辺には、生島遼一訳の『クレーヴの奥方』があった[10]。

『クレーヴの奥方』の影響は文学だけにとどまらない。戯曲化も何度か行われているが、ここでは、今でも見ることが可能な映画作品についてふれておく。

▽一九六一年『クレーヴの奥方』ドラノワ監督

脚本がジャン・コクトー、クレーヴ公をジャン・マレーが演じている。ストーリーはほぼ原作通りであるが、全体にあっさりと描かれており、ヒロインよりも嫉妬に苦しむクレーヴ公のほうが、オテロを思わせ印象的である。また、クレーヴ夫人が亡くなり、まだ彼女を愛し続けていたヌムール公がその遺骸に別れを告げるラスト・シーンは原作にはなく、コクトーの創作である。

▽一九九九年『クレーヴの奥方』マノエル・ド・オリヴェイラ監督
『クレーヴの奥方』という邦題で公開されたが、映画の原題は『手紙（La Lettre）』。舞台を現代に移し、クレーヴ夫人をキアラ・マストロヤンニ、ヌムール公をポルトガルのロック歌手ペドロ・アブルニョーザが演じた。クレーヴ公の品の良さをクラシック音楽、ヌムール公の情熱をロックに象徴させて対比している。クレーヴ夫人は、修道女に一通の手紙を残してアフリカの人道支援に旅立つ。

▽二〇〇〇年『女写真家ソフィー』アンジェイ・ズラウスキー監督
原題は『貞節（La Fidélité）』。ソフィ・マルソーが夫と若い恋人の板挟みになる女性写真家を演じた。かなり大胆な翻案であるが、クレーヴ夫人が現代の自立した女性アーティストに重ねられている点は注目に値する。

▽二〇〇八年『美しいひと（La Belle Personne）』クリストフ・オノレ監督
二〇〇七年二月、大統領候補者だったニコラ・サルコジが、『クレーヴの奥方』は時代遅れだと発言。大統領就任後も、大学の効率化を進めようとした。こうした彼の

発言、および実用性重視の教育改革に反発する教師、文学者から声があがり、『クレーヴの奥方』は、反サルコジ教育改革の象徴となった。オノレ監督もサルコジ発言への反論として、この映画を構想したという。舞台は現代の高校。女子高生の「クレーヴ夫人」をレア・セドゥが瑞々(みずみず)しく演じた。大胆な翻案にも思えたが、原作においても、クレーヴ夫人は十六歳なのである。クレーヴ夫人のなかにある「若さ」に気づかせてくれた映画化作品といえる。

▽二〇一一年『私達はクレーヴ夫人である（Nous, princesses de Clèves）』レジス・ソデ監督

日本未公開のドキュメンタリー映画。マルセイユの高校生たちが、『クレーヴの奥方』を下敷きに自身の恋を語る。十六世紀と現代、時代を超えて思春期の恋が交錯する。恋と青春の普遍性を感じさせる作品。

近年なお、『クレーヴの奥方』に触発された映像作品が誕生し続けているのもまた、そのテーマが古びないものであり、現代人にとっても魅力あるものだという証拠だろ

う。二〇一四年にはガリマール社のプレイヤード叢書から、書簡集を含む全作品集が新装改訂版として刊行された。

十六世紀の宮廷を舞台に、十七世紀に書かれた作品というと遠い昔のように思われるかもしれない。だが、それだけ昔のことでありながら、人間というものがまったく変わっていないという事実を目の当たりにしたときの感動は大きい。ただ貞節という古い道徳観念だけに縛られた女性の悲劇だとしたら、これほどまでに現代人をひきつけることはないだろう。

コレット、ユルスナール、サガン、デュラスといった女性作家がフランス文学を彩るのはまだ先のことである。だが、ここにその原点があると考えていいのではないだろうか。

ラファイエット夫人は職業作家ではない。その作品を宮廷女性の手遊び(てすさび)と見る人もいる。しかし、単なる手遊びがその後三百年以上も読み継がれているとなれば、そこにはやはり文学の本質があるからなのだろう。そこに描かれているのが、普遍の心理だからこそ、この小説は時代を超え、国境を越え、人の心を揺さぶるのだ。

【注】

（1）ロジェ・ズュベール『十七世紀フランス文学入門』（文庫クセジュ）原田佳彦訳、白水社、二〇一〇年

（2）Coulet, Henri:Le Roman jusqu'à la Révolution, Paris : A. Colin, 1967-1968（萩原茂久『記録と小説とのあいだ』北樹出版　参照）

（3）Œuvres complètes / Madame de Lafayette ; édition etablie, présentée et annotée par Camille Esmein-Sarrazin. Gallimard, 2014

（4）川田靖子『十七世紀フランスのサロン　サロン文化を彩どる七人の女主人公たち』大修館書店、一九九〇年

（5）『ラ・ロシュフコー箴言集』二宮フサ訳、岩波文庫、一九八九年
以下、引用は本書による。なお、末尾の「ＭＳ」は、一六六四年の初版刊行から一六七八年の第五版までに著者自身によって削除されたものを示す。

（6）スタンダール『恋愛論』大岡昇平訳、新潮文庫、一九七〇年

（7）同右

（8）鹿島茂編『三島由紀夫のフランス文学講座』ちくま文庫、一九九七年

（9）堀田善衞『ラ・ロシュフーコー公爵傳説』集英社文庫、二〇〇五年

（10）『新潮日本文学アルバム19　太宰治』新潮社、一九八三年

ラファイエット夫人年譜

一六三四年

マリ＝マドレーヌ・ピオシュ・ド・ラ・ヴェルニュ（のちのラファイエット夫人）、パリに誕生。正確な生年月日は不明だが、パリ六区のサン・シュルピス教会で三月一八日に洗礼を受けた記録があることから、三月生まれと推測されている。

父マルク・ピオシュ・ド・ラ・ヴェルニュは、技術官として宮廷に仕える下級貴族。母イザベル・ペナは、宮廷医官の娘で、エギュイヨン公爵夫人の侍女であった。

屋敷は、パリ、リュクサンブール宮殿の向かい、ヴォジラール通り（現パリ六区、リュクサンブール公園向かい）にあり、マリ＝マドレーヌは生涯の大部分をここで過ごす。

一六四三年　九歳

ルイ一三世死去。

一六四九年　一五歳

スキュデリの『ル・グラン・シリュス』刊行。

一二月、父マルク死去。

一六五〇年　一六歳
母イザベルがルノー・セヴィニエと再婚。『セヴィニエ夫人の手紙』で知られるセヴィニエ侯爵夫人（マリ・ド・ラビュタン＝シャンタル）と親戚関係になる。以来、文学を共通の趣味として二人の友情は生涯続く。
この頃より、言語学者メナージュのもとで、ラテン語、イタリア語、古典文学を学ぶ。
この頃から王太后アンヌ・ドートリッシュの侍女となり宮廷に出仕。

一六五二年　一八歳
ルイ一四世がパリに戻り、フロンド派（王政に反発し、民衆と手を結んだ貴族たち）は勢力を失う。義父セヴィニエがフロンド派と親しかったため、パリを追われ、ロワール地方のアンジェへ移住。だが、母イザベルとマリ＝マドレーヌはその後もしばしばパリを訪れていた。

一六五四年　二〇歳
ルイ一四世の戴冠式。
マリ＝マドレーヌは、妹たちのいるシャイヨーの修道院で、アンリエット・ダングルテール（のちにオルレアン公の妻となる）、ジャンヌ＝バティスト・ド・サヴォワ・ヌムール（サヴォワ公の親戚）と知り合う。

一六五五年　二一歳
一八歳年上のフランソワ・ド・ラファイエット伯爵と結婚。ラファイエット伯の領地があるオーヴェルニュに移住。ラファイエット伯は機知にとんだ人物とはほど遠く、夫人の文才を評価してはいなかった。

この頃、スキュデリ『クレリ』刊行。

一六五六年　二二歳

母イザベル死去。ラファイエット夫人は、たびたびパリを訪れるようになる。ジャンセニストの集まるヌヴェール館に出入りするようになり、ラ・ロシュフコー、スキュデリ兄妹ほか、当時の知識人、作家たちと知り合う。

一六五八年　二四歳

夫とともにパリに戻る。長男ルイ誕生（のちに聖職者となる）。

一六五九年　二五歳

文学者ジャン・ルニョー・ド・セグレ、ピエール・ダニエル・ユエと親しくなる。ポルトレ（当時流行した人物描写の形式）作品集に参加。

次男ルネ＝アルマン誕生（のちに軍人となる）。

一六六〇年　二六歳

遺産相続により、ヴォジラール通りの屋敷を手に入れる。

一六六一年　二七歳

ルイ一四世の政権下、友人のアンリエット・ダングルテールが王弟と結婚したため、ラファイエット夫人も宮廷とのつながりを強める。ラファイエット伯は領地のオーヴェルニュに戻り、夫婦が共に過ごすのは、夫のパリ来訪時のみとなる。

一六六二年　二八歳
パスカル死去。
ラ・ロシュフコー『メモワール』刊行。
この頃より、ラ・ロシュフコーと親しくなる。メナージュの助言で『モンパンシエ公爵夫人』を執筆、無署名で刊行し、人気を得る。
モリエール『女の学校』初演。

一六六四年　三〇歳
ラ・ロシュフコーが『箴言集』（初版）を刊行。ラファイエット夫人もこれを読み、ラ・ロシュフコーのシニシズムを批判。アンリエット・ダングルテールの要請で彼女の記録書（メモワール）を書き始める。

一六六八年　三四歳
ラ・フォンテーヌ『寓話集』刊行。

一六六九年　三五歳
ラ・ロシュフコーの助言を受けてスペインを舞台にした『ザイード』執筆、第一部を刊行。

一六七〇年　三六歳
一月に刊行されたパスカルの『パンセ』を読み感銘を受ける。
アンリエット・ダングルテールが二六歳の若さで死去。以来、ラファイエット夫人は社交界と距離を置き始める。
長男ルイがヴァルモンの修道院領を得る。

一六七一年　三七歳
『ザイード』第二部を刊行。

一六七二年　　三八歳
モリエール『女学者』初演。
ルイ一四世がネーデルランドに侵攻を開始（オランダ戦争の始まり）。

一六七三年　　三九歳
モリエール死去。

一六七四年　　四〇歳
ラ・ロシュフコー『箴言集』第四版刊行。

一六七五年　　四一歳
サヴォワ公妃マダム・ロワイヤルにより、サヴォワ公国の私設大使に任命される。フランス宮廷の情報をサヴォワ公妃に書き送り、布地や化粧品の調達をすることが任務であった。

一六七六年　　四二歳
義父セヴィニエ死去。

一六七八年　　四四歳
バルバン書店より『クレーヴの奥方』刊行。
オランダ戦争終結。次男ルネ＝アルマンが大尉になる。
批評家ヴァランクールが『クレーヴの奥方』を批判する『〈クレーヴの奥方〉に関する××侯爵夫人への手紙』を発表。

一六七九年　　四五歳
ヴァランクールの批判に応え、シャルヌ神父が『クレーヴの奥方』を擁護する論考『〈クレーヴの奥方〉評についての論評』を発表。

一六八〇年　　四六歳
ラ・ロシュフコー死去。

次男ルネ＝アルマンが大将になる。

一六八三年　四九歳
夫ラファイエット伯死去。

一六八九年　五五歳
次男の結婚。『一六八八—八九年におけるフランス宮廷の記録』執筆。

一六九三年　五九歳
五月、ラファイエット夫人死去。

一七一八年
『タンド伯爵夫人』を匿名のまま刊行。没後の刊行となったが、書かれた時期については、『クレーヴの奥方』以前の習作とする説が有力。

一七二〇年
『アンリエット・ダングルテールの記録』がラファイエット夫人の名で刊行される。

一七三一年
『一六八八—八九年におけるフランス宮廷の記録』をラファイエット夫人の名で刊行。

一七八〇年
ラファイエット夫人の名を「著者」として明記した『クレーヴの奥方』が初めて出版される。

訳者あとがき

女性作家、宮廷文学という共通項から、この小説が日本に紹介されて以来、『源氏物語』と重ねる人は少なくない。『源氏物語』には、空蟬という女が登場する。ただ一人、光源氏を拒んだ女だ。若い頃は、六条の御息所や紫の上に目がいって気がつかなかった。だが、今になって思う。彼女は臆病だっただけなのか、賢明な女だったのか。この問いかけは、クレーヴ夫人にも当てはまる。

クレーヴ夫人は自分で決め、行動する。たしかに最初は、母の導きがあり、夫への義理もあった。だが、未亡人になってもなお、彼女は自分の「意志」を貫く。となると、そこにあるのは、ある種の美学であり、プライドである。恋心を殺してでも、理想の自分に近づこうと努力する。なりたい自分になろうとする。逃げるという行為、ノーと言う行為、そこには、流されることよりも大きな意志の力が必要なのである。クレーヴ夫人は実に健気だ。現代の十代と比べれば、はるかに大人であるとはいえ、十代で結婚し、若い心をもてあましながらも、成熟を重ねていく。恋も知らぬまま結婚した少女が、最後には、ヌムール公相手に丁々発止のやりとりを見せる。少女から女へ、十六歳から十七歳へのたった一年のうちに成長を遂げるのだ。意地っ張りとも思える、その意志的な姿には、どこか現代的なものをさえ感じる。

訳していて、いちばんもどかしかったのは、相思相愛なのに結ばれない二人のことではなく、クレーヴ夫人に「名前がない」ことだった。アンヌでも、マリでもいい。名前が欲しくなった。心のなかで呼びかけたくなった。結婚までは「シャルトル嬢」として生き、結婚後は「クレーヴ夫人」になる。だが、娘として、妻としてではなく、はっきりとひとつの人格をもつ彼女を私は好ましく思ったのだ。

つい先日も、映画『ボヴァリー夫人とパン屋』（アンヌ・フォンテーヌ監督、仏、二〇一四年）を見ていたら、フローベルの『ボヴァリー夫人』に憧れ、人妻との恋を妄想する中年男性の主人公に対し、しっかり者の妻が「あら、私は（『ボヴァリー夫人』よりも）『クレーヴの奥方』のほうが好きよ」と答える場面があり、思わずうなずいてしまった。欲望の対象、いや、恋愛の対象ですらなく、女性から女性を見て、ああ、いいなと思う瞬間がある。恋多き女性もいいが、恋がすべてではない人生、自分の意志を貫く人生もまた、ひとつの理想だろう。あれほど衝撃的だったはずの『ボヴァリー夫人』でさえ、物珍しさで語られることのなくなった現代、クレーヴ夫人の行動は、一周回ってかえって新鮮に感じられる。

女が自立するのはまだ先の話である。だが、自律した女はすでにいた。いや、少なくとも、恋愛や結婚、ひいては他者に振り回される生き方に疑問を抱き、自分で決めて自分で行動しようとする女性は、この頃からいたのではないだろうか。私がクレーヴ夫人を好きな理由はここにある。

もちろん、物語の読み方はひとつではない。今でこそ「古典」「名作」「心理小説」という定評を得た作品であるが、刊行当初、多くの宮廷人たちは、結ばれそうで結ばれない二人に苛立ち、クレーヴ公に同情し、娯楽小説として読んだことだろう。美男美女が登場し、三角関係の物語が描かれる。能書きはいったん忘れ、登場人物たちとともに胸ときめかせ、はらはらどきどきしていただけたら、翻訳者として嬉しい限りである。

さて、最後に訳題についてふれておく。長らく、『クレーヴの奥方』という訳題で親しまれてきた本書だが、原題は、「La Princesse de Clèves」という。princesse は、英語のプリンセス（姫君、お姫様）に近い意味であるが、王族だけではなく、公爵の妻または娘にも使われる。過去には、『クレエヴ公爵夫人』（梅田晴夫訳）、『クレーヴ夫人の恋』（関根秀雄訳）という訳題で刊行されたこともあり、新訳にあたって再考を試みたが、十六世紀が舞台ということで、やはりある種の古めかしさも残し、『クレーヴの奥方』を踏襲することにした。

また、翻訳にあたっては、ガリマール社のフォリオ・クラシック版（二〇〇〇年刊行）を底本とし、プレイヤード版（Œuvres complètes / Madame de Lafayette ; édition établie, présentée et annotée par Camille Esmein-Sarrazin. Gallimard, 2014）も参照した。これまでに刊行された翻訳も参考にさせていただいている。

先達の導きに感謝するとともに、今回もまた、こまやかな心遣いで訳者を支えてくださった光文社翻訳編集部の皆様に心よりお礼申し上げたい。

二〇一六年一月　　　　　　　　　　永田千奈

クレーヴの奥方(おくがた)

著者　ラファイエット夫人
訳者　永田千奈(ながたちな)

2016年4月20日　初版第1刷発行
2024年9月30日　　　第3刷発行

発行者　三宅貴久
印刷　大日本印刷
製本　大日本印刷

発行所　株式会社光文社
〒112-8011東京都文京区音羽1-16-6
電話　03（5395）8162（編集部）
03（5395）8116（書籍販売部）
03（5395）8125（制作部）
www.kobunsha.com

ISBN978-4-334-75329-0 Printed in Japan

組版　新藤慶昌堂

いま、息をしている言葉で、もういちど古典を

長い年月をかけて世界中で読み継がれてきたのが古典です。奥の深い味わいある作品ばかりがそろっており、この「古典の森」に分け入ることは人生のもっとも大きな喜びであることに異論のある人はいないはずです。しかしながら、こんなに豊饒で魅力に満ちた古典を、なぜわたしたちはこれほどまで疎んじてきたのでしょうか。

ひとつには古臭い教養主義からの逃走だったのかもしれません。真面目に文学や思想を論じることは、ある種の権威化であるという思いから、その呪縛から逃れるために、教養そのものを否定しすぎてしまったのではないでしょうか。

いま、時代は大きな転換期を迎えています。まれに見るスピードで歴史が動いていくのを多くの人々が実感していると思います。

こんな時わたしたちを支え、導いてくれるものが古典なのです。「いま、息をしている言葉で」——光文社の古典新訳文庫は、さまよえる現代人の心の奥底まで届くような言葉で、古典を現代に蘇らせることを意図して創刊されました。気取らず、自由に、心の赴くままに、気軽に手に取って楽しめる古典作品を、新訳という光のもとに読者に届けていくこと。それがこの文庫の使命だとわたしたちは考えています。

このシリーズについてのご意見、ご感想、ご要望をハガキ、手紙、メール等で翻訳編集部までお寄せください。今後の企画の参考にさせていただきます。
メール　info@kotensinyaku.jp

光文社古典新訳文庫　好評既刊

女の一生
モーパッサン／永田千奈（ながたちな）◉訳
男爵家の一人娘に生まれ何不自由なく育ったジャンヌ。彼女にとって夢が次々と実現していくのが人生であるはずだったのだが…。過酷な現実を生きる女性をリアルに描いた傑作。

ひとさらい
シュペルヴィエル／永田千奈（ながたちな）◉訳
貧しい親に捨てられたり放置された子供たちをさらい自らの家族を築くビグア大佐。だが、とある少女を新たに迎えて以来、彼の親心は、それとは別の感情とせめぎ合うようになり…。

海に住む少女
シュペルヴィエル／永田千奈（ながたちな）◉訳
大海原に浮かんでは消える、不思議な町の少女の秘密を描く表題作。ほかに「ノアの箱舟」、イエス誕生に立ち合った牛を描く「飼葉桶を囲む牛とロバ」など、ユニークな短編集。

椿姫
デュマ・フィス／永田千奈（ながたちな）◉訳
真実の愛に目覚めた高級娼婦マルグリット。アルマンを愛するがゆえにくだした決断とは…。オペラ、バレエ、映画といまも愛され続けるフランス恋愛小説、不朽の名作！

アドルフ
コンスタン／中村佳子（なかむらよしこ）◉訳
青年アドルフはP伯爵の愛人エレノールに言い寄り彼女の心を勝ち取る。だが、エレノールが次第に重荷となり…。男女の葛藤を心理描写のみで描いたフランス恋愛小説の最高峰！

マノン・レスコー
プレヴォ／野崎歓（のざきかん）◉訳
美少女マノンと駆け落ちした良家の子弟デ・グリュ。しかしマノンが他の男と通じていることを知り…。愛しあいながらも、破滅の道を歩んでしまう二人を描いた不滅の恋愛悲劇。

kobunsha
classics